헨리 8세

헨리 8세

King Henry VIII

윌리엄 셰익스피어 지음

김라옥 옮김

도서출판 동인

발간사

    지금까지 셰익스피어 작품에 대한 번역은 끊임없이 다양한 동기에 의해 진행되어 왔다. 초창기 셰익스피어 작품 번역은 일본어 번역을 우리말로 옮기는 작업이었다. 일본이 서구에 대한 수용을 활발한 번역을 통해서 시도하였기 때문에 일본어를 공부한 한국 학자들이 번역을 하는데 용이했던 까닭이었다. 하지만 이 경우는 문학적인 차원에서 서구 문학의 상징적 존재인 셰익스피어를 문학적으로 소개하는 것이 목적이어서 문어체를 바탕으로 문장의 내포된 의미를 부연하게 되어 매우 복잡하고 부자연스러운 번역이 주조를 이루었던 것이 문제가 되었다.

    그 다음 세대로서 영어에 능숙한 학자들이나 번역가들이 셰익스피어 번역에 참여하게 되었다. 셰익스피어 작품에 대한 수많은 주(note)를 참조하여 문학적 이해와 해석을 곁들인 번역은 작품의 깊이를 파악하는데 많은 도움이 되었다고 볼 수 있다. 하지만 셰익스피어 작품을 무대에 올리는 배우들에게는 또 다른 문제가 생길 수밖에 없었다. 문학적 해석을 번역에 수용하는 문장은 구어체적인 생동감을 느낄 수 없었고, 호흡이 너무 길어 배우가 대사로 처리하기에 부적합하였다.

이런 문제점을 해결하기 위해서 번역가마다 각자 특별한 효과를 내도록 원서에서 느낄 수 있는 운율적 실험을 실시하기도 하였다. 그런 시도는 셰익스피어 번역에 새로운 분위기를 자아내었을 뿐 아니라 다양한 번역이 이루어져 나름의 의미가 있었다고 본다. 반면에 우리말을 영어식의 운율에 맞추는 식의 인위적 효과를 위해서 실험하는 것은 배우들이 대사 처리하기에 또 다른 부자연성을 느끼게 하였다.

한국에서 셰익스피어를 연구하는 학자들이 모이는 한국셰익스피어학회에서 셰익스피어 탄생 450주년을 기념하여 셰익스피어 전작에 대한 새로운 번역을 시도하기로 하였다. 우선 이번 번역은 셰익스피어 원서를 수준 높게 이해하는 학자들이 배우들의 무대 언어에 알맞은 번역을 한다는 점에서 차별성을 두고자 한다. 또한 신세대 학자들이 대거 참여하여 우리말을 현대적 감각에 맞게 구사하여 번역을 하자는 원칙을 정하였다.

시대가 바뀔 때마다 독자들의 언어가 달라지고 이에 부응하는 번역이 나와야 한다고 본다. 무대 위의 배우들과 현대 독자들의 언어감각에 맞는 번역이란 두 마리 토끼를 잡는 것은 그리 쉬운 일은 아니지만 매우 의미 있는 일일 것이다. 이번 한국 셰익스피어 학회가 공인하는 셰익스피어 전작 번역이 성공적으로 이루어지도록 뒷받침하는 도서출판 동인의 이성모 사장에게 심심한 감사의 뜻을 전하며 인문학의 부재의 시대에 새로운 인문학의 부활을 이루어내는 계기가 되리라 믿는다.

2014년 3월
한국셰익스피어학회 17대 회장 박정근

옮긴이의 글

　　한국셰익스피어학회에서 셰익스피어 극의 공연을 목적으로 한 번역서를 전집으로 출판할 계획으로, 여러 학자들이 한 개 작품씩 참여하여 공동 작업을 하게 되었다는 소식은 평소 셰익스피어 공연에 관심과 흥미가 없지 않던 나에게도 매우 반가운 소식이었다. 셰익스피어가 한국에 소개된 지 한 세기가 훨씬 넘은 지금, 한국에는 셰익스피어의 이름에 기댄 공연들이 무수히 많이 나오고 있다. 한국 극단이 외국에 나가서 기량을 펼칠 때도 순수 창작극보다 번역된 셰익스피어 극을 이용하는 것이 서로를 공감하기에 좋다는 이야기도 들었다. 그럼에도 그런 공연들은 한국적 성격을 가진 셰익스피어 공연이어야 성공적이라 할 수 있다는 것이 개인적 생각이다. 하지만 아직도 대사나 연기들이 한국인의 눈과 입에 맞아 순순히 작품에 몰입하게 하는 공연은 만나기 드물다고 느끼고 있고, 그런 방향으로 나아가기 위해서는 공연 중심의 번역서가 더 많이 누적적으로 출판되는 것이 필요하다고 보고 있다. 한국셰익스피어학회에서 주관하는 이번 공연 중심의 텍스트 출판이 그런 변화를 이뤄가는 데에 도움이 될 거라는 희망과 평소 학회의 도움을 많이 받아온 사람으로서 부채감도 있어 용기를 내어 이 공동 작업에 늦게나마 합류하게 되었다.

지난 십 개월간 이 작업을 하면서 느꼈던 바는 극의 번역작업이란, 작품을 읽거나 듣고 이해하는 수준을 넘어서 거의 극을 연출하는 능력을 필요로 한다는 것이었다. 이 작품을 번역함에 있어 나의 의도는 공연을 위한 대본 만들기를 염두에 두는 것뿐 아니라 이 극을 한국적 상황으로 옮겨 보려는 것이었다. 공연이라는 것이 실제적 시간과 장소를 생각하지 않고는 이루어질 수 없는 것이어서, 하다 보니 자연적으로 그리 되었던 것 같기도 하다. 그래서 울지는 신돈이나 무학 같은 왕사로, 버킹엄 공작은 종친으로, 캐서린은 폐비로, 앤 불린은 희빈과 유사한 인물들로 각색하려는 시도를 저울질 해보기도 하였다. 그러나 그 과정은 성공적으로 진행되지 못하였다. 하나하나가 역사를 가진 문화적 존재인 호칭과 용어를 이질적 환경에 이식하는 것이 너무 많은 연상을 주었고 명칭과 제도의 이용도 왜곡의 위험성을 내포하고 있었기 때문이다. 미숙한 결과에 대한 두려움과, 학회의 공동 사업이라는 한계를 감안하여 한국적 변신을 꾀하는 일을 그만 두었지만 출발은 그러하였다. 하지만 이러한 시도는 언젠가 누군가에 의해 다른 기회에라도 성공하기를 바라는 마음이다. 결국 나 개인의 역량 부족으로 불발되고 만 셈이지만, 덕분에 영국사와 한국사의 해당 시기와, 양국의 왕실 제도, 튜더 왕조, 고려, 조선, 대한제국의 대신들의 직함과 임무 따위를 다소나마 관찰할 기회를 가질 수 있었다. 로드 챔벌린과 로드 챈슬러는 무엇으로 옮길 수 있을지, 그들의 업무가 도승지나 영의정의 것과는 어떻게 다른지, 영국 궁정의 부인 귀족과 한국의 상궁 나인을 비교해보고, 데니 경은 대전별감과 내시부 상선 어느 쪽에 가까운지를 생각해보는 즐거움을 누릴 수 있었다. 이런 시간들이 결과적으로 등장인물들의 호칭이나 직함에 약간의 흔적을 남기게 되었는데, 이 점은 독자의 넓은 아량으로 허용해주시기를 부탁드린다. 모쪼록 이 번역서가 셰익스피어를 공부하는 영문학도뿐 아니라 일반 독자, 나아가 한국말로 한국 무대에서 셰익스피어의 작품을 공연하려는 공연관계자와 배우들에게 조금이라도 영감의 불꽃을 일으켜 낼 수 있다면 고마운 일일 것 같다.

　이 작품을 정독하고 우리말로 바꾸고 관련 사실들을 검색하는 긴 시간 동안, 두 사람 공동의 시간조차 나만의 일을 위해 사용하도록 묵묵히 허락해주고 수시로 과일을 깎아 내 방에 살짝 놓고 나가 준 남편 서범석 씨에게 이 자리를 빌려 감사드린다.

2015년 4월
김라옥

| 차례 |

등장인물

(등장 및 대사 순서에 따라서)

프롤로그

버킹엄 공작

노포크 공작

애버지니 경*

울지 추기경

  그의 비서

브랜든

왕실 호위관

왕, 헨리 8세

토마스 러벨 경

캐서린 왕비

써포크 공작

측량관   버킹엄 가(家)의

시종장

쌘즈 경

헨리 길포드 경

앤 불린

하인   울지 집의

신사 1

신사 2

니콜라스 보 경

캄페이우스 추기경

가디너   뒤에 윈체스터 주교

늙은 나인   앤 불린의 친구

링컨 주교

그리피스   캐서린 왕비의 의전관

---

* 작위나 호칭으로 쓰일 때는 '애버지니'(Abergenny)로 발음, 이름이 연원한 소읍은 스펠링
대로 '애버거베니'(Abergavenny)로 발음된다.

법정 서기

법정 정리(廷吏)

써리 백작

토마스 크롬웰 울지의 비서. 뒤에 왕의 자문기관인 추밀원 비서

추밀원장 토마스 모어 경

가터 문장관

신사 3

페이션스 캐서린 왕비의 시녀

심부름꾼 킴볼튼에 사는

카푸치우스 경 신성로마제국 대사

가디너의 시동

앤소니 데니 경

토마스 크랜머 캔터베리 대주교

추밀원 회의실 수위

닥터 버츠

포터 궁궐문지기

포터의 부하

에필로그

그 외 [대사 없는 인물들]

호위병들, 비서들, 귀족들, 귀부인들, 신사들, 악사들, 가면무도자들, 사형집행리들, 미늘창으로 무장한 병사들, 시종들, 평민들, 주교의 권표를 받들고 가는 사람들, 법정 서기들, 캔터베리 대주교(윌리엄 와엄), 엘리 주교, 로체스터 주교, 세인트 애삽 주교, 은 십자가를 든 신부들, 의전관, 캐서린의 시녀들, 판사들, 소년 성가대원들, 런던 시장, 시의회 의원들, 도셋 후작, 런던 동남부 5개 항구의 네 명의 남작들, 런던 주교, 노포크 공작부인, 캐서린의 환상에 나타난 여섯 명의 무희들(정령들), 도셋 후작부인, 하인들, 내관들

프롤로그

프롤로그[1] 입장.

프롤로그 저는 여기 여러분을 웃게 만들려고 나온 것이 아닙니다. 이번에는
무겁고 진지하게 생각할 거리를 가지고 나왔습니다.

심각하고, 고상하고 감동을 불러일으키는, 위엄과 비애로 가득한,

눈물이 솟구쳐 흘러내릴 만큼 숭고한 장면들을

5　펼쳐 보일 것입니다. 슬퍼할 줄 아는 사람들이라면, 그리고

그래도 상관없다고 여기신다면, 한 방울 눈물을 흘리셔도 좋습니다.

극의 주제는 그것을 당연케 할 만한 것이니까요.

믿어도 될 거라는 확신에서 돈을 지불하신 분들이라면

여기서 진실도 발견해내실 수 있을 겁니다.

10　단지 한두 개 볼만한 장면을 보러 왔고

그런대로 봐줄 만하다고 하시는 분들이라면, 조용히 앉아 계시기
만 하면

허용해 드리겠습니다, 그런 분들은 자신이 낸 돈이 짧은 두 시간 동안
비싸게 녹아 없어지는 것을 보게 될 것입니다.

하지만 단지 익살스럽고 외설적인 극[2]을 들으러 왔거나,

---

1. 프롤로그를 말하는 배우를 뜻한다. 청중에게 극을 소개하고 있다. 이 극이 비극임을
강조하고 있다.

2. 1613년 당시에 상연되고 있던, 헨리 8세를 다룬 다른 사극 『네가 나를 보았을 때,

방패 부딪치는 소리를 들으러 왔거나,

노란 천을 댄 얼룩덜룩한 긴 코트를 입은 광대를 보러 오신 분은

크게 실망하실 겁니다. 왜냐하면, 친절하신 청중 여러분들, 알아

　주십시오,

저희가 보여드릴 이 선별된 진실을 그런 광대놀음과 싸움으로 된

　오락물로

매기는 일은, 저희의 지성을 저버리는 일이며,

이 극을 오직 진실한 것으로 만들어내려는 저희의 의도로 해서 　20

저희가 누리고 있는 세간의 호평마저 저버리는 일이며, 또한

결코 우리를 서로 잘 이해하는 벗으로 남지 못하게 할 거라는

사실을 말입니다. 따라서, 부디, 잘 알려진 것처럼,

이 도시의 최상급, 최고 관객이신 여러분, 진지하게 보아주십시오,

저희가 이끄는 대로. 여러분, 보고 계신다고 생각해주십시오,   　25

이 숭고한 이야기에 등장하는 인물들을

살아있는 인물들로. 여러분, 보고 계신다고 생각해주십시오

그들은 귀족들이며, 많은 군중과 수천의 친구들이 땀 흘리며

그들 뒤를 따르고 있다고. 그러면 한 순간에,

이 장엄함이 비장한 것과 얼마나 잘 부합하는지 보시게 될 겁니다. 　30

그래서 여러분이 즐거울 수 있다면, 저는

사람이란 자기 결혼식 날에도 울 수 있는 것이라고 말할 겁니다.

　　　　　　　　　　　　　　　　　　　　　　　　　[퇴장.]

나를 알아보리라』를 염두에 두고 한 말로, 그 극은 헨리 왕의 광대 윌 써머즈의 역
할이 강조된 오락적 희극이었다.

1막

1장

노포크 공작이 한쪽 문으로 들어온다. 다른 문으로
버킹엄 공작과 애버지니 경이 들어온다.[3]

버킹엄 안녕하십니까? 뵙게 되어 반갑습니다.

지난번 불란서에서 만난 이후로 어떻게 지내셨습니까?

노포크   감사합니다, 공작님.

건강하게 잘 지냈습니다. 그리고 그 이래로 쭉

거기서 본 것에 대해 생생한 감탄을 계속하고 있습니다.

버킹엄   저는 때 아닌 학질에 걸려

5   꼼짝없이 방에 갇혀 있는 바람에

저 두 개의 영광스런 태양, 인간으로 된 두 개의 빛이

안드레스 계곡에서 만나는 것을 못보고 말았습니다.

노포크   그 때 저는 기네스와 아드레스[4] 사이에

---

3. 런던. 궁성의 한 방. 율지가 지나가면서 버킹엄과 서로 바라보는 것으로 보아 트인 공간.

4. 이 극의 출처가 되는 홀린셰드의 『연대기』의 해당 부분에는 안드레스, 기네스, 아드 레스의 지명이 'Andren', 'Guisnes', 'Ard'로 되어 있다. 따라서 안드레스와 아드레스를 혼동해서는 안 된다. 기네스는 헨리 왕이 진영을 세운 곳으로, 통치 초에 영국을 위해 구입한 토지이고, 아드레스는 프란시스 왕이 기지를 세운 곳으로 불란서 영토이다. 안드레스 계곡이란 두 지역 사이의 평원으로, 그 위치는 칼레 항구에서 내륙 쪽으로 몇 마일 되는 곳이다. 이곳에서 양국 간의 회담이 열렸을 때 두 왕과 수행원들의 성장으로 해서, 멀리서 보면 금포가 길게 펼쳐져 있는 듯 보였다 하여 이후

있었습니다, 그 두 개의 태양이 말 위에 앉아 인사를 나누는 것을

보고, 말에서 내리는 것을 바라보고, 서로를 굳게 포옹하여

마치 하나의 큰 덩어리가 되는 것 같은 모습을 바라보았습니다. 10

두 분이 그리 되었을 때, 어찌 네 명의 왕들인들 그렇게 단단히

　합체된 한 덩어리만한

무게를 가질 수 있겠습니까?

버킹엄　　　　　　　　　그러는 내내

나는 방에 갇혀 그 좋은 구경을 놓쳤군요.

노포크　　　　　　　　　　　그렇다면 공작님께서는

지상의 영광을 목도하는 일을 놓치셨습니다. 사람들은 지금까지

　의 장려함은

독신이었다고 말할 수 있을 겁니다, 그러나 이제 그것은　　　　15

자기보다 더 나은 상대와 결혼했다고 말해야 할 겁니다.

매일매일 이어지는 날은 다음 날의 스승이 되고, 다음 날은

전날의 경탄을 덮어버리는 일이 계속 되었습니다. 오늘은 불란서

　인들이

온통 번쩍이며, 이교도 신들처럼 금빛으로 단장하고서,

영국인들을 비춰주었습니다. 그리고 내일은　　　　　　　　20

브리튼을 부유한 인디아로 만들었습니다. 서 있는 모든 사람들은

금광처럼 보였습니다. 그들의 키 작은 시동들은 아기천사 같았고,

온통 금빛이었습니다. 부인들도 마찬가지로

평소 힘든 일을 한 적이 없어서, 그들이 걸친 자랑거리를

금포 평원(the Field of the Cloth of Gold)으로 불리게 된다.

지탱하느라 거의 땀까지 흘렸고, 그런 수고로 인해

화장이라도 한 양 얼굴이 붉어졌습니다. 오늘 밤의 이 가면무도회는

무엇과도 비교될 수 없을 만한 것이라고 칭찬되었습니다. 하지만

　다음날 밤에는

전날의 무도회를 바보에다 거지로 만들어 버렸습니다.[5] 두 왕들은

광채에 있어서는 대등했지만, 존재가 그들을 출연시키자,

30　한 번은 최고가 되었다가, 또 한 번은 최악이 되었다가 했습니다.

눈으로 그를 보고, 그를 칭찬하면서, 둘 다를 보여주어도

사람들은 단지 하나만 보았다고 말했고, 어떤 관찰자도

혀를 내둘러 감히 비판의 말을 하지 못했습니다. 이 태양들이―

사람들은 두 왕들을 그렇게 불렀습니다―전령들을 시켜

35　무술시합에 도전장을 냈을 때, 둘은 인간이 생각해낼 수 있는 영역을

넘어서는 일을 수행해냈습니다―믿어지지 않는 옛날이야기조차

이제는 충분히 그럴 수 있는 것으로 보이고,

베비스 이야기조차 신뢰를 받을 수 있을 정도가 되게 했습니다.

버킹엄　　　　　　　　　　　　　　　　　너무 과장하시는군요.

노포크 제가 영예와 정직함에 대해 숭배와 애정을 가지고 있는 한,

40　아무리 훌륭한 이야기꾼에 의한 이야기라도 생명을 잃을 것이고

행동 자체가 혀를 가질 것입니다. 모든 것은 왕다웠습니다.

---

5. 이 구절은 이 극이 초연되었던 1613년 무렵 제임스 1세의 딸인 엘리자베스 공주와
선제후 팔라틴의 결혼식을 축하하여, 연일 저녁 벌어진 가면무도회에 대한 언급이
될 수 있는데 그에 대한 불찬성의 논조일 수 있다. 가면무도회는 무익한 것으로 말
해지기도 했다.

대오를 맞춤에 있어서도 어느 것 하나 반역한 것은 없었습니다.
질서는 모든 것에 기준을 부여했고, 직책은 그것의
완전한 기능을 분명하게 해냈습니다.

버킹엄   누가 지휘했나요?   45

내 말은, 누가 이 거대한 놀이의 몸과 팔 다리를
그리도 정교하게 맞추었나 하는 겁니다. 아시는 바 있으신지요?

노포크 분명 그런 일에는 조금치도 어울릴 것같이 보이지 않는
사람입니다.

버킹엄   그게 누군지 부디 말씀해주십시오.

노포크 이 모든 것은 한 점 흠 없는 고승대덕이신   50
요크 추기경의 훌륭한 안목에 의해 조율되었습니다.

버킹엄 악마가 물어 갈 놈! 그 누구의 손에 들린 파이도
그 작자의 야심에 찬 손가락을 피해 갈 수는 없지.
이런 방탕한 짓거리로 그자가 의도한 게 뭐였을까요?
그런 비곗덩어리가[6] 바로 그 덩치로   55
은혜로운 왕의 햇살을 독차지하고
땅에 비치는 것을 막으려 한 것은 아닐까 생각됩니다.

노포크   공작님,
그에게는 분명 그를 이 자리에 이르게 한 자질이 있습니다.
왜냐하면 그가, 자신들의 명성으로 후손들에게 갈 길을 표시해주는
조상들의 후원을 받은 것도 아니고,   60

---

6. 이 말은 울지의 비만함과 백정의 아들이라는 그의 출신 성분을 잘 담아내는 묘사이
   다.

왕에게 행한 조상의 위업 때문에 불림을 받은 것도 아니고,

탁월한 조력자들과 동맹을 맺고 있는 것도 아니고, 단지 거미가,

자기 속에서 뽑아낸 거미줄로 집을 짓듯이 그렇게,

그 자신의 능력이라는 수단으로 길을 만들어왔다는 인상을 주거든요

65   하늘이 그에게 준 재능, 그것이

왕 다음 가는 자리를 얻게 한 것 같습니다.

애버지니   나는 하늘이 그에게 무엇을

주었는지 알지 못하겠습니다 — 좀 더 신중한 눈길이

그걸 꿰뚫어 보아야겠지요 — 하지만 오만이 그의 몸의 이곳저곳

   에서 내다보고 있음은

쉽게 알아볼 수 있겠습니다. 그는 그런 오만을 어디서 얻었을까요?

70   지옥에서 얻어온 게 아니라면, 악마는 인색한 구두쇠일 겁니다.

아니면 전에 다 줘버렸던지, 그래서 그가

스스로 새로운 지옥을 시작한 것인가 봅니다.

버킹엄   도대체 왜

이 불란서 여행에서, 그는 (왕에게 알리지도 않고서)

누가 왕을 수행해야 할지 임명하는 일을

75   그 자신에게 맡겼을까요? 그가 수행할 모든 향사들의 명단을 만

   들어서는,

거기에다 부담금은 아주 많이,

영예는 아주 조금,

줄 생각에서였습니다. 그 자신의 편지가,

저 훌륭한 추밀원 위원회의 동의는 빼버리고,

그가 작성한 것을 하도록, 그를 집어넣은 게 틀림없습니다.

애버지니   제가 알기로 80

저의 친척 몇 명도—적어도 세 명은—이 조치로 해서

그들 영지에 큰 손해를 입어 다시는

전처럼 견실하지 못하게 되고 말았습니다.

버킹엄   그래, 사실 많은 사람들이

그들의 등을 부러뜨렸어, 그들 등에 장원만큼의 빚을 짊어지게 해서,

이 대단한 불란서 행을 하려고. 이 쓸모없는 허영놀음이 대체 한 85

　게 뭡니까?

이 보잘 것 없는 말썽거리 자식인

양국 간 소통이란 걸 낳은 것 말고는.

노포크   슬프게도, 제 생각에는

불란서와 우리 영국 사이의 평화는

그것을 체결하는 데 든 비용만큼의 가치가 없는 것 같습니다.

버킹엄   곧이어

끔찍한 바람이 거세게 불자, 모두   90

똑같은 영감을 받은 듯, 서로 상의하지 않고도

똑같은 방언을 쏟아내어, 이 폭풍이

이 평화의 갑옷에 불어 닥쳐, 갑작스레 틈을

벌려놓을 것이라고 예언하였지요.

노포크   예측이 사실로 싹을 드러내고 말았습니다.

왜냐하면 불란서 왕이 동맹을 파기하고, 우리 상인들의 물품을 95

보르도에서 자기네 것으로 귀속시켜 버렸으니까요.

애버지니 　　　　　　　　　　　　　　　　그래서

우리 대사가 가택연금된 거군요?

노포크 　　　　　　　　　　　　어처구니없게도 그렇습니다.

애버지니　평화라는 그럴듯한 타이틀, 그리고

지나치게 비싼 가격으로 구입된 것이 겨우 그것이라니.

버킹엄 　　　　　　　　　　　　허어, 이 모든 일이

고승대덕 우리 추기경이 하신 것이라.

100　**노포크** 　　　　　　　　제 말을 거슬리게 듣진 말아주십시오, 공작님.

궁정에서는 공작님과 추기경간의 의견 차이에 대해

예의 주시하고 있습니다. 한 마디 말씀드리자면,

이것은 저의 진심에서 우러난, 공작님의 영예와

무궁한 안전을 바라는 마음에서임을 알아주십시오. 공작님께서는

105　추기경의 적의와 그의 능력 모두를 살피셔야 합니다.

부디 좀 더 세심하게 고려하십시오,

그의 크나큰 증오가 영향 미칠 수 있는 것은 그의 세력 안에 있는

　대신만이 아닙니다.

공작님께서도 아시다시피,

그는 복수심이 강합니다, 그리고 저는 그의 칼이

110　매우 날카롭다는 것을 알고 있습니다. 그것은 길고, 사람들 말로는,

멀리까지 닿는다고 합니다, 닿지 않는 곳에는

그걸 던진다고 합니다. 제 말을 마음에 간직하십시오.

언젠가는 제 말이 충심이었음을 아시게 될 겁니다. 보십시오, 저기

제가 피하라고 말씀드린 바윗돌이 굴러옵니다.

울지 추기경 등장. 그는 앞자락에 커다란 옥새 주머니를 달고 있다.
호위병과 서류를 받쳐 든 비서들이 따르고 있다. 지나가면서 추기경은
버킹엄을 뚫어져라 본다. 그리고 버킹엄도 시선을 마주 친다.
둘은 서로 경멸감을 확연히 한다.[7]

울지 버킹엄 공작의 토지 측량관이라고, 응?   115

그의 증언이 담긴 공술서가 어디 있나?

비서   여기 있습니다.

울지 그가 지금 여기 와 있나?

비서   예, 추기경 예하.

울지 좋아, 그러면 우리는 좀 더 많이 알게 되고,

버킹엄은 그 잘난 체를 좀 더 줄이게 되겠군.

[추기경과 그 일행은 퇴장한다.]

버킹엄 이 푸줏간의 개가 입에서 독액을 뿜고 있군. 그런데 나는   120

그놈의 주둥아리에 입마개를 씌울 힘이 없구나. 그렇다면

그놈이 자는 걸 깨우지 않는 게 최선이겠다. 거지 놈의 학식이

양반 귀족의 혈통보다 낫다니, 정말.

노포크   화나셨습니까?

하느님께 절제를 청하십시오, 절제는

공작님의 병이 필요로 하는 유일한 치료책입니다.

---

7. 이 지문은 셰익스피어 사후 최초로 출판된 전집인 『첫 이절판』에 나타난, 상당히 많
은 양의 지문을 처음으로 사용하고 있는 예라는 점에서 눈에 띤다. 이 극의 지문들
은 다른 작품들의 그것보다 훨씬 상세하다. 이 점은 극이 다루고 있는 역사적 사건
들을 정확하게 보여주려는 의도에서 비롯된다.

125 버킹엄   그의 표정에서

나에 대해 무언가 일을 꾸미고 있음을 느꼈소. 그의 눈은

나를 경멸의 대상으로 비난하고 있었소. 이 순간에도

그는 나에게 뭔가 못된 장난을 꾸미고 있는 게 틀림없습니다. 왕

   에게 간 거 같으니,

쫓아가서 그를 노려봐주고 와야겠습니다.

노포크   그만 두십시오, 공작님.

130 공작님의 이성으로 하여금 화를 가지고 구하려는 것이

무엇인지를 물어보게 하십시오. 가파른 언덕을 오르기 위해서는

처음에는 느린 걸음이 필요한 법입니다. 화는 마치

헐떡거리는 성난 말과 같습니다. 하고 싶은 대로 하게 하면

제 힘에 겨워 지쳐버립니다. 잉글랜드에 있는 그 누구도

135 공작님만큼 저에게 좋은 충고를 해 주실 수는 없을 겁니다, 그러

   니, 공작님 자신에게도,

친구에게 충고하듯이 충고해주십시오.

버킹엄   왕을 찾아뵈어야겠습니다,

그래서 명예를 아는 입으로

이 입스위치 놈의 오만방자함을 고발하겠습니다, 아니면 이 세상에

사람과 사람 사이에 당연한 구별도 없는 거냐고 외쳐야겠습니다.

노포크   제발 제 말씀을 들으십시오.

140 공작님의 적을 위해 난로를 그렇게 뜨겁게 달구지 마십시오.

그것이 공작님 자신을 데게 할 수 있으니까요. 우리는

우리가 달려가는 그 격렬한 신속함에 의해 앞지름을 당하고

지나치게 행함으로 손해 보게 될 수도 있지 않습니까?

물을 끓게 하는 불은 끓어 넘칠 때까지 불을 때면, 얼핏 보기에는

불어나는 것 같지만, 실은 허비하지 않습니까? 제발 제 말씀을 들 145

   으십시오.

다시 말씀 드리거니와 잉글랜드 사람 가운데

공작님의 인도자가 되기에 공작님 자신보다 더 강한 사람은 하나

   도 없을 겁니다,

만일 이성의 수액으로 불을 끄고자 하시거나

열정의 불을 가라앉히고자 하신다면 말입니다.

버킹엄   노포크 대감님,

대감께 감사한 마음입니다, 그리고 내려준 처방에 따르겠습니다. 150

그러나 이 머리 꼭대기까지 오만한 작자는―

이건 쓸개에서 나온 화로 인해서가 아니라,

진지한 의도로 그리 부르는 겁니다―내가 비밀스레 입수한 정보와

그리고 그 속에 든 자갈 하나하나를 다 들여다 볼 수 있는

6월의 못물처럼 분명한 증거에 의하면, 155

부패한 반역자란 것을 저는 분명히 알고 있습니다.

노포크   '반역자'라는 말은 하지 마십시오.

버킹엄 왕에게 그 말을 하고야 말겠습니다, 그리고 나의 주장을

바위처럼 탄탄하게 만들고야 말겠습니다. 잘 들어보십시오. 이

   법의를 걸친 여우는

아니 늑대, 아니 그 둘 다인 그 작자는―그자는 약아빠진 데다

먹성이 좋고, 못된 장난을 좋아하는 습성에다 그만큼 160

그것을 능란하게 해내니 말이요 — 그자의 마음과 지위는

서로를 오염시키니 — 맞아, 상호보완적으로 —

국내에서는 물론 불란서에서도 그의 위세를

뽐내려고, 우리 주인이신 왕에게

165 지난번의 그 값비싼 조약을 제안한 거랍니다, 그 회담은

그렇게 많은 재화를 집어삼키고도, 마치 거울처럼

닦는 중에 그만 깨져버리고 말았습니다.

노포크   맞습니다, 그건 사실입니다.

버킹엄 제가 말을 계속해도 될까요? 이 교활하기 짝이 없는 추기경은

동맹 조약의 항목들을 제 마음 내키는 대로

170 작성했답니다. 그리고는 그자가 '그렇게 되어라'라고 외치면

인준이 되었는데, 결국은 마치 죽은 자에게 목발을 주는 것처럼

되고 말았습니다. 그런데도 우리 고위급 추기경은

이런 일을 해낸 겁니다, 그리고 좋아요. 고명하신 울지 추기경,

잘못을 저지를 수가 없는 분, 그분이니까 그걸 했지요. 자, 이 일

     은 이렇게 됩니다,

175 내가 추측한 대로 그건 어미 개를 따르는

새끼 개 같은 것이지요 — 신성로마제국의 찰스 황제가

제 고모인 캐서린 왕비를 만난다는 구실로 —

그건 사실 그의 외견상 구실이었어요, 그는

울지와 밀담을 나누러 온 것이었어요 — 여기 공식 방문을 한 겁니다.

180 황제가 두려워 한 것은 잉글랜드와 불란서 사이가

가까워지고 우호관계를 맺으면 자신에게 손실을

가져오지 않을까 하는 것이었지요, 왜냐하면 이 동맹으로 해서
황제를 위협할 만한 위험이 머리를 내밀었기 때문입니다. 그는
  남몰래
우리 추기경과 거래를 했습니다, 그리고 내가 믿기로는—
나는 그걸 확신합니다, 왜냐하면 황제는   185
울지가 약속하기도 전에 보답을 했고, 그로 인해서 그자의 소청은
요구되기도 전에 하사된 셈이었지요—길이 놓이고
황금으로 그 길이 덮였을 때, 황제는 요구했습니다,
우리 국왕의 진로를 변경시키고
예언된 평화를 깨뜨려주면 좋겠다고 말입니다. 자, 전하께 알립   190
  시다,
전하께서는 저로 해서 곧 알게 될 것입니다, 추기경이
제멋대로 왕의 명예를 사고팔았다는 것을 말입니다.
제 자신의 이득을 위해서.

노포크   정말 유감이군요,
그분에 관하여 이런 소식을 듣게 되는 것은, 그리고 저는 그분이
이 일에 있어 뭔가 오해를 받은 것이기를 기원합니다.

버킹엄   아니요, 조금치도요.   195
나는 그에 관하여 그가 재판에 처해졌을 때 나타나게 될
그 모양 그대로 말한 것이오.

브랜든 등장, 그의 앞에 선 의회 수위관과, 두세 명의 호위병을 대동하고 있다.

브랜든 임무를 행하시오, 수위관. 집행하시오.

수위관   각하,

버킹엄의 공작이시며,

허포드, 스태포드, 노썜튼의 백작이신 각하를,

우리 주군이신 국왕전하의 명을 받아

최고 반역죄로 체포합니다.

버킹엄   보십시오, 노포크 대감,

그물이 내게 씌워졌소. 이제 나는

책략과 음모로 파멸하게 될 것이오.

브랜든   정말 유감스럽습니다,

공작님께서 이렇게 자유를 구속당하시는 것을 보게 되어,

또 이렇게 바라보고만 있자니. 런던탑으로 모시라는 것이

전하의 뜻입니다.

버킹엄   내 무죄함을 호소해보았자

아무 도움이 되지 못할 거요, 왜냐하면

나의 백설 같은 몸을 검게 물들일 염료가 내게 끼얹어졌기 때문이오

이 모든 일에 있어 하늘의 뜻이 이뤄질 것이오. 순순히 따르겠소.

오 나의 사위 애버지니여, 잘 있게나.

브랜든 아닙니다, 그도 각하와 동행해야만 합니다. [애버지니에게] 국왕전하
   께서는

공도 런던탑으로 가도록 명하셨습니다,

전하께서 결정하시는 바를 기다려야 할 것입니다.

애버지니   공작님께서 말씀하신 대로

하늘의 뜻이 이루어질 것이오, 전하의 뜻에

따르겠습니다.

브랜든 여기 체포 영장이 있습니다.

전하께서는 로드 몬태규를 구인하고 또

공작님의 고해신부, 존 드 라 코트와,

공작님의 비서, 길버트 파크를—

버킹엄 그래, 그래.

이자들이 음모의 수족들이란 말인가. 더 이상 없는가? 220

브랜든 샤또의 몽크가 있습니다.

버킹엄 오, 니콜라스 홉킨스도?

브랜든 그렇습니다.

버킹엄 나의 측량관은 거짓말쟁이요. 너무나 관대하신 추기경 나리께서

그놈에게 금화를 보여준 게로군. 나의 생애는 이미 몇 뼘밖에 안

남았구나.

나는 가엾은 버킹엄의 그림자 같은 신세,

이 순간 나의 모습은 구름에 휩싸여 225

밝은 태양 빛은 어두워졌다. 잘 있으시오, 노포크 대감.

[모두 퇴장.]

2장

코넷 소리. 헨리 왕이 추기경의 어깨에 의지하고서[8] 입장하고, 귀족들[9]과,
토마스 러벨 경이 따른다. 추기경은 왕의 옥좌 아래, 오른쪽에 시립한다.

> [비서 한 사람이 추기경의 시중을 든다.]

왕　　내 목숨과, 내 목숨의 가장 중요한 핵심을 걸고 맹세코

　　　　이 세심한 배려에 대해 추기경에게 감사하오. 알고 보니 내가

　　　　완전 장전된 총을 가진 모반자들의 조준선 안에 서 있었구려,

　　　　그런 위험을 눌러 꺼버렸다니 정말 다시 한 번 감사하는 바요.

　　　　자, 어디

5　　　내 앞에 그 버킹엄 가의 심복을 불러봅시다, 직접 만나서

　　　　그의 고백이 사실인지 심문해 보고,

　　　　하나하나 그자 주인의 반역행위를

　　　　다시 이야기하게 해야겠소.

‘중전마마 행차시오’라는 소리가 들리고 캐서린 왕비가 노포크 공작에 의해
인도되어 등장한다. 캐서린 왕비, 노포크 공작, 써포크 공작 입장.
캐서린이 무릎을 꿇어 인사한다. 왕이 옥좌[10]에서 일어나, 그녀를 일으켜

---

8. 헨리가 이 시점에서는 울지 추기경에게 의존하고 있음을 강조하려는 동작이다.

9. 이름이 특정되지 않은 ‘귀족들’로, 궁정이라는 시각적 배경을 만들거나, 1.3장과 4
　　장에 나오는 귀족일 수 있다.

10. (캐노피가 달린) 의식용 의자인 옥좌는 여러 장면에서 요구된다(1.2장과 4장, 2.4
　　장, 3.2장, 5.2장). 옥좌는 극이 진행되는 동안 무대 위에 고정되어 있다. 헨리 왕

입 맞추고, 자신의 옆에 앉힌다.

캐서린 아닙니다, 더 꿇어앉아 있겠습니다. 저는 여기 청원자로 왔으니까요.

왕 일어나서, 내 옆에 자리하세요. 당신의 청원의 절반은   10
나에게 말할 필요도 없어요. 중전은 나의 권력의 절반을 가지고 있고
나머지 절반은 중전이 청하기 전에 허락되어 있어요.
원하는 바를 말씀만 하시고 그것을 취하시면 됩니다.

캐서린   감사합니다, 전하.
전하께서 전하 자신을 사랑하시고, 그리고 그런 사랑으로,
깊이 통촉하심 없이 전하의 명예와 왕위의 존엄을   15
저버리는 일을 하지 마시라는 것이
저의 소청입니다.

왕   말씀을 계속하세요, 중전.

캐서린 저는 탄원을 받았습니다―한두 사람에게서가 아닙니다,
진실로 충성스러운 분들에게서 입니다―전하의 백성들은 지금
큰 걱정에 싸여있습니다. 그들에게 지시가 하달되었는데,[11]   20
그것이 그만 그들의 충성스런 심장에 금이 가게 만들었습니다.
그런 심장으로 해서,
비록 그들이, 훌륭하신 추기경 대감을
이 모든 강제징수의 촉발자로 보고 몹시 심한 비난을 토해냈습니
       다만,

또는 울지가 앉거나, 비어 있는 채로 있다.
11. 1525년 불란서와의 전쟁 비용을 충당하기 위해 재산의 6분의 1을 납부하라는 지
    시가 있었다. 모든 사람들이 왕과 울지 추기경을 비난하고 항의가 뒤따랐다.

25   우리의 주인이신 전하―

하늘이시여 그분의 명예를 어떤 흠결로부터도 막아주소서―그분조차도

버릇없는 말을 듣고 계십니다, 그렇습니다, 그런 말은

충성심의 옆구리를 뚫고 나와 큰소리치는 반란으로까지

거의 나타나려 하고 있습니다.

노포크   거의 나타나려고 하는 것이 아니라,

30   이미 나타났습니다. 왜냐면 이 징세로 해서,

직물제조업자들 모두가, 그들에게 속한 많은 사람들을 더 이상 데리고 있을 수 없게 되자

물레 돌리는 사람, 양모에 빗질하는 사람, 축융공, 방직공들을 해고시켰고, 해고된 사람들은

다른 일은 할 줄 모르는 사람들이라, 굶주림에 내몰리고

35   다른 생계수단이 없자 그만 절망적이 되어,

이를 악물고 감히 도전을 하여, 그만 반란을 일으켰습니다,

굶어죽을 위험 앞에서 없던 용기가 생긴 모양입니다.[12]

왕   징세라니?

어디서, 무슨 징세인가? 나의 추기경,

이 일에 대해서 나와 마찬가지로 비난을 받고 있는 추기경은

---

12. 노포크는 지역적 소요를 전국적 반란으로 과장하고 있지만, 한편으로 캐서린이 개입할 때까지 그런 사실에 대해서 알지 못하고 있는 왕의 정치적 무능을 드러나게 하고 있다. 왕이 그런 사실을 모르고 있었다는 점은 관객의 눈에 비난을 면하게 하고 있지만, 동시에 문제에 부딪히자 당장 울지에게 향하는 태도는 다시 그의 정치적 무능을 보여주는 것이다.

이 징세에 대해 알고 있으시오?

울지   고정 하시옵소서, 전하,   40

저는 국가에 관한 일에 대해서 단지 한 사람의 몫만 알고 있을 따
　름이옵니다,

그리고 제가 맨 앞줄에 서서 걸어가기는 하지만 그 대오에는

다른 사람들도 저와 함께 발걸음을 같이 하고 있사옵니다.

캐서린   맞습니다, 추기경 대감,

대감이 다른 사람보다 더 많이 알고 있는 건 아니지요, 대감은 일을

알려진 것이나 똑같이 만들어 버리지요, 그래서 그걸 모르고 있   45
　던 사람들은

무관하게 되는 게 아니라 그걸 알고 있는 사람이 안 될 수

없게끔 하고 말지요. 이 강제징수 안은,

그것에 대해 국왕전하께서도 아시고자 하시니 말씀드리자면,

듣기만 해도 아주 역병에 걸릴 듯한 것인데, 그것을 등에 짊어진
　다는 것은

그 짐으로 해서 목숨을 잃는 것입니다. 사람들이 말하기를   50

이 강제징세 안은 추기경님이 고안해내신 것이라고 합니다, 아니라면

지나치게 혹독한 비난을 받고 계시는 것일 겁니다.

왕   여전히 강제징수라고 하는군!

그것의 성격이 뭐요? 어떤 형식의 세금인 거요?

어디 알아봅시다.

캐서린   제가 너무 당돌하게

전하의 인내심을 요구하는 것 같습니다만, 용서해주신다는 약속을   55

믿고서 감히 말씀 드리겠습니다. 백성들의 불평은

그들 각자에게서 재산의 6분의 1을 강제로 내게 하는

정부의 지시사항 때문입니다. 그것은 지체 없이 납부되어야만 합니다.

그리고 이 세금의 핑계는 전하께서 불란서와 전쟁을 하신다는 것으로

60 이름 붙여져 있습니다. 이것은 입들을 대담하게 만들고 있습니다.

혀는 그들의 의무를 내뱉어 버리게 하고, 차가운 심장은 저들 속의

충성심을 꽁꽁 얼게 만들고 있습니다. 그들의 저주는 이제

그들의 기도가 살던 곳에 머물러서, 이제는 그만 유순한 복종이

불타는 의지의 노예가 되는 데

65 이르렀습니다. 저는 전하께서

그 문제를 급히 통촉하여 주시옵기를 고대합니다, 왜냐하면

그보다 더 화급한 일은 없기 때문입니다.

왕   맹세코,

이 일은 나의 뜻과 다른 것 같구려.

울지   저로 말씀드릴 것 같으면,

저는 이 일에 있어 만장일치의 지지를 받지 않고 그 이상으로 나

　아가본 적이

70 없습니다, 그리고 최상의 학식을 가진 추밀원 판관들의

승인에 의한 것이 아니면 나아가게 하지도 않았습니다. 만일 제가

무지한 혀의 놀림[13]으로 비방을 받는다면,

---

13. 여러 공연들에서 이 말을 하면서 울지가 캐서린이나 또는 노포크와 써포크를 쳐다
보는데 이는 그가 캐서린 왕비에 대해 보이고 있는 불손함의 정도에 따라 달라질
수 있다.

그것은 저의 성향도 저의 인격도 모르는 사람들이,

제가 하는 바를 이러니저러니 하는 것일 것이니,

이것은 고위직이라는 자리가 가진 운명일 뿐이며   75

미덕이 지나가야할 거친 덤불숲이라고 말하고 말겠습니다.

악의적인 비방자들과 싸우는 일이 두렵다고

필요한 행동을 하는 일을 억제하지는 말아야 할 것입니다.

늘 그렇듯 그들은 게걸스런 상어처럼, 새로 건조된 배를 뒤쫓으며

배가 깨뜨려져 먹을 것이 생기기를 바라나, 헛되이 갈망하는 것   80
   말고는

그 어떤 이득도 얻지 못합니다. 우리가 행한 최상의 업적은 흔히,

시기하는 자들, 또는 신심 깊지 못한 자들에 의해서, 우리가 한
   일이 아닌 것이 되거나

인정받지 못합니다. 우리가 행한 최악의 업적이라도, 흔히 그렇듯,

천박한 자질에 부딪혀서는, 최상의 행동이라고

환호되어지기도 합니다. 만일 우리가 우리의 행동이 조롱될까   85

혹은 트집잡힐까 두려워 가만히 서 있게 된다면

우리는 여기 우리가 앉은 자리에 뿌리를 내리거나

말없는 석상처럼 앉아 있기만 해야 할 것입니다.

왕   잘 행해진 일은,

그리고 주의 깊게 행해진 일은 두려움에서 스스로 면제되는 법이오.

그러나 선례가 없이 행해진 일은, 그 결과를   90

두려워해야만 할 것이오. 추기경은

이런 지시의 선례를 가지고 있나요? 내 생각에는 아닌 것 같소.

우리는 우리 백성들을 우리의 법률로부터 억지로 떼어내어

우리의 의지에 가두어서는 절대 안 되오. 각자 재산의 6분의 1이

라고요?

95　경악할 만한 분담금이로군요! 휴, 우리가 모든 나무에서

잔가지를 쳐내고 껍질을 벗기고 재목의 일부를 잘라낸다면

비록 그것을 뿌리가 있는 채로 남겨둔다 해도, 그렇게 마구 자르면

공기가 수액을 마르게 할 것이오. 문제가 생긴 모든 카운티에

편지를 보내어 조건 없는 사면을 내려

100　이 세금에 대한 지시를 따르기를 거부한 사람들을 석방하게 하시오.

부디 이 일을 자세히 살펴주시오.

이 일을 경의 처리에 맡기오.

울지　[떨어져서 그의 비서에게] 네게 할 말이 있다.

모든 주에 편지를 보내어

왕의 유예와 사면에 대해서 알려라. 분개한 평민들은

105　나를 좋게 여기지 않을 것이다. 그러니 소문을 퍼뜨려라,

나의 개입에 의해서 세금 징수가 철회되고

사면이 내려왔다고. 내가 나중에

그 절차에 대해 더 상세히 가르쳐 주겠다.　　　　[비서 퇴장.]

측량관 등장.

캐서린　버킹엄 공작이 전하의 성심을 어지럽힌 일은

정말 유감스럽습니다.

110　**왕**　　　　　　　그 일은 많은 사람들을 상심시켰습니다.

그는 학식 있는 교양인이고 뛰어난 언변을 가졌고,
누구보다 더 자연에게서 재능을 부여받은 사람이오, 그의 학문은
위대한 스승들에게 가르침을 줄만 했고
자신 밖에서 어떤 도움을 구한 적도 없었소. 그러나 보십시오,
이 고귀한 장점들이 올바르게 놓이지 못한 것으로 입증되고,   115
마음이 일단 타락하기 시작하자
그 자질들은 사악한 형태로 변하여, 전에 아름다웠던 것의
열 배나 추악하게 바뀌었다오. 그토록 완벽하던 이 사람이,
기적 같은 일을 정말 많이 해낸 사람인데— 내가,
황홀경에 빠진 듯 그의 이야기를 듣고 있노라면,   120
한 시간을 말해도 단 일 분도 지나지 않은 것처럼 느껴지곤 했지
　요—중전,
그런 그가 한때 그의 것이었던 그 은총을
추악한 의상으로 바꿔 입어 버렸다오, 그래서 지옥에서
더럽혀진 것처럼 검게 되고 말았소. 내 곁에 앉으시오. 중전도 들
　어보시오—
이 자는 그의 심복이었소—그의 명예를   125
공격하는 말을 듣는 일은 슬픈 일이오. 그에게
앞서 말한 반역행위들을 다시 이야기해보라 명하시오, 그것에 관해
우리는 결코 지나치게 조금 놀랄 수도, 지나치게 많이 들을 수도
　없을 테니까.

울지　앞으로 나서라, 마음을 굳게 먹고, 네가
　사랑받는 왕의 신하로서,   130

버킹엄 공작에게서 수집해온 것을 소상히 아뢰어라.

왕 편히 말해보아라.

측량관 먼저, 이것이 공작이 늘 하는 말이었습지요 ─ 매일

이런 망령된 말을 하곤 했습니다 ─ 만일 국왕전하께서

후손 없이 돌아가신다면,

135 　　왕 홀이 자기 것이 되게 처리하겠다고 말이지요.

바로 이런 말을 사위인 애버지니에게 얘기하는 것을

제 두 귀로 똑똑히 들은 적이 있습지요, 그에게 이야기하면서 기필코

추기경에게 복수를 하겠노라고 위협적으로 말하였습니다.

울지 전하, 살펴주시옵소서,

그의 위험한 생각이 이 점에서 그의 바람으로 인해

140 　　전하에게 얼마나 우호적이지 못한지.

그의 의지는 몹시도 악의적이옵니다, 그리고 그것이 전하를 넘어서

전하의 친지들에게까지 손을 뻗치고 있사옵니다.

캐서린 학식 깊으신 추기경님,

부디 자비롭게 말씀해 주십시오.

왕 계속해보아라.

무슨 근거로 그가 내가 후손 없이 죽으면 제가 왕위에 대해 자격

을 가지고 있다고

145 　　생각한다는 거냐? 이 문제에 관하여 너는 그가

언제라도 무슨 말하는 것을 들은 적이 있느냐?

측량관 공작이 이런 생각에 이르게 된 까닭은

니콜라스 홉킨스의 허망한 예언 때문입지요.

왕　홉킨스라는 자는 어떤 자이냐?

측량관　　　　　　　　　　　　　카르토지오 수도회의 수도승으로

공작의 고해신부입지요, 그자는 공작의 귀에 매번

왕권에 관한 말을 불어넣어 왔습지요.

왕　　　　　　　　　　　너는 그걸 어떻게 알고 있는 거냐?　150

측량관　전하께서 불란서로 가시기 얼마 전에

공작이 로즈에 머물고 있었는데, 그곳은 세인트 로렌스 포울트니

교구 내에 있는 곳입지요, 저에게 이렇게 물었습지요,

런던 사람들이 왕의 불란서 여행에 대해

뭐라고 말들을 하느냐고요. 저는 대답했습지요.　　　　　　　　155

사람들은 불란서 놈들이 배신을 잘하는 놈들인지라

왕이 위험에 빠지지 않겠느냐고 한다고요. 그러자 즉시, 공작이

말하기를, 사실 그런 걱정이 있다고 하고 나서,

그럼 그 수도승이 한 말이 사실이 될 수 있을까 하고

의심하였습니다, 공작은 제게 말하기를, 그 수도승이　　　　　　160

'여러 번 내게 편지를 보내서, 내가 내 군목인

존 드 라 코트에게 적당한 시간을 내주어 그에게 가서

어떤 중요한 이야기를 들어보게 해주기를 호소했다.

그 뒤, 고해성사의 비밀엄수 약조 같은 것을 받고서

그 수도승은 자기가 내 군목에게 말한 것을　　　　　　　　　　165

나 말고는 살아있는 그 누구에게도

발설하지 않겠다는 것을 엄숙히 맹서하게끔 하고서

조금 망설이다가 이렇게 말했다고 한다. "왕도 왕의 상속자도ㅡ

너는 공작에게 말하거라―번영하지 못하리라. 가서 공작에게

170 평민들의 사랑을 얻기 위해 힘쓰라고 당부하여라. 공작은

영국을 통치하게 될 것이다'"라고 했습지요.

캐서린   내가 그대를 제대로 아는 거라면,

그대는 버킹엄 공작의 측량관이었지 않나, 그런데 그 직위를

소작인들의 불평으로 해서 잃지 않았는가? 단단히 조심하시게,

고귀한 분에 대한 비방이 울화에서 나오는 것이 되지 않도록, 그리고

175 보다 귀한 그대의 영혼을 망치는 일이 되지 않도록. 내 말은,

조심하라는 것이오―그래, 진심으로 그대에게 부탁하는 바이오.

왕   계속하게 하시오.

[측량관에게] 더 말해 보아라.

측량관   제 영혼에 걸고 맹세코, 저는 진실만을 말할 겁니다.

저는 제 주인인 공작에게 말했습니다, 악마의 기만으로 인해서

그 수도승도 속임을 당할 수 있습니다, 그러니 이 일에

180 대해 두고두고 생각하시는 것은 위험한 일입니다,

그렇게 생각하다 보면 그것은 어떤 계획을 만들어내게 하고―그
것을 믿다 보면,

이루어질 것처럼 보이게 되기 때문이라고요. 그러자 공작은 대답
하기를 '흥,

그래봤자 내게 해로울 건 없지'라고 했습지요. 그리고는 덧붙이기를
지난번에 왕이 병환으로 돌아가셨다면,

185 추기경과 토마스 러벨 경의 모가지는

틀림없이 날아갔을 거라고 했습니다.

왕   하! 그 정도로 썩었구나! 어허, 이런!

이 작자 마음속에 못된 생각이 들어있구나. 더 말할 수 있겠느냐?

측량관 네, 전하.

왕   해보아라.

측량관   그리니치에 있었을 때,

전하께서 공작을 책망하시고 나서 말입니다,

윌리엄 벌머 경의 일로 해서―

왕   그래 기억난다,   190

그런 적이 있었지. 벌머는 내 종복이 되겠다고 맹서했었는데,

공작이 제 부하로 삼아버렸었지.[14] 계속 해봐라. 그래서 어쨌다는 거냐?

측량관 '만일'이라고 공작이 말하였습지요, '이 일로 내가 죄를 받게 되

었더라면'―

그건 제 생각에, 런던탑으로 가게 되었더라면 이라는 말인 것 같

았습니다―

'나는 선친이 찬탈자 리처드 왕에게   195

하려고 했던 그 역할을 할 생각이었다. 선친께서는 솔즈베리에서,

리처드 왕에게 알현을 요청했었지. 만일 그 요청이 받아들여진다면,

선친께서는 왕에게 신하의 예를 행하는 척하고서

칼을 찔러 넣을 셈이셨지.'

---

14. 홀린셰드는 불란서에서 귀국한 왕의 총신들에 대해 개혁을 단행하게 된 배경을 언
급하면서, '왕은 특히 기사인 윌리엄 벌머를 책망했는데 그가 왕의 부하가 되기로
맹서했음에도 왕에게 복무하기를 거부하고 버킹엄 공작의 부하가 되었기 때문이
다'라고 하였다.

| 왕 | 천하에 못된 대역적 놈이로구나. |

200 **울지** 자, 중전마마, 이래도 전하를 편히 모실 수 있으시겠습니까,

이런 자를 옥에 가두지 않고도요?

캐서린 신이여 모든 것을 올바로 잡아주소서.

왕 네가 말할 것이 아직 좀 더 있는 모양이구나. 그래 무슨 말이냐?

측량관 '선친이신 공작님께서는' '칼을'이라고 말하고서,

공작은 몸을 똑바로 일으켜 세웠습니다, 그리고는 한 손을 단검
에 대고,

205 다른 손은 가슴에 얹고서, 눈을 들어 올리고서

끔찍한 맹서를 했습니다[15], 그 말의 취지는

즉, 만일 자신이 부당한 취급을 받는다면, 자신은,

실행이 망설이는 목적을 제치고 나아가듯, 주저치 않고 행동함으로써

자기 부친을 능가하겠다는 것이었습니다.

왕 여기 결론이 나왔구나.

210 그의 칼을 내게 집어넣겠다는 것이구나. 그는 체포되어 있다,

당장 재판정에 세워라. 만일 그가

법에서 자비를 찾게 된다면, 그의 승리가 되리라. 그러나 그렇지
못하다면,

내게서 자비를 찾지는 못하게 되리라. 밤과 낮에 맹세코,

---

15. 홀린셰드의 설명에는 '심술궂은 표정을 하고서, 예수의 피를 두고 맹서했다'로 되
어있다. 헨리 왕은 이 장면에서 후사 없이 죽을지도 모른다는 두려움에 자극을 받
고 있다. 그리고 징세에 대한 항의 소요와 버킹엄의 모반에 대한 증언으로 해서 왕
으로서 권위가 손상되었다고 느끼고 있음을 보여준다. 특히, 단검에 찔리는 모습에
대한 상세한 묘사에서 그는 약화된 자신의 모습을 보고 격노하고 있다.

그자는 최고 반역자이다!

[모두 퇴장.]

시종장과 쌘즈 경이 입장한다.

시종장 불란서 마법이 사람들을 홀려서[16]

그렇게 괴상한 악마 의식에 빠지게 하는 게 가능하단 말인가?

쌘즈　　　　　　　　　　　　　새로운 풍속이지요,

사람들이 이제껏 그렇게 우스꽝스러운 모양새를 한 적은 없었을

겁니다—

차라리 남자답지 못한 꼴이라고 해야 하려나—그럼에도 모두 따

라 하고 있답니다.

5　**시종장** 내가 아는 한, 우리 훌륭하신 영국 국민들이

최근의 불란서 여행으로 얻게 된 것은 오직

한두 가지의 찡그리는 표정뿐이야[17]—그러나 영리한 짓이지,

왜냐하면 그들이 그런 표정을 지을 때면, 누구라도 단박에

바로 그런 코가 페핀과 클로타리우스[18] 같은 불란서 왕들에게 자

---

16. 불란서 궁정에서 시간을 보낸 영국 귀족 젊은이들이, 불란서 식으로 먹고 마시고, 옷 입고, 불란서 식의 악과 허풍을 저지르게 되자, 이들로 인해서 영국 귀족들이 비웃음을 사게 되었다는 개탄이 있었다. 1519년에는 추밀원의 강력한 주장으로 그런 자들이 궁정에서 추방되었다. 1513년에서 1521년까지 유럽 및 불란서에 머물렀던 앤 불린도 이런 불란서화한 귀족들 중의 하나이다.

17. 찡그리는 표정이란, 그 구절의 나머지를 볼 때 불란서화한 궁정인들이 '코를 높이 쳐들고서' 오만한 얼굴로 걸어다니는 방자한 모습을 가리킨다.

문 역할을

했다는 것을 알 수 있으니까. 그들은 나라를 그렇게 다스리나 봐. 10

쌘즈 그자들은 최신형 다리를 얻었는데, 그게 절름거리는 다리예요.[19]

누구라도,

전에 그들이 걷는 것을 보지 않았더라면, 죄다들 말의 다리 근육

병이나

절름발이병에 걸린 줄 알았을 겁니다.

시종장 정말 말도 안 되는 짓거리야, 게다가

그 사람들 옷은 이교도 식으로 재단된 것이더군,

기독교 세계의 패션은 이제 다 써버린 것인지 원.

토마스 러벨 경 등장.

아이구, 안녕하십니까? 15

뭐 새 소식이라도 들은 것 있으십니까, 토마스 러벨 경?

러벨 허허, 대감,

들은 것이라고는 코트 게이트에 걸려서 박수를 받고 있는

새 포고문 외에는 아무 것도 없소이다.

시종장 무엇 때문이지요?

러벨 불란서에 다녀온 우리의 멋쟁이들을 개조하겠다는 거지요.

그들은 궁정을 온통 말다툼과 허풍과 재단사로 채우고 있어요. 20

---

18. 기원 500-800년간의 불란서 왕들. 이 왕들은 고대 불란서 통치와 바바리즘의 전형
    이다. 페핀은 샤를마뉴 대제의 아버지.

19. 새로운 걸음 걷는 법과 절하는 법을 풍자하고 있다.

시종장 그런 게 거기 걸려 있다니 안심입니다. 이제 우리 젊은이들이,

영국 궁정인들도 현명할 수 있다는 것을 생각할 수 있으면 좋겠
습니다,

루브르 궁 같은 것은 전혀 안 보고도 말이지요.

러벨   둘 중에 하나는 해야만 합니다,

왜냐하면 포고문의 항목들이 말하는 바에 따르면, 그들이 불란서
에서 가져온

25   바보 같은 모자 깃털 따위를 던져버리고

그와 함께, 그들이 자랑스럽게 따내던 시시한 점수—

결투나 불꽃놀이 같은 것들, 외국에서 배워온 지혜랍시고

더 훌륭했을 사람을 망가뜨려온 것들—

테니스니 긴 스타킹이니 짧은 불어터진 반바지니

30   물 건너에 다녀왔다고 표시를 내는 것들에 대해 가지고 있는

열광을 깨끗이 포기하고

다시 정직하고 정상적인 사람이 되어 겸손하게 서있거나,

아니면 아예 보따리를 싸가지고 불란서의 친구들에게로 가버려
야만 하니까요.

거기 가면, 필시, 그들은 '독점적으로' 오잉오잉거리면서[20]

35   방탕으로 스러지는 마지막 날까지, 비웃음 받으며 살겠지요.

쌘즈 이제는 정말 그 녀석들에게 약을 처방하지 않으면 안 될 때가 됐
습니다,

---

20. 불란서어 oui[wi](=yes)의 발음이 돼지의 꿀꿀거리는 소리 oink와 비슷하다는 식
으로 조롱하는 것.

종기가 커져서 눈에 띌 정도가 됐으니까요.

시종장   우리 숙녀분들께는 큰일이겠군,

이 말쑥하게 빼입은 허영덩어리들이 가버리면!

러벨   그러게 말이오.

정말 슬픈 일이 될 겁니다, 대감님들. 그 교활하기 짝이 없는 망

할 자식들이

숙녀분들을 눕히는 데는 아주 빠른 술책을 가지고 있답니다.   40

불란서 노래와 깽깽이에는 당해낼 자가 없지요.

쌘즈 악마가 깽깽이 켤 놈들 같으니! 놈들이 쫓겨 간다니 속이 다 시원

합니다,

확신컨대 그런 놈들을 개종시킬 방법은 없습니다. 자 이젠

저 같은 정직한 시골 귀족이, 오랫동안 따돌림을 당하고 납작해

져 있다가,

드디어 소박한 연가를 부를 수 있게 되었네요,   45

이젠 마음 놓고 불러도 한 시간은 들어줄 것 같습니다. 그럼, 맹세코,

흘러간 노래 취급도 안 받겠고요.

시종장   말씀 한 번 잘 했네, 쌘즈 경.

경의 망아지 이빨²¹은 아직 뽑아 던지지는 않았겠지?

쌘즈   아닙니다, 대감,

저는 그루터기라도 남아있는 한 절대로 버리지 않을 셈입니다.

시종장   토마스 경,

어디를 가시던 길이십니까?

---

21. 방종에 대한 암시적 표현. 아마도 빈약한 penis를 뜻하는 듯.

| 50 | **러벨** | 추기경 댁에 가던 길입니다. |

대감께서도 초대받지 않으셨습니까?

시종장   오, 그렇습니다.

오늘밤에 저녁을 대접한다는데, 아주 성대하게 하나 봅니다,

많은 귀족들과 귀부인들에게요. 거기 가면 이 나라의

미인들은 다 모여 있을 겁니다, 확실합니다.

55 **러벨** 저 성직자는 정말 마음이 넉넉한 분이시오,

대지처럼 산물을 풍성하게 내어서 우리를 배불리 먹입니다.

그의 이슬이 내리지 않는 곳이 없어요.

시종장   그가 훌륭한 사람이라는 것은 틀림없지만—

그에 대해 달리 말하는 악담가도 있지요.

쌘즈 그분은 그럴 수 있습니다, 대감. 그분은 그럴 자금을 가지고 있으

니까요. 그런 분에게

60 인색이라는 것은 잘못된 교리보다 더 나쁜 죄일 겁니다.

성직자의 길을 가는 사람들은 모름지기 씀씀이가 커야 해요.

그런 사람들은 모범을 보여주려고 여기 좌정하고 있는 거니까요.

시종장   맞아요, 맞아.

이제는 그렇게 큰 연회를 베푸는 사람도 별로 없지. 타고 갈 배가

기다리고 있군.

대감들 같이 가십시다. 이리 오세요, 토마스 경,

65 서두르지 않으면 늦겠어요, 그러고 싶지는 않아요,

왜냐하면 부탁을 받았거든요, 헨리 길포드 경과 함께

오늘 밤 의식 진행을 맡아 달라고요.

쌘즈   저는 대감을 따르겠습니다.

[모두 퇴장.]

4장

행차를 알리는 오보에 소리. 추기경이 앉을 조그만 테이블이 옥좌 앞 쪽으로 놓이고, 좀 더 긴 테이블이 손님용으로 놓인다. 그러고 나서 앤 불린과 여러 다른 귀부인들과 신사들이 초대받은 손님들로 한 쪽 문으로 입장하고,[22] 다른 쪽 문으로 헨리 길포드 경이 입장한다.

길포드 귀부인 여러분, 추기경 예하께서 여러분 모두에게

　환영의 인사를 전하십니다. 오늘밤 추기경님께선 연회를 아름답게 만들고

　여러분을 기쁘게 해드리고자 힘을 다 하고 계십니다. 추기경님께선

　여기 계신 고귀한 아가씨들 가운데, 한 분도, 이렇게 멀리까지

　걱정을 가지고 오지 않으셨기를 바라십니다. 추기경님께선 모두

　즐거우시기를,

　그 무엇보다도, 좋은 친구들, 좋은 술, 좋은 환영이 여러분을

　좋은 사람들로 만들어 주기를 바라십니다.

시종장[23], 쌘즈 경, [토마스] 러벨 경 등장.

---

22. 홀린셰드는 1527년 요크 궁에서 열린 연회에 대하여, 그 곳이 온갖 종류의 허세와 호사스러움으로 군주의 궁정 같아 보였고, 귀족과 신사들이 드나들고, 외국 대사들을 위한 연회가 여러 번 베풀어졌다고 설명하고 있다. 이 장면은 울지의 이런 무절제를 강조하고, 헨리와 앤의 첫 번째 만남을 만들어 내는 데 쓰이고 있다. 홀린셰드에 앤이 이 연회에 참석했다는 언급은 없다.

23. 1527년에 열린 이 연회에서, 시종장은 오룬델 백작이었다. 그러나 장면은 극의 플

아이구 대감, 늦으셨네요.

저는 이 예쁜 모임에 대한 생각만으로도

등에 날개라도 붙인 듯 날아 왔지 뭡니까.

시종장　　　　　　　　자네는 젊지 않은가, 멋쟁이 길포드 경.

쌘즈　러벨 대감님, 추기경님께　　　　　　　　　　　　　　10

저에게 있는 세속적 욕망이 반만 있더라도, 이들 중에 어떤 사람들은

자리에 앉기 전에 급히 먹을 간식을 찾을 게 틀림없을 텐데,

그런 사람들의 허기를 채워주었을 것 같습니다. 아이구 이런,

저기 아름다운 아가씨들이 한 가득 모여 있군요.

러벨　아이고, 대감이 이제 이들 중의 한두 사람에게　　　　　15

고백자가 되시기를 빕니다.

쌘즈　　　　　　　　　　저도 그러고 싶습니다.

그럼 저들은 쉬운 보속을 받을 게 틀림없습니다.

러벨　　　　　　　　　　　　　　얼마나 쉬운데요?

쌘즈　깃털 이불이 감당해 낼 만큼입니다.[24]

시종장　상냥하신 귀부인님들, 자리에 앉으시겠습니까? 헨리 경,

그쪽에 자리를 잡으시오, 나는 이쪽을 맡겠소.　　　　　20

추기경 예하께서 곧 오실 겁니다. 아닙니다, 얼어붙으시면 안 됩니다,

롯을 위해 1521년 버킹엄의 재판과 처형의 앞에 배치되어 있다. 그 때의 시종장은
우스터 백작이었다. 시종장은 2.3장과 5.2, 3장에도 등장하는데 그 때는 또 다른
궁신이었다. 이 극에서 시종장은 특정한 역사적 인물을 제시하기보다 왕의 기분을
염려하고 상대의 힘을 저울질하며 대하는 일반적 궁정인을 대변하고 있다.

24. 15행부터 18행까지는 사랑의 고백자, 고해신부, (고해성사에 대한) 보속으로 위트
가 이어지고 있다.

함께 붙어 앉아있는 두 명의 여성은 찬바람 부는 날씨를 만든답니다.

쌘즈 경, 경께서는 분위기를 일으키는 역할을 계속 맡아주세요.

이 귀부인들 사이에 앉으시라니까요.

쌘즈   아이고,

25 감사합니다, 대감님. 앉아도 될까요, 아름다운 귀부인님들?

제가 좀 거칠게 말하더라도, 부디 용서해주십시오.

이건 저의 선친에게서 물려받은 것이니까요.

앤   그분께서는 사나우셨나요, 대감님?

쌘즈 오, 아주 사나우셨지요 — 사랑에도 지나칠 만큼 사나우셨지요 —

하지만

아무도 물지는 않으셨어요.[25] 꼭 지금 나처럼요, 그분은 당신 같은 분

스무 명에게라도 단숨에 키스를 하시곤 하셨답니다.[26]

30 **시종장**   말 한 번 재밌게 하셨소, 쌘즈 경.

자, 여러분 이제 모두 자리에 잘 앉으셨습니다,[27] 신사분들,

만일 이 아름다운 귀부인님들이 얼굴을 찡그리며

다른 데로 가버리신다면 여러분들에게 참회의 벌이 내려질 것이오.

쌘즈   제 교구의 영혼들은

---

25. 쌘즈의 재담에는 미친 개의 무는 특성과 광증으로서의 사랑이 합해져 있다.

26. 앤에게 키스하려는 쌘즈의 시도에 대한 앤의 반응의 정도로 그녀의 성적 태도를
드러낼 수 있다.

27. 누가 어디 앉을 것인가 하는 것은 홀린셰드의 설명에 의하면 '한 명의 귀족과 한
명의 귀부인이 앉혀졌다. 또는 한 명의 향사와 한 명의 같은 계급의 여성이 앉혀졌
다. ... 그 순서와 방법 안내는 쌘즈 경이 행했고, 뒤에는 시종장이 왕에게 행했고,
그리고 왕의 연회 사회자인 헨리 길포드가 행했다.'

제게 치유를 맡겨 주십시오.

오보에 소리. 울지 추기경이 들어와 옥좌에 앉는다.

울지 환영드립니다, 아름다운 손님 여러분들. 저기 저 귀부인과 ³⁵
저 신사분은 마음 푹 놓고 즐거워하고 있지 않으니
내 친구가 아니신 모양입니다. 자, 한 번 더 환영을 드리기 위해
　건배,
그리고 여러분 모두를 위해, 건배!

쌘즈 　　　　　　　　추기경 예하는 정말 관대하십니다.
저의 감사하는 마음을 담을 아주 큰 술잔을 제게 주십시오.
그래서 제가 감사를 굳이 말로 할 필요가 없게 말입니다.

울지 　　　　　　　　　쌘즈 경, ⁴⁰
나는 경의 덕을 많이 보고 있어요. 자, 옆 사람들을 즐겁게 해주시오
귀부인님들, 좀 더 흥을 내주세요. 신사분들,
뭐하시는 겁니까, 네?

쌘즈 　　　　　　　붉은 포도주가 먼저 귀부인들의 뺨을
붉게 만들어야 한답니다, 추기경님. 그러고 나야 그 다음에 부인
　들의 말씀이 많아져
우리가 침묵하게 되지요.

앤 　　　　　　　말씀을 재미있게 잘 하시네요, ⁴⁵
쌘즈 대감님.

쌘즈 　　　그럼, 내가 한 번 놀았다 하면 제대로지.
자, 부인을 위하여 건배합니다, 그리고 맹서합니다 부인,

이건 정말 물건입니다 -

앤   그렇게까지 안 하셔도 되어요.

쌘즈   제가 추기경님께 귀부인들이 곧 이야기를 할 거라고 말씀 드렸지요?

드럼과 트럼펫 소리. 작은 대포 터지는 소리가 난다.

울지   무슨 일이지?

시종장 누가 좀 나가 보게.   [하인 하나 퇴장.]

50 **울지**   웬 대포 소리일까요?

그리고 이 어인 까닭일까요, 이 모든 게? 자 자, 귀부인님네들, 놀

라지 마십시오.

그 어떤 전쟁이 일어난다 해도 절대로 부인님네들을 다치게 하지

않는 법이니까요.

[하인 다시 등장.]

시종장 그래, 무슨 일인가?

하인   귀한 분들이 한꺼번에 많이 오셨습니다, 외국

분들 같습니다,

제게는 그리 보였습니다. 그분들은 배에서 내려 뭍에 오르셨습니다,

55   지금 이리로 오고 계십니다, 외국 왕의

대사들 같습니다.

울지   시종장 대감,

가서, 그분들을 환영하여 맞아들여 주시오, - 대감은 불란서어를

하실 수 있잖습니까ㅡ

부디 그분들을 정중하게 영접하여, 우리 있는 곳으로

안내해 주세요, 여기서 이 천상의 미인들이

그분들께 빛을 가득 비춰드릴 겁니다. 너희 몇이 따라가 뫼시어라. 60

[시종장이 퇴장하고 하인들이 뒤따른다.]

[모두 일어나고, 테이블은 치워진다.]

잠시 연회를 중단합시다. 조금 뒤에 그걸 이어 붙이도록 하고.

모든 분이 소화가 잘 되시기를 빕니다, 그러면 한 번 더

여러분께 환영의 소나기를 내려 드립니다. 모두 환영합니다!

오보에 소리. 왕과 다른 이들이 가면무도회 참가자의 복색으로 입장한다. 그들은
목동으로 분장하고서, 시종장의 안내를 받고 있다. 그들은 곧장 추기경 앞으로 가서
우아하게 인사한다.[28]

고귀하신 분들이 이렇게 많이 와주셨군요. 그래 뭘 원한다고 하

시든가요, 시종장?

시종장 이분들은 영어는 한 마디도 못하기 때문에, 추기경님께   65

이렇게 말씀드려 달라고 하셨습니다.

고귀하고 훌륭한 모임이

---

28. 가면무도회, 매스크는 르네상스 시대에 가면과 역할에 따른 복장을 착용하고서 간
단한 춤을 추는 것을 가리킨다. 그 의상과 역할은 대부분 신화에 나오는 인물을 보
여주는 것이고, 인물은 구애의 춤을 추었다. 헨리 8세는 가면무도회를 즐겼고 그
자신도 자주 등장하였다. 이는 또한 이 극이 초연된 1613년 무렵에 유행했던 매스
크를 극중극의 한 장면으로 보여주는 것이기도 하다.

오늘 밤 여기서 이렇게 있다는 명성을 듣고서

아름다운 귀부인들에 대한 흠모의 정을 억제치 못하고,

70 그만 양떼들을 남겨두고 왔으니, 추기경님께서 허락해주신다면,

이 귀부인들을 잠시 뵙기 갈망하며, 한 시간쯤

이분들과의 흥겨운 술잔치를 대접받고자 한다고 하셨습니다.

울지   전해주십시오, 시종장님,

저분들은 저의 누추한 집에 영예를 가져오셨습니다. 그에 대해 저는

깊은 감사를 드리며 원하는 만큼 즐기시기 바란다고 말입니다.

[가면무도회 참가자들이] 귀부인을 선택한다. 왕은 앤 불린을 [택한다.]

75 **왕**   이제껏 잡아본 중에 가장 아름다운 손이구려. 오, 아름다움이여,

지금까지 나는 그대를 결코 알지 못했구나.   [음악, 춤]

울지   대감.

시종장   네, 추기경님?

울지   저분들에게 내 말을 이렇게 전하시오.

저분들 가운데 틀림없이 여기 왕림해주심으로써

나보다 이 자리를 더 가치 있게 만들어주실 분이 계신 것 같다고,

80 내가 그분을 알기만 한다면, 나의 사랑과 의무를 그분께

기꺼이 바칠 것이라고.

시종장   네, 알겠습니다, 추기경님.

[시종장은 속삭이는 소리로 무도자들에게 말한다.]

울지   저분들이 뭐라나?

시종장   그들은 모두 한 목소리로 그런 분이

정말 계시다고 말합니다, 그들은 추기경님께서 그분이 누구신지
밝혀주시기를 바랍니다, 그러면 그분이 옥좌를 받으실 거라고 합니다.

울지   그럴까요, 그러면.

여러분, 여러분들의 호의를 빌어 말씀드립니다, 여기서 제가   85
국왕전하를 찾아내겠습니다.

왕   추기경, 그대는 그를 찾아냈노라. [가면을 벗는다.]

훌륭한 모임을 벌이고 있구려. 잘 하였소. 추기경,
그대가 성직자가 아니었다면 나는 이런 모임에 대해.
불만을 말해야 했을 정도요, 추기경.

울지   황공하옵니다.

전하께서 그리 즐거워하시니 기쁘기 한량없습니다.

왕   시종장,   90

이리 와보시오. 저기 저 아름다운 귀부인은 누군가?

시종장 여쭈시니 말씀 올립니다, 로취포드 자작인 토마스 불린의 딸입니다,
왕비마마를 모시는 여관들 중의 하나입니다.

왕   허 그것참, 정말 말끔하게 생긴 아이구나. [앤에게] 상냥한 아가씨,
그대를 춤 상대로 택하고서 키스로 끝내지 않으면[29]   95
예의에 어긋나겠지. 건배, 모두를 위하여!

자, 술을 돌리시오.

울지   토마스 러벨 경, 다음에 대접할 술과 과일이 옆방에

---

29. 가면무도회의 마지막 단계에서, 무도자는 둘러선 관객 중에서 남자는 여자를, 여자
    는 남자를 춤에 이끌어내고, 이 춤이 끝날 때 남자는 여자에게 키스하고 여자는 절
    을 하는 관습을 말하는 것이다.

준비되어 있소?

러벨 맞습니다, 대감.

울지 전하,

100 황공하오나, 춤으로 해서 방이 좀 더운 것 같습니다.

왕 내 생각에도 그러하오.

울지 시원한 곳이 마련되어 있습니다, 전하,
옆방입니다.

왕 자 귀부인들을 리드해서 옆방으로 갑시다, 모두들. 상냥한 아가씨,
아직 가지 마시오. 즐거운 시간을 더 가져봅시다,

105 추기경. 이 아름다운 귀부인들의 건강을 위해 대여섯 번은 더
건배할 생각이오, 그리고 음악에 맞춰 궁정무를 한 번 더 리드하겠소,
그리고 나서 누가 가장 호평을 받았나 알아봅시다.
음악을 크게 연주하라.

[트럼펫 소리와 함께 모두 퇴장.]

2막

1장

두 명의 신사들[30]이 서로 다른 문으로 등장한다.

신사 1 어디를 그리 급히 가십니까?

신사 2   오, 신의 가호가 있으시길.
웨스트민스터 홀로 저 버킹엄 공작이 어떻게 될지
방청하러 가는 길입니다.

신사 1   그런 일이라면 제가 수고를 덜어드리겠습니다,
이제 재판은 모두 끝났고 죄수를 되돌려 보내는
의식만이 남았습니다.

5 **신사 2**   재판에 참석하셨습니까?

신사 1 그렇습니다, 사실 저는 거기 갔었습니다.

신사 2   어떻게 되었는지 말씀 좀 해주십시오.

신사 1 어떤 일이 있었을지 짐작하실 수 있으리라 생각됩니다만.

신사 2   유죄 판결이 났나요?

신사 1 그렇습니다, 유죄로 밝혀졌고, 그리고 그에 따라 선고를 받았지요.

신사 2 그 소식을 들으니 정말 안타깝군요.

---

30. 신사들은 이곳과 4.1장에서 그리스극의 코러스와 비슷한 역할을 하고 있다. 셰익
스피어는 『심벌린』(1.1.1-70)과, 『겨울이야기』(5.2.1-111)에서도 신사들이 이야기
를 주고받는 장면을 통해 평민들의 사회적, 정치적 사건에 대한 관심을 반영하고
있다.

신사 1   다른 사람들도 다들 그리 느낀답니다.

신사 2 잠깐요, 재판은 어떻게 진행되었습니까?   10

신사 1 제가 간단히 말씀드리겠습니다. 공작은

법정에 나왔습니다, 거기서 그에 대한 고소에

여전히 자신은 무죄라고 항변했고

날카로운 변론을 제기하여 기소 사실을 패배시키고자 하였습니다.

반대로, 왕실 측 변호인은,   15

조사, 증거, 여러 증인들의 자백에 입각하여

압박하였습니다, 공작은 증인들이

그와 대면하여 직접 말해줄 것을 바랐습니다.

그래서 그의 측량관,

그의 비서관인 길버트 파아크, 그의 고해신부 존 코트,   20

그리고 그 사악한 수도승, 이 못된 장난을 지어낸

홉킨스가 나와서 공작에게 불리한 증언을 했습니다.

신사 2   바로 그자가

공작에게 예언인지 뭔지를 불어넣었다는 자로군요.

신사 1   맞습니다, 그자입니다.

이 모든 증인들은 공작을 강력하게 비난했고, 그는 그런 비난을
  기필코

자신에게서 떼 내버리고자 했습니다, 그러나 그럴 수 없었습니다. 25

그리고 그의 동료 귀족들은,[31] 이 증거에 근거해서, 그에게

대역죄에 대한 유죄 판결을 내렸습니다. 구명을 위해

---

31. 버킹엄의 재판에 관여한 귀족들은 스물한 명이고 재판장은 노포크 공작이었다.

공작은 많은 말을, 박식하게 했으나, 그가 한 모든 말은

그를 동정하게 하는 정도였거나 아무 효과가 없거나 했을 따름입니다.

30 **신사 2** 이 모든 일이 있고나서, 공작은 어떻게 행동했습니까?

신사 1 그가 그의 판결문을, 그의 죽음을 알리는 조종소리를 들으러

재판정으로 다시 불려 나왔을 때, 그는 깊은 번민으로

동요된 것 같았고 땀을 몹시 흘렸습니다.[32]

그리고 화가 나서, 신랄하고 성급한 말을 했습니다.

35 그러나 다시 자제심을 되찾아서, 나머지 시간 동안에는

온화한 태도로 가장 고귀한 인내심을 보였습니다.

신사 2 그분이 죽음을 두려워했으리라곤 생각되지 않습니다.

신사 1   맞습니다, 그런 것은 아닙니다.

그가 아녀자처럼 행동한 것은 아니었습니다. 다만

상황이 이리 된 것에 대해 애석해 했던 것 같습니다.

신사 2   분명히

추기경이 이 일의 근본 원인입니다.

40 **신사 1**   추측컨대, 그럴 가능성이 높습니다,

먼저, 킬데어 백작의 소환이 있었고, 그 바람에

아일랜드 총독 대행 자리가 비고, 그 자리에

써리 백작이 보내졌지요, 그것도 아주 급히 서둘러서요.[33]

---

32. 이것은 그리스도의 '고민과 피 같은 땀'(누가복음 22.44절)을 반향하는 구절이어서 버킹엄을 무죄라고 믿는 사람들의 그에 대한 연민을 암시한다.

33. 아일랜드는 자주, 원치 않는 정치가들을 보내버리기 위한 곳으로 쓰이곤 했다. 써리 백작은 버킹엄의 체포와 재판이 있기 12개월 전에 그 자리에 임명되었다. 킬데어는 아일랜드에 오래 살아온 토착 세력으로 아일랜드 총독대행 직이 주어졌는

써리 백작이 그의 장인인 버킹엄을 돕지 못하도록 말입니다.

신사 2   높은 분들의 술책은

아주 교묘하기 짝이 없지요.

신사 1   써리 백작이 돌아오면   45

그는 틀림없이 그 보답을 하려할 겁니다. 누구 눈에도 분명합니다,

다들 알고 있답니다, 왕이 누군가를 총애하기만 하면

추기경은 즉시 어떤 직책을 찾아내어—

궁정으로부터 아주 멀리 보내버린다는 것을요.

신사 2   평민들은 모두

추기경을 아주 지독하게 싫어합니다, 정말 저도   50

그가 열 길 깊은 곳에 떨어지길 바랍니다. 반대로 공작은 그만큼

평민들이 사랑하고 좋아합니다, 그를 '관대한 버킹엄,

모든 예절의 전형'이라고 부릅니다.

버킹엄이 자기 죄상의 인정 절차를 마치고 등장한다. 그의 앞에는 끝에 쇠가 달린
지팡이를 가진 사형집행리들[34]이 서고, 그를 향해 도끼날을 겨누고서[35],
미늘창을 가진 병사들[36]이 그의 양 옆에 서 있다. 토마스 러벨, 니콜라스 보, 쌘즈
경이 따른다. 시종들과 평민들이 따른다.

데, 여러 가지 고발에 대한 답변을 하도록 1519년 런던으로 소환되었고, 그 자리
에 써리가 보내짐으로써 버킹엄이 지원세력으로부터 고립되었음을 말한다.

34. 고소된 사람을 감금하기 위해 데려가는 궁정관리. 그 이름(Tipstaves)은 그 직위의
표시로, 끝에 금속이 달린 지팡이를 가지고 있는 데서 연유한다.

35. 고소된 자가 사형선고를 받았다는 표시.

36. 미늘창(Halberd)이란 창끝과 도끼머리를 둘 다 가지고 있는 손잡이가 기다란 무기
이다.

신사 1   쉿, 가만 계셔 보십시오,

저기 당신이 말씀하신 그 몰락한 귀족분이 옵니다.

신사 2 가까이 가서 봅시다.

55 **버킹엄**   모여 계신 선량한 백성들이시여,

여러분들은 저를 가엾이 여겨 그렇게 멀리서까지 와주셨습니다,

제가 말한 것을 듣고, 그리고 집으로 가시면 저를 잊어주십시오.

저는 오늘 대역죄로 사형을 선고받았습니다,

그래서 그 이름으로 죽을 것입니다. 그러나 하늘이시여 굽어보십시오,

60   만일 내가 양심의 가책이 될 일을 했다면, 그것이 나를 패망케 해

주십시오.

도끼로 목을 친다 해도, 맹세코 저는 불충한 마음을 먹은 적이 없

습니다.

나에게 죽음을 내린 법에 대해 나는 조금치도 악의를 품고 있지

않습니다—

그 판결은 정의를 제외한 근거 위에서 이루어졌습니다—

정의를 추구하는 자들이었더라면 저는 기독교적 자비를 더 바랐

을 것입니다.

65   저들이 하고 싶은 대로 하게 하십시오, 저는 진심으로 그들을 용

서할 것입니다.

그러나 저들로 하여금 저들이 악행 속에서 기뻐할 수 없음을 보

게 합시다,

위대한 사람들의 무덤 위에 그들의 악행을 세울 수 없음을 알게

합시다,

왜냐하면 나의 무죄한 피가 그들에 맞서 외칠 것이기 때문입니다.

이 세상에서 더 이상 살기를 저는 결코 바라지 않습니다,

저는 탄원하지도 않을 것입니다, 비록 왕께서는　　　　　　　　70

제가 잘못을 저지른 그 이상으로 자비로우신 분이십니다만. 여러

　　분 몇몇은

저를 사랑하여 버킹엄을 위해 감히 울 만큼 용감하십니다.

그런 그의 고귀한 친구이며 동료들을 떠나, 혼자 죽어가는 일만이,

버킹엄에게는 쓰라린 일입니다.

같이 가십시다, 나의 수호천사들처럼, 나의 마지막까지,　　　　75

그래서 긴 칼날이 내 영혼을 내 몸에서 갈라놓을 때에

여러분의 기도가 희생 제물의 향기가 되어 올라가게 해주시고,

내 영혼을 하늘로 들어 올려주십시오. 앞장서십시오, 부디.

러벨　간절히 청합니다, 공작각하, 부디 저를,

　　각하의 마음에 저에 대한 어떤 악의가　　　　　　　　　　80

　　혹시라도 감추어져 있었다면, 자비로운 마음으로 용서해주십시오.[37]

버킹엄　토마스 러벨 경, 나는 그대를 그냥 용서하오,

　　내가 용서받은 것처럼. 나는 모두를 용서합니다.

　　나에게 행해진 셀 수 없이 많은 잘못 가운데 내가 화해할 수 없는

　　　잘못이란

　　있을 수 없습니다. 어떤 검은 원한과 악의도　　　　　　　　85

　　무덤까지 가지고 가고 싶지는 않소. 국왕전하께 저를 좋게 말씀

---

37. 1.2장 참고. 거기서 측량관은, 버킹엄은 러벨의 목이 달아나기를 바랐다고 고발하
　　고 있다.

해주시오,

혹시 그분이 버킹엄에 대해 말씀하시면, 부디 그분께

전하께서는 그를 필시 천국에서 만나실 거라고 말해주시오. 나의
  맹서와 기도는

여전히 전하를 위한 것이오. 그래서, 내 영혼이 내 몸을 버릴 때까지

90 그분에 대한 축복을 소리높이 외칠 것이오. 부디 만수를 누리소서,

내가 그분의 나이를 헤아릴 수 없을 만큼.

국왕전하의 다스림이 백성에게 사랑받고 백성을 사랑하는 것이
  되기를.

시간의 신이 그분을 마지막으로 모셔갈 때

선행과 국왕이 같은 묘지를 채우시기를.

95 **러벨** 강변까지 제가 공작각하를 모시겠습니다,

그러고 나서 니콜라스 보 경에게 책임을 인계하겠습니다,

그가 공작님을 마지막까지 맡게 될 것입니다.

보 [시종에게]   가서 채비를 하거라.

공작님이 곧 당도하실 것이다. 배가 준비되었는지 살펴보고,

그리고 그분의 위의에 어울리는

비품으로 배를 꾸며주게.

100 **버킹엄**   아니오, 니콜라스 경,

그냥 놔두시오. 지금 나의 위엄을 차려주는 것은 단지 나를 조롱
  할 뿐이오.

여기 왔을 때 나는 영국의 총사령관이자

버킹엄 공작이었으나, 지금은 가엾은 에드워드 보운이오.[38]

그러나 나는 비열한 나의 고발자들보다 유복하오,

그들은 충의가 무엇인지 알지 못하니까. 나는 이제 진실을 죽음 105

   으로 봉인하는 바요,

그리고 그 피로 그들은 마지막 날에 신음케 될 것이오.

나의 훌륭하신 아버님, 헨리 버킹엄은

찬탈자 리처드에 대항하여 맨 처음 머리를 들어 항거하신 분이오,

아버님은 구조를 청하러 가신인 바니스터에게 도망쳤다가,

불안을 느낀 그 악당에게 배신당하여, 110

재판도 없이, 서거하셨습니다. 신의 평화가 그분과 함께 하시길.

---

38. 버킹엄 공작과 헨리 8세는 둘 다 플랜태지넷 가의 방계 후손이고 조상이 보운 가와 연결된다. 버킹엄은 대규모 토지의 상속자들이었던 보운의 두 딸 가운데 큰 딸 쪽에서 내려왔고, 헨리 8세는 작은 딸과 연관된다. 사실 헨리 8세는, 보운 가의 상속자라 할 수 있는 헨리 5세의 미망인이 재혼하여 낳은 아들의 후손이기에, 버킹엄보다 상속 권한이 더 분명하다고 할 수 없다. 버킹엄이 여기서 보운이라는 이름과 로드 하이 콘스터블, 즉 영국 총사령관이라는 직책을 언급하는 것은 자신의 왕위 상속권을 생각하고 있음을 나타낸다. 헨리 5세의 미망인(『헨리 5세』의 케이트)은, 결혼하여 첫 아들인 뒤의 헨리 6세를 낳은 지 며칠 만에 남편이 전쟁터에서 병사한 갓 스무 살의 젊은 과부였으나 영국 왕실과 귀족들은 그녀의 재혼을 반대했기에, 그녀의 의상(과 재정)을 담당하던 오웬 튜더와 비밀결혼을 했다. 그들의 결혼은 정식 결혼의 증거는 없었지만 뒤에 그녀의 어린 아들 헨리 6세에 의해 인정되었고, 헨리 6세는 모후의 아들들에게 백작령을 하사했다. 헨리 튜더는 그 후손 중의 하나로, 장미전쟁의 혼란 끝에 살아남은 자들 가운데서 왕으로 추대되어 헨리 7세가 된다. 위의 버킹엄의 처형으로 버킹엄 가문에 내려졌던 작위와 상속 토지는 거두어져 헨리 8세에게로 간다. 버킹엄이 반심을 품고 있었다 하더라도 그것이 군사적 행동으로 옮겨진 적도 없는데 재판 후 곧바로 처형되었다는 것은 헨리 8세가 그에게 위협을 느꼈고 그를 제거할 기회를 노리고 있었다고 의심해 볼 수 있는 부분이다.

헨리 7세 왕께서 왕위를 계승하시자, 그분은 가장 왕다운 군주이
　시므로,
내 아버님이 돌아가신 것을 진실로 안타깝게 여기시어,
나를 내 명예에 돌려놓아 주셨고, 내 이름을 몰락으로부터 건져내어
115　다시 한 번 귀족의 반열에 올려주셨습니다. 이제 그분의 아들인
헨리 8세 왕께서는 생명, 명예, 그리고 저를 행복하게 만들었던
모든 것을 단 일격에 영원히 이 세상으로부터
치워버리려 하고 있습니다. 나는 재판을 받았습니다,
그러니 귀족인 나는 마땅히 말해야겠지요, 재판을 받은 일은 나를
120　가엾은 내 아버님보다 조금은 더 행복하게 해주었다고.
그러나 여러 면에서 우리 두 사람은 같은 운명입니다. 둘 다
가신의 손에 죽게 되었으니, 그것도 우리가 가장 아꼈던 사람들
　의 손에 —
가장 부당하고 불의한 보답이라 해야겠지요.
하늘은 모든 일에 목적을 가지고 있다고 합니다. 그러나, 여러분
　제 말씀을 들어보십시오,
125　죽어가는 사람에게서 나오는 말이니 진실한 말로 받아주십시오.
사랑과 충고에 대해 개방적일 때
주의를 게을리해서는 안 된다는 것을 명심하십시오. 왜냐하면 여
　러분이 친구로 여겨
여러분의 진심을 내보인 자들은, 일단 여러분 운명에
조금치라도 장애가 생길라치면, 물처럼
130　빠져 나가서는, 다시는 나타나지 않을 것이기 때문입니다,

그들이 여러분을 침몰시키려 할 때가 아니고서는. 선량한 백성들
　이시여,

부디 저를 위해 기도해주십시오. 저는 이제 여러분을 떠나려합니다.

길고 힘든 삶[39]의 마지막 순간이 제게 다가왔습니다.

안녕히 계십시오, 그리고 어떤 슬픈 일을 말하고자 할 때, 어떻게

제가 떠났는지 말해주십시오. 이상입니다, 신이여 저를 용서하소서. 135

[공작과 일행 모두 퇴장.]

신사 1 오, 정말 가엾은 정경입니다. 저는 두렵습니다,

그의 말은 너무 많은 저주를

이 일을 만든 자들의 머리 위에 부르고 있습니다.

신사 2　　　　　　　　　　　　　　　공작이 무죄라면,

정말 슬픈 일입니다. 그러나 저는 당신에게

다음에 이어질 무서운 일을 살짝 귀띔 해드리겠습니다, 일이 일 140
　어난다면

그건 이보다 더 무서운 일이 될 것입니다.

신사 1　　　　　　　　　　　　수호천사들이시여 우리를 보호하소서.

그게 무엇일까요? 제가 함부로 발설하리라고 의심하시는 것은 아
　니겠지요?

신사 2 이 비밀은 하도 막중한 것이라 그것을 감추기 위해서는

강한 믿음이 요구되어질 것이오.

신사 1　　　　　　　　　　　　그걸 제게 말씀해주십시오.

---

39. 역사적 인물로서의 버킹엄 공작은 그가 처형된 1521년에 43세 밖에 안 되었지만
　이 극에서는 조금 더 나이든 사람인 양 그려지고 있다.

저는 수다스러운 사람은 아닙니다.

145 **신사 2**   저도 확신합니다.

댁은 그러실 분이 아니실 겁니다. 최근에 듣지 못하셨습니까?

국왕과 캐서린 왕비님 사이가

멀어지셨다는 소문을?[40]

신사 1   듣기는 했지만, 믿지는 않았습니다,

왜냐하면 왕이 그 소문을 듣자, 진노하시면서

150 런던 시장에게 명령을 내리시어 당장

소문을 중단시키고 그것이 퍼져 나가지 않도록

입단속을 시키라고 명하셨기 때문입니다.

신사 2   하지만 그 중상모략은,

이제 사실인 것으로 밝혀졌습니다, 왜냐하면 그 소문은 다시

전보다 더 싱싱하게 자라고, 왕이 그걸 시도해보리란 것이

155 분명한 것으로 여겨지니까요. 추기경이나

아니면 왕의 측근인 누군가가, 선량한 왕비님에 대한 악의에서,

왕으로 하여금 어떤 의심에 사로잡히게끔 만들었습니다,

그것은 결국 왕비님을 해할 것입니다. 이 일을 분명히 하기 위해서,

캄페이우스 추기경이 당도했습니다, 그것도 최근에,

모두 생각하는 것처럼, 바로 이 일을 위해서.

---

40. 버킹엄이 유죄판결을 받고 사형을 당한 것은 1521년이고, 이혼에 관한 소문이 돌
기 시작한 것은 1527년경에 이르러서였다. 두 사건을 병치시키는 데서 오는 극적
효과는 울지가 항상 음모를 꾸미고 있다는 것이다.

신사 1   다 울지 추기경이 한 일입니다. [160]

단지 그가 황제에 대해 복수하기 위해서입니다.

왜냐하면 황제가 추기경이 원하는데도 그에게 톨레도 대주교구를

하사하지 않았기 때문에 이 모든 일이 계획된 것입니다.

신사 2 정확히 맞추신 것 같습니다. 그러나 이런 일 때문에 왕비님께서

이 모든 아픔을 당하셔야 한다는 것은 잔혹하지 않습니까? 추기경은 [165]

자기 뜻대로 하고야 말 것이고, 왕비님은 내쳐질 것입니다.

신사 1   슬픈 일입니다.

여기서 이런 이야기를 나누기에는 우리가 너무 노출되어 있습니다.

어디 은밀한 곳에 가서 좀 더 생각을 나누어 봅시다. [두 사람 퇴장.]

2장

시종장이 편지를 읽으며 등장한다.

시종장 '대감마님 전,

대감께서 올려 보내라고 하명하신 마필은 쇤네가 가진 온갖 정성을 다하여 잘 골라졌는지, 잘 길들여졌는지, 필요한 마구는 다 갖추어졌는지 감독하였습니다. 말은 젊고 늠름하고 북쪽에서 난 최고로 혈통 좋은 것들이었습니다. 그런 마필을 런던으로 출발시키기 위해 준비하고 있을 때, 추기경의 부하라는 자가 나타나, 명령서를 들이밀며 자못 우격다짐으로, 이리 말하면서 말들을 가져가고 말았습니다. "내 주인은 다른 어떤 신하보다 우선적으로 대접받게 되어 있다, 국왕보다 우선하는 것만 아니라면." 이렇게 말입니다. 그 말에 저희는 그만 입을 다물 수밖에 없었습니다, 대감마님.'

그는 능히 그러고도 남을 사람이다. 차라리, 말을 갖게 놔두자.

그는 모든 것을 가질 심산인 것 같구나.

시종장에게 노포크 공작과 써포크 공작이 다가온다.

노포크 잘 만났습니다, 시종장 대감.

시종장 두 분 대감님들 안녕하십니까?

써포크 전하께서는 무얼 하고 계십니까?

시종장 혼자 계시는 것을 보고 나왔습니다.

전하께서는 심각한 고민과 괴로움에 빠져 계십니다.

노포크 어인 일이신지요?

시종장 형님의 아내와 결혼하신 일이 전하의 양심을 15

너무 옥죄어 오기 때문에 그러신 것 같습니다.

써포크 [방백] 아니지, 그의 마음이 다른 여인을 향해

너무 옥죄어 가기 때문이지.

노포크 [시종장에게] 그렇습니다.

이것이 바로 추기경의 소행입니다. 왕-추기경인,

저 눈먼 목자는, 운명의 큰아들인 양, 그 수레바퀴를 돌려 자기가

마음먹은 대로

가고 맙니다. 국왕께서 어느 때고 그의 진면목을 아시게 될 날이 20

올 거예요.

써포크 제발 국왕께서 아시기를. 그렇지 않고는 그자는 결코 자신을 알

지 못할 겁니다.

노포크 이 모든 일에 그는 얼마나 거룩하게 행하고 있는지요,[41]

그리고 얼마나 큰 열정으로 하고 있는지요! 왜냐하면 그는 지금

우리 영국과, 왕비마마의 조카인, 신성로마제국 황제 사이의

연맹을 깨뜨려버렸어요. 그는 국왕전하의 영혼 속으로 잠수해 들 25

어가 거기에다

위기감, 의심, 양심의 회한, 두려움과 절망의 씨앗을 뿌리고 있습

---

41. 아이러닉하게.

니다—

그리고 이 모두가 왕의 결혼에 관한 것이에요

그리고 이 모든 것에서 벗어나려면, 왕이

이혼을 해야 한다고 권하고 있어요, 왕비님을 떼어버리라고 말입니다,

30 왕의 목둘레에 20년 동안 매달려 있었어도

결코 광채를 잃지 않은 보석 같은 왕비님을요.

왕비님으로 말하자면, 천사가 착한 사람을 사랑하는

그런 뛰어난 미덕으로 전하를 사랑하는 분이시지요. 심지어

운명의 칼날이 크게 휘둘러질 때에도 전하를 축복하실 분이지요—

35 그 모든 행동은 참말로 경건하잖아요?

시종장 하늘은 추기경의 그런 권고로부터 나를 지켜주소서! 이건 정말 사
실인데

이혼 소식이 사방에 퍼져 있습니다, 모두가 그 이야기뿐입니다.

진실한 심장을 가진 이라면 모두 그 일로 해서 울고 있습니다. 이
일을 과감하게

자세히 살펴볼 수 있는 사람들은 모두, 이 일의 주된 목적은 바로

40 불란서 왕의 누이동생이라는 것을 알고 있습니다.[42] 하늘이 어느 날
왕의 눈을 열어 보이실 겁니다. 그 눈이 그렇게 오랫동안 이 대담
무쌍한

---

42. 홀린셰드에 따르면, 울지는 왕과 왕비의 이혼을 원했고, 불란서 왕의 누이이며 얼
마 전 과부가 된 알랑송 공작부인과 왕의 결혼을 성사시키고자 하였다. 르네상스
군주들은 결혼을 통해 동맹을 맺는 일이 중요한 외교 행위였다. 울지는 불란서 동
맹으로 신성로마제국의 찰스 황제를 견제하고자 했던 것으로 보인다.

악한에 대해서는 감고 계시다니.

써포크   그리고 우리를 그자의 노예에서 해방시켜주소서.

노포크 우리는 기도할 필요가 있어요,

열렬히, 우리의 해방을 위해,

그렇지 않으면 이 위험한 인간은 우리 모두를   45

공경대부에서 시동으로 만들어버릴 겁니다.[43] 모든 사람들의 명예가

그에게는 한 덩어리 흙인가 봅니다, 자기 마음에 드는 모양으로
마음대로

주물러 만들어내는.[44]

써포크   저로 말씀드리면, 대감들

저는 그를 좋아하지도 두려워하지도 않습니다. 제 신조는 이렇습니다.

그의 도움 없이 오늘의 내가 만들어진 것처럼, 나는 앞으로도 굳 50
건히 서 있겠다,

전하께서 허락하시는 한 말입니다. 그가 나를 저주하든 축복을
하든

제게는 마찬가지입니다, 그것들은 내가 아랑곳하지 않는 한갓 헛
된 숨결일 뿐입니다.

저는 그가 전에 누구였나 알고 있고 지금 누군지도 알고 있습니
다. 그래서

---

43. 홀린셰드는 울지의 오만함에 대한 여러 가지 예를 제공하고 있다. 그는 여러 사람
앞에서 두 명의 남작을 시켜 그에게 물을 가져오게 했다, 뒤에는 두 명의 백작들에
게 복음서를, 그리고 마침내는 두 명의 공작에게 변기를 가져오게 했다고 한다.

44. 울지는 귀족의 유지, 승격, 박탈에 대해 전권을 행사했다. 이 구절은 로마서 9.21절
의 그릇장이가 진흙을 가지고 마음대로 그릇을 만든다는 구절을 반향한다.

그를 오만하게 만든 그자, 바로 교황[45]에게 그를 내맡길 것입니다.

노포크 우리 들어갑시다,

55 들어가서 다른 업무에 대해 말씀드려서, 전하의 심기를 지나치게 소모시키고 있는

이 심각한 생각에서 전하를 놓여나게 해드립시다.

대감, 어떠시오? 우리랑 같이 하시겠습니까?

시종장 죄송합니다.

전하께서 제게 다른 일을 시키셨습니다. 게다가,

전하를 방해하기에는 가장 좋지 않은 시간임을 아시게 될 겁니다.

두 분 몸조심하십시오.

60 **노포크** 감사합니다, 나의 친절하신 시종장 대감.

[시종장 퇴장. 커튼이 열리고 헨리 왕이 내실에
앉아 책을 읽으며 생각에 잠겨 있다.]

써포크 저 표정 좀 보십시오. 분명 전하께서는 번민 중에 계신 것 같습니다.

왕 거기 누구냐? 허?

노포크 신이여 전하께서 진노하고 계시지 않게 해주십시오.

왕 거기 누구냐고 말했잖느냐? 어찌 감히 불쑥 들어와

내가 혼자서 생각에 잠겨 있는 것을 방해한단 말이냐?

65 내가 누군 줄 아느냐? 허?

노포크 허물이 있다하여도 악의로 그런 것이 아니라면 너그러이 용서하시는

대왕전하로 알고 있사옵니다. 이런 식으로 결례를 범하게 된 까닭은

---

45. 그 자리에 오게 될 것으로 기대되는 '악마'(Devil)라는 단어를 '교황'이 대신하고
있다.

국사에 관한 일 때문입니다, 전하를 찾아뵙고

성심을 알고자 하여 왔나이다.

왕   그대들은 매우 당돌하구나.

물러가라. 나중에 업무로 나를 찾아올 시간을 알릴 것이다.   70

지금이 세속적인 일로 방해받을 시간이란 말인가? 허?

　　　울지와 캄페이우스가 교황의 위임장을 가지고 등장한다.

거기 누구냐? 아, 나의 친절한 추기경이신가? 오, 나의 울지,

나의 상처받은 양심에 편안을 주는 사람,

그대만이 왕의 아픔을 치료해주는 약이요. [캄페이우스에게] 어서 오시오,

심오한 학식으로 저명하신 추기경님, 나의 왕국에 잘 오시었습니다.   75

뭐든 필요한 대로 쓰시며 편히 계십시오. [울지에게] 대감, 세심하

　　게 마음 써주시오.

내 말이 말뿐이 되지 않도록.

울지   전하, 그런 일은 결코 없을 것이옵니다.

독대하여 말씀 드릴 시간을 저희에게

한 시간쯤만 주시옵소서.

왕　　[노포크와 써포크에게] 우리는 할 이야기가 있소. 그만들 가보시오.

노포크 [써포크에게 방백] 이 목자에게 오만이라곤 조금치도 없군![46]

써포크 [노포크에게 방백]   말할 필요도 없지요.   80

나라면 결코 저렇게 병든 인간이 되고 싶지는 않을 겁니다, 비록,

---

46. 분개에 찬 아이러니.

저 자리를 준다 해도.

하지만 이 상태가 계속 갈 리는 없을 겁니다.

노포크 [써포크에게 방백]   만일 해야 한다면

나도 과감히 한 소리 하겠네, '저 자를 쳐라'라고.

써포크 [노포크에게 방백]   저도 하겠습니다.

[노포크와 써포크 퇴장.]

울지   전하께옵서는 지혜의 전범이시어

85   모든 군주들 위에 서시며 어떤 것에도 매임 없이

기독교국의 의견에 전하의 양심을 맡기셨습니다.

이제 누가 화를 낼 수 있겠습니까? 어떤 시기질투가 전하께 미치

겠습니까?

스페인 사람들은, 친족의 정과 왕비님에 대한 애호에 이끌리기야

하겠지만,

만일 그들이 어떤 선의를 가지고 있다면, 이제는 고백하지 않을

수 없을 것입니다,

90   재판은 공평하고 정당할 거라고 말입니다. 모든 성직자들은—

제 말은 기독교 왕국에 있는 학식 있는 이들 말입니다—

그들의 의견을 자유로이 말할 것입니다. 로마는, 판결의 보모로써,

전하께서 제공하여 주신 초대를 받아들여,

교황청 전체를 대표할 분을 우리에게 보내주셨습니다. 바로 이분

입니다,

95   이 공평하고 학식 있는 성직자, 캄페이우스 추기경이,

한 번 더 전하께 인사 올리겠습니다.

왕   한 번 더 두 팔로 안아 환영의 뜻을 표하오,

성스런 콘클라베 로마 추기경단에게 그들이 보여주신 사랑에 감

　사드리오.

내가 바랐을 바로 그런 분을 보내주셨군요.

캄페이우스   전하께서는 모든 외국인들의 사랑을 받으실 자격이 있으신   100

　분이십니다,

전하는 무척 훌륭하시기 때문입니다. 전하의 손에

저는 교황의 위임장을 올립니다, 그것에 힘입어,

로마 법정은 그대, 요크 추기경님께서

저와 더불어 교황청의 종복이 되어

이 일에 대한 공평무사한 판결을 내리는 일에 힘을 합하도록 명   105

　하고 있습니다.

왕   두 분께서 동등한 권한을 행사해 주시오. 왕비에게도

추기경님이 오신 목적에 대해 알려야 할 것이오. 가디너 게 있느냐?

울지   전하께서는 중전마마를 항상 마음속으로 극진히 사랑하셨으니

낮은 지위의 여인이라도 법에 의해 요청할 수 있으므로,

학자들이 중전마마를 대변하여 자유로이 논쟁하도록 허락하시는   110

　일을

거절치 않으실 것이라고 알고 있사옵니다.

왕   그렇소, 중전은 최고의 학자들을 가져야만 하오—그리고 최선을

　다 하는 자에게

호의를 베풀 생각이오, 그만 못한 것은 절대 허락지 않을 것이오.

추기경, 가디너를 불러와 주시오, 내 새 비서 말이오.

그는 이 상황에 적합한 사람인 것 같아.

가디너 등장.

울지 [가디너에게 방백] 내게 도움을 다오. 많은 기쁨과 호의를 네게 주겠다. 이제부터 너는 왕의 수하이다.

가디너 [울지에게 방백]   하지만 영원히 추기경님의 명령을 받기 위해서입니다, 그분의 손이 저를 이만큼 승진시켜 주셨습니다.

왕 가디너, 이리 오게나.

[왕은] 걸어가서 [가디너와] 소곤소곤 이야기를 나눈다.

120 **캄페이우스** 요크 추기경님, 페이스 박사라는 분이 저 사람에 앞서서 비서 자리에 있지 않았던가요?

울지   그랬습니다.

캄페이우스 그는 학식 있는 분으로 여겨지지 않았나요?

울지   맞습니다, 분명 그랬습니다.

캄페이우스 사실, 나쁜 소문이 퍼져 있습니다, 게다가, 바로 추기경님 자신에 대해서 말입니다.

울지   어떻게요? 저에 대해서요?

125 **캄페이우스** 사람들은 주저함 없이 말하기를 추기경님이 그를 시기했다, 그가 왕에게 중용될 것을 두려워해서 ─ 그는 매우 고결한 사람이 었기에 ─

계속 외국에만 머물게 했고, 그것이 그를 좌절시켜서

미쳐버렸고 그래서 죽었다고 합니다.

울지   천국의 평화가 그와 함께.

이만하면 충분히 기독교인다운 배려지요. 한편, 아직 살아있는

　불평분자들을 위해서는

책벌을 받는 장소가 있지요.[47] 그는 바보였어요,   130

왜냐하면 그는 고결하겠다고 고집하곤 했으니까요.

[가디너를 향하여 손짓한다.]   저 현명한 친구를 보세요,

내가 그에게 명령하면, 그는 내 지시를 따르지요. 나는

저 친구보다 더 가까이 둘 만한 사람을 갖지 못할 거요. 이걸 알

　아두시오, 형제,

우리는 더 낮은 인간들에게 멱살 잡혀 끌려 내려오려고 사는 것   134

　은 아니오.

왕　이 일을 중전에게 공손한 태도로 전해라.[48]   [가디너 퇴장.]

학자들에게서 그런 보고를 듣기에 가장 적합한 장소로

블랙프라이어즈 홀만한 장소가 없는 것 같으오.

거기 모여서 이 중대한 일에 대해 논의해 봅시다.

나의 울지, 이 일이 잘 준비되도록 살펴주시오. 오, 대감

강건한 남자가 그토록 다정한 잠자리의 벗을 떠나는 일이   140

---

47. 르네상스 시대 통치자는 정적들을 오랫동안 해외 대사직에 보내는 일이 허다했다.
울지의 말은 죽은 자는 천국으로 보내고, 살아있는 자는 외국으로 보낸다는 것이
다.

48. 헨리는 캐서린에게 알릴 때 그의 메시지가 자극적이거나 의기양양한 것으로 보여
서는 안 된다는 점을 유의시키고 있다.

어찌 슬프지 않겠소? 그러나 양심, 양심이 문제요—

오, 그건 너무나 연약한 곳이오, 그래서 나는 그녀를 떠나야만 하오

[모두 퇴장.]

앤과 늙은 나인이 등장한다.[49]

앤   그것 때문도 아녜요. 그 혹독한 아픔은 여기에 있어요.

전하께서는 중전마마와 아주 오랫동안 함께 살아오셨고

중전마마는 아주 착하신 요조숙녀 같은 분인지라 그 분에 대해

아무도 불명예스런 일을 입에 올리는 사람이 없어요 — 제 목숨을

　걸고 맹서컨대,

왕비님께서는 남에게 해를 입히는 일은 꿈도 안 꿔 보셨을 거예   5

　요 — 음, 이제,

그렇게 여러 해 동안을 하늘의 태양처럼 찬란하게 살아오신 다음,

아직도 장엄하고 화려한 자태를 뽐내고 있는데, 그걸 떠난다는 것은

처음에 얻을 때 달콤하던 것보다

천 배나 더 쓴 맛일 거예요 — 이런 길을 걸어온 다음,

그분을 내치는 일은, 무정한 괴물이라도   10

마음이 뭉클하리만큼 가엾은 일이예요.

늙은 나인　　　　　　　　　　　　얼음처럼 냉정한 심장이라도

녹아서 그분을 위해 애도하고 있지.

앤　　　　　　　　　　　　　오, 신의 뜻이란 정말! 차라리 그분이

화려한 왕비의 삶을 몰랐더라면 훨씬 좋았으련만. 그런 삶은 비

---

49. 장소는 왕비의 처소에 있는 한 방이다.

록 잠시 잠깐이지만,

다툼으로 가득한 운명이, 그런 삶을 누리던 자와 그런 삶을 이혼

시킨다면,

15 　그건 정말 고통스러운 아픔일 거예요.

마치 영혼과 육체 사이를 목 자르는 것[50]처럼.

늙은 나인　　　　　　　　　　　　　　으휴, 가엾은 분,

다시 이방인 신세가 되었어.

앤　　　　　　　　　　　그걸 생각하면 가엾어서 더욱

연민의 눈물방울이 떨어져요. 참말로,

맹서컨대, 서민으로 태어나

20 　가난한 사람들과 섞여 만족하며 살아가는 것이

번쩍거리는 비애로 몸을 단장하고

금빛 슬픔을 걸친 채 살아가느니보다 나아요.

늙은 나인　　　　　　　　　　　만족이

최고의 재산이라는 말이 있지.

앤　　　　　　　　나의 성실성과 처녀성을 걸고서 말하겠지만,

나라면 왕비 같은 것은 되지 않을 거예요.

늙은 나인　　　　　　　나라면, 하늘이 두 조각나도, 되고 말걸,

25 　그리고 거기 내 처녀성을 걸겠어. 그리고 자네도 그럴걸,

자네가 하는 말에는 위선의 향미가 많이 나지만 말이야.

앤, 당신에게는 빼어나게 아름다운, 여성적 외모가 있어,

---

50. 14행의 '이혼시키다', 16행의 '목 자르다'라는 단어는 뒷날 앤의 운명을 생각할 때
아이러니컬하다.

거기다가, 여성적 마음이 있어서,[51] 항상

명성, 재산, 권력을 사랑하지,

사실, 그런 것들은 축복이야. 그리고 그런 선물들을—   30

이런 말하면 실례지만—자네의 그 부드러운 새끼양가죽으로 만

   들어진 양심이[52]

받게 해 줄 거야,

자네가 원하는 만큼 그걸 주욱 늘여 뻗히기만 하면.

앤   아녜요, 맹세코.

늙은 나인 그래요, 맹세코에 맹세코 자네는 왕비가 되고 싶지 않다는 거야?

앤 아니요, 절대로요, 하늘 아래 모든 재물을 다 준다해도요.   35

늙은 나인 거 참 알 수 없는 일이네. 난 구부러진 동전 세 닢만 줘도 뭐

   든 하겠구먼,

나같이 늙은 여자도, 그걸 할 건데. 잠깐만,

그럼 공작부인은 어때? 그 정도 작위를 지고 다닐 만한

튼튼한 팔 다리는 가졌겠지?

앤   아뇨, 정말 아녜요.

늙은 나인 그렇다면 영 시원찮게 만들어졌군. 그럼 눈금을 조금 낮춰볼까.   40

나 같으면 이왕 얼굴을 붉히는 것 이상의 일을 할 거라면

그 길에 젊은 백작 따위를 놓고 싶지는 않을 것 같아.

---

51. 초서의 『바스의 아낙네 이야기』에 보면, 여자들이 가장 바라는 것은 무엇인가라는
    문제가 나오고 그 답은 그들의 뜻대로 하는 것이다.

52. 새끼양가죽은 장갑을 만드는 데 잘 쓰이는데 그것의 부드러운 감촉과 잘 늘어나는
    성질로 해서이다. 양가죽 양심이란 캐서린을 동정한다고 하면서 왕비가 되고 싶어
    하는 앤에 대한 시니컬한 논평이다.

만일 자네의 등이 이 정도의 짐도 질 수 없다면, 너무 약해 빠져서
아들을 갖지도 못하겠는데.

앤   어떻게 그런 말을 하세요.

45   다시 한 번 맹서하겠는데요, 나는 절대로 왕비 같은 것은 되지 않
          을 거예요

온 세상을 다 준다 해도 말예요.

늙은 나인   천만에, 온 세상은 그만두고 영국만 준대도

보주를 하사받는 일을[53] 해보려고 나설 걸. 나라면

카나번셔만 준대도 그러겠네, 비록 거기는 더 이상

왕에게 속해 있지 않지만 그래도. 가만 있자, 저기 오는 게 누구야?

시종장 등장.

50   **시종장** 안녕들 하신가, 시녀님들. 두 사람 대화의

비밀을 알려면 얼마가 들겠소이까?

앤   어서 오십시오, 대감님,

아무 것도 아니어요. 물어보실 가치도 없는 것이에요.

저희는 우리 마마의 딱한 사정에 대해 슬퍼하고 있었답니다.

시종장 그것 참 상냥한 일을 하고 계셨구려, 그래야 착한 여자들의 행동

55   답지요. 모든 것이 다 잘 되리라는 희망이

있소이다.

앤   하느님 제발 그랬으면 좋겠어요, 아멘.

---

53. 왕족의 표시로 꼭대기에 십자가가 달린 보주를 수여받기. 여기에는 아기를 배어 배
    가 동그렇게 된다는 성적 암시가 들어 있다.

시종장 시녀님은 친절한 마음씨를 가지고 있구려, 하늘의 축복이란

바로 그런 사람들에게 따르는 법이지요. 바로 그렇다오, 아름다

운 부인,

내가 진심으로 하는 말을 잘 들어보시오, 댁의

여러 가지 미덕이 국왕전하의 눈길을 끌어서, 전하께서는   60

댁을 아주 좋게 보고 계시오, 그래서 댁에게 영예를 내려주되

펨브로크 후작부인보다 못한 것은 안 되겠다

생각하시어, 그 작위에다가

매년 일천 파운드를, 연 수입으로,

더해 주셨으니 정말 성은이 막중하오.

앤   정말 저는 모르겠습니다,   65

어떤 복종을 제가 바쳐야만 할지요.

저의 모든 것 그 이상이라도 아무 것도 아닐 것입니다. 저의 기도도

충분히 신성한 말이 아닐 거고, 저의 기원도

텅 빈 말 이상의 가치는 없을 겁니다. 그러나 기도와 기원은

제가 보답할 수 있는 모든 것입니다. 부디, 대감님,   70

친절을 베푸시어 저의 감사와 순종을 전해주십시오,

얼굴을 붉히는 몸종에게서, 지극히 높으신 분께 전해 주시듯이,[54]

그분의 건강과 존엄이 무궁하시기를 빕니다.

시종장   부인,

---

54. 이 구절은 누가복음 1.38, 48절의 마리아가 아기를 잉태했다는 천사의 전갈을 받

고 놀라면서도 '주님의 종이오니 그대로 이루어지소서'라고 받아들이는 성 수태고

지 장면을 함축하고 있다. 앤은 마리아, 시종장은 가브리엘 천사의 역할이다.

나는 전하께서 댁에 대해 가지신 높은 평가를 필히 확인하시게
　　해드릴 것이오.

75 [방백] 나는 이 여자를 유심히 지켜봐왔다.

아름다움과 명예를 존중하는 마음이 그 속에 잘 섞여 있어서

그런 것들이 왕의 마음을 사로잡은 것이다, 그리고 누가 알겠는가

이 나라를 밝게 비출 보석이 바로 이 여자에게서

나오게 될 지. [앤에게] 나는 이제 국왕전하께 가서

부인과 나눈 이야기를 전해 드려야겠소.

80 **앤**　　　　　　　　　　　　　　　　感사합니다.

　　　　　　　　　　　　　　　　　　　　[시종장 퇴장.]

늙은 나인　아이고, 바로 이거였군 그래. 이것 좀 봐, 이것 좀!

나는 궁궐에서 16년을 비렁뱅이처럼 여기저기 머리를 조아려 왔어―

그런데도 지금도 가난한 나인 신세야,

너무 일찍도 너무 늦게도 금화라곤 만져만 볼래도

85 안 들어왔는데―그런데 앤 당신은, (오, 운명의 냉정함이여!)

여기 이제 갓 들어온 펄펄 뛰는 생선인데―쳇, 쳇, 쳇, 이건,

바라지도 않았는데 강제로 행운이 주어지다니!―입을 벌리기도 전에

입에 넣어지다니.

앤　　　　　　　저도 이상하기만 해요.

늙은 나인　그래 맛이 어때요? 쓴가요? 40펜스 걸고 말하겠는데, 아니겠지.

90 옛날에 한 젊은 아가씨가 살았어요―이건 옛날 이야기라구―

자신은 왕비가 되고 싶지 않다는, 그 아가씨는 나일 강의

모든 부를 준대도 결코 왕비가 되고 싶지 않다고 했지. 이런 이야

기 들어본 적 있수?

앤 　잘 해봐요, 기분이 아주 좋군요.

늙은 나인 　　　　　　　　　　　　나도 앤처럼 노래할 수만 있다면

　　종달새보다 더 기분 좋겠지. 펨브로크 후작부인이라고?

　　연 수입 천 파운드짜리 땅이라, 단지 순수하게 존경심만 보였다　95

　　　고 해서 그걸 줘?

　　다른 의무는 없고? 와 이건 분명히,

　　수천 파운드 이상을 약속하는 징조야. 영예가 줄줄이 따라가서

　　처음 입은 옷은 보이지도 않게 가려버리겠는데. 일이 이쯤 되었으니

　　앤의 등이 공작부인 정도는 짊어질 만하다는 것을 알겠어. 말해 봐요,

　　당신은 이제는 전보다 힘이 세어진 것 같지요?

앤 　　　　　　　　　　　　　　　　　　착한 마마님,　　100

　　마마님 마음대로 상상하면서 많이 즐기셨으니

　　이제 그만 저를 놓아주세요. 저는 지금 제정신이 아닌 듯해요,

　　마치 이 일이 내 피를 좀 뛰게 만든 것인 양. 무슨 일이 뒤따라올까

　　생각만 해도 기절할 지경이에요.

　　중전마마께서는 심기가 불편하시고, 우리는 이야기에 팔려　　105

　　자리를 오래 비웠어요. 제발 여기서 들은 것을

　　마마께 말씀드리지 말아주세요.

늙은 나인 　　　　　　　　　날 뭘로 보는 거유?

　　　　　　　　　　　　　　　　　　　　　[두 사람 퇴장.]

4장

트럼펫, 세넷, 코넷 소리. 짧은 은지팡이를 권표로 받든 두 사람들이 입장한다. 그들 다음에 박사의 복색을 한 두 명의 법정 서기가 들어온다.[55] 그들 다음에 캔터베리 대주교가 혼자서 들어온다. 그의 뒤로, 링컨, 엘리, 로체스터, 세인트 애삽 주교들이 입장한다. 그들 다음에, 약간 거리를 두고서, 옥새가 담긴 주머니와 추기경의 모자를 받든 신사가 따른다. 그리고 두 명의 사제가, 각각 은 십자가를 들고서 따른다. 그리고 모자를 쓰지 않은 의전관이 은(銀)으로 된 직장(職杖)을 든 법정 호위관(護衛官)과 같이 들어온다. 그러고 나서 두 명의 신사가 커다란 은으로 된 기둥을 들고서 입장한다. 그 뒤로 두 명의 추기경이 나란히 입장한다. 검과 직장을 든 두 명의 귀족이 들어온다. 왕이 천이 드리운 옥좌에 앉는다. 두 명의 추기경은 왕의 아래쪽에 재판관으로 자리한다.[56] 캐서린 왕비가 [그리피스의 시중을 받으며] 왕으로부터 좀 떨어진 곳에 자리를 잡고 앉는다. 주교들이 법정의 양편에 종교법정의 방식으로 자리를 잡는다. 그들의 아래에 법정 서기들과 한 명의 법정 정리(廷吏)가 자리한다. 귀족들은 주교들의 옆에 앉는다. 나머지 시종들은 무대 주변에 편리한 순서로 선다.[57]

---

55. 서기가 입고 있는 박사의 복색이란 법학 박사의 옷을 말한다. 두 명의 서기 중 한 사람은 대사가 있고 하나는 묵언배우이다. 홀린셰드에 의하면 당시 제1서기는 스티븐 박사였다.

56. 홀린셰드의 묘사에 의하면, 법정에는 테이블과 의자들이 종교법정의 방식으로 배치되어, 판관들이 앉을 자리는 높게 올려져 있었고, 그들 위로 3단쯤 높은 곳 가운데에 왕국의 지도가 걸려 있었고 그 아래 왕의 의자가 놓이고, 왕 아래 좀 떨어진 곳에 왕비가 앉고, 재판관의 발치에 서기들이 앉았다.

57. 길고 자세한 무대지문은 이 장면이 가진 공식적 성격을 강조하려는 것이다. 이혼법정 장면의 재현은, 앤의 대관식, 엘리자베스의 세례식과 더불어, 이 극의 특징의 하나인 엄숙하고 성대한 패전트(pageant, 행렬극)를 만들어 내고 있다.

울지 로마에서 온 위임장이 낭독되는 동안

정숙이 명령되겠습니다.

왕 그럴 필요가 있을까?

위임장은 이미 공개적으로 낭독되었소,

그리고 사방에 그 권위가 인정되어 있소.

시간을 아끼도록 하는 게 좋겠소.[58]

울지 그렇게 하겠습니다. 진행토록 하라. 5

법정 서기 정리는 복창하시오, '영국 왕이신 헨리 전하는 법정으로 나오시오.'

법정 정리 영국 왕이신 헨리 전하는 법정으로 나오시오.

왕 여기 있습니다.

법정 서기 정리는 복창하시오, '영국 왕비이신 캐서린 전하는 법정으로

나오시오.'

법정 정리 영국 왕비이신 캐서린 전하는 법정으로 나오시오. 10

왕비가 아무런 대답을 하지 않고, 의자에서 일어나, 법정을 한 바퀴 돌아,
왕에게 다가가서, 그의 발치에 무릎을 꿇고서 말한다.[59]

캐서린 전하, 저에게 정의를 행하여 주시기를 바라옵니다,

그리고 저에게 자비를 내려주시기를 바라옵니다, 왜냐하면

저는 가장 가엾은 여인이며 전하의 왕국 밖에서 태어난

외국인이기 때문입니다. 이곳에서 저는 저를 도와줄

---

58. 낭독을 생략하게끔 요구하는 것은 왕의 불편한 마음을 보여주려는 극적 변경이다.

59. 그녀가 이 상황을 말없이 참고 있으며, 진행 속도를 조금이라도 늦추려 하고 있으
며, 관객이 그녀의 말을 기다리게 만들고 있다.

그 어떤 공평무사한 판관도 가지고 있지 못하며

공평한 우정과 정당한 절차를 보장받을 수도 없습니다. 슬픕니다, 전하,

제가 무슨 일로 전하의 심기를 상하게 해드렸습니까? 그 어떤 이

유로 해서

저의 행동이 전하의 불쾌를 샀기에

이렇듯 저를 내버리기 위한 절차를 진행하셔야 할 정도이며

전하의 총애를 제게서 거두시려 하는 건가요? 하늘이시여 입증해

주소서,

제가 전하께 진실하고 겸손한 아내이어 왔다는 것을,

모든 경우에 전하의 뜻에 순종하여 왔고,

항상 전하의 싫어하심을 불러일으킬까 조심하였다는 것을,

그렇습니다, 용안을 살펴, 기뻐하시든 슬퍼하시든 그것이 향하는

것을 보고서

거기에 맞춰 왔습니다. 언제 제가 전하의 바람을

거슬린 적이 있었습니까? 아니면

전하의 바람을 곧 저의 바람으로 삼지 않은 적이 있었습니까? 아니면

전하의 친구들 중의 그 누구를 제가 사랑하려고 애쓰지 않은 적

이 있습니까? 비록

그가 저의 적이라 할 지라도요.[60] 제가 제 친구 중의 그 누구를,

그가 전하의 진노를 끌어냈을 때,

애호하기를 고집한 적이 있습니까? 아닙니다, 그런 자는

그 즉시 물리쳤음을 눈여겨 봐주십시오. 전하, 기억해주십시오

---

60. 울지에 대한 캐서린의 격노를 암시하고 있다.

제가 이렇게 순종하면서 20년이 넘게

전하의 아내 자리를 지켜 왔다는 사실을 말입니다, 그리고

전하로 인해 많은 아이들을 낳는 축복을 누려왔음을 말입니다.[61] 만일,   35

이런 동안에, 제가 조금치라도 저의 명예에 반하는 행동을 했다거나,

결혼에 대한 저의 의무를 저버렸다거나,

전하의 신성한 옥체에 대한 저의 사랑과 의무를 어겼다거나 했다고

말씀하실 수 있고, 또 그걸 증명해 주실 수 있다면,

신의 이름으로 저를 외면하시고, 가장 더러운 경멸이   40

제 앞에서 대문을 닫아걸게 하시고, 그리고 가장 냉혹한 정의에

저를 내던져 주십시오.[62] 전하, 부디 기억해주십시오,

전하의 부친이신 선왕께서는 세상 누구보다도 신중하신 분으로

명성이 자자하셨고, 뛰어나게 훌륭하시고

지성과 판단력에 있어 비길 데 없으신 분이셨습니다. 저의 부친이신   45

페르디난도,[63] 스페인 국왕께서도 누구보다도 현명한

군주로 여겨지셨고 여러 해 동안 통치하셨습니다.

그분들이 모든 지역에서, 현명한 추밀원 의원들을

---

61. 두 사람의 20년간의 결혼생활을 통해, 캐서린은 여러 번의 유산, 세 번의 사산 내
    지 탄생 직후 사망(두 번은 남아)을 겪고, 몇 주 내에 사망한 유아 둘(하나는 아들),
    그리고 딸 메어리를 가졌다.
62. 극중 캐서린은 홀린셰드의 기록에서보다 더 격렬하게 감정표현을 하고 있다.
63. 아라곤의 페르디난도는 1469년, 카스틸랴의 이사벨라와 결혼했다. 그 결혼으로 강
    력한 두 개의 왕국이 합병되었고, 스페인을 유럽의 주된 세력으로 확립케 하였다.
    금슬 좋고 모범적 부부였던 두 사람의 딸, 캐서린은 1485년에 태어났다. 이사벨라
    는 1504년에, 페르디난도는 1516년에 서거했다.

불러 모으셔서, 이 일을 논의하게 하였고,

50 　　그들은 우리의 결혼이 합법적이라는 점에 대해

조금도 의문을 표하지 않았습니다. 그런 까닭에 저는 공손한 태도로

간청 올립니다, 전하, 제가 스페인에 있는

저의 친구들의 도움으로 현명한 충고를 얻을 수 있기까지 기다려
　　주십시오.

그들의 충고를 저는 애원합니다. 만일 그렇지 못한다면, 신의 이
　　름으로 말하오니,

전하의 뜻대로 하옵소서.

55 **울지**　　　　　　　　　　마마, 마마께서는 여기에

존경받는 교부들을 두고 계십니다, (마마 자신이 선택하신 분들이고)

특별히 고결하고 학식이 깊은 분들입니다,

네, 그렇습니다, 이 땅에서 뽑히고 뽑힌 분들, 마마의 편에 서서

탄원해 드리고자 모이신 분들입니다. 따라서

60 　　마마께서 재판을 더 연장하길 원하신다 하더라도 무익한 일일 것
　　입니다,

마마의 마음의 평화를 위해서도 그렇고

전하의 불안한 마음을 치유하기 위해서도 그렇습니다.

캄페이우스　　　　　　　　　　추기경님께서

적절하고 정당하게 말씀하셨습니다. 그러하오니, 중전마마,

국왕전하를 모시고 하는 이 회의가 진행되게 하고

65 　　지체함 없이 교부들의 논의가 이루어지고 경청되게 하는 것이

적절한 일일 줄 사료됩니다.

캐서린   추기경 대감,

대감에게 말씀드리오.

울지   말씀 하십시오, 중전마마.

캐서린   대감,

나는 울고 싶습니다, 그러나, 내가 왕비라는 것을 생각해서,

또는 오랫동안 그런 줄로만 알아 와서, 또는 왕의 딸인 것은

분명하니, 제 눈물방울을   70

불꽃의 화염으로 바꾸겠소.

울지   고정하시옵소서.

캐서린 그러겠소, 그대가 오만을 버리고 겸손해졌을 때―그 전에는, 절
          대 안 되오,

그렇지 않으면 신이 나를 벌할 것이오. 나는,

잠재적인 상황들로 미루어, 그대야말로

나의 적이라고 믿고 있소, 그래서 나는 공식적으로   75

그대가 나의 재판관이 되는 것에 반대를 표하오. 왜냐하면 그대
          가 바로

전하와 나 사이의 석탄에 바람을 불어 넣은 장본인이기 때문이오,

그건 신이 내리는 이슬이 끌 것이오. 따라서, 나는 다시 한 번 분
          명히 말하오,

나는 철저히 혐오하오, 그렇소, 내 영혼이

그대를 내 재판관으로 삼기를 거부하오, 한 번 더, 나는 그대를   80

나의 가장 악의적인 적이라 여기며, 진실의 친구로

전혀 생각지 않는다고 말하는 바이오.[64]

울지   저는 분명히 말씀드립니다,

마마께서는 지금 평소와 다르십니다, 항상

자비를 보이셨고 온유한 성품에서 비롯된 말씀과

85   여성의 힘을 넘어서는 지혜에서 나오는 행동을

해오셨습니다. 중전마마께서는 저를 오해하고 계십니다.

저는 마마에게 아무런 악의를 가지고 있지 않습니다, 마마에게나

다른 누구에게나 아무런 부당한 일을 할 생각이 없습니다. 제가

　진행하는 바나

앞으로 진행할 바도 교황님께서 주재하시는 법정에서 보낸

90   임명장에 의해 보증이 될 것입니다.

네, 그건 로마의 종교법정 그 자체일 것입니다. 마마께서는 저를

　비난하십니다.

제가 '이 석탄에 바람을 불어넣었다'고 말입니다. 저는 그 말씀을

　분명하게 부인합니다.

국왕께서 여기 계십니다. 만일 제가 한 일을 제가 부인하는 일을

전하께서 아시면, 전하께서는 저의 불성실함에

95   당연히 상처를 가하실 겁니다―네, 마마께서 저의

진실에 상처를 가하신 그것처럼 말입니다. 국왕께서

마마의 보고와 달리 제가 무죄하다는 것을 아신다면, 또한

---

64. 홀린셰드에 따르면 왕비는 전체 법정 앞에서 울지 추기경을 거짓, 기만, 사악함을
    들어 심하게 비난하였고, 공개적으로 항의했으며, 그런 재판관을 거부하겠다고 했
    다. 그녀는 그가 그녀에 대한 악의적인 적일 뿐 아니라 정의에 대한 명백한 적이라
    고 반대하였다.

마마께서 제게 행하신 오해와 제가 무관함도 아실 것입니다. 그
  러므로 전하에게는

저를 치료하실 힘이 있으십니다. 그 치료는

바로 마마에게서 이런 생각들을 제거하는 일입니다, 그러니   100

전하께서 이 문제에 대해 말씀하시기 전에, 제가 마마께 간청드
  립니다,

너그러우신 중전마마, 더 이상 말씀하시는 바를 생각지 마옵시고,

그런 말씀도 더 이상 말아주십시오.

캐서린   추기경 대감, 추기경 대감

나는 아무 것도 모르는 여자입니다, 너무 미약한 존재라서

대감의 그 교묘함에 맞설 수 없습니다. 대감은 겸손한 말을 잘 하 105
  십니다.

대감은 자신의 지위와 성직에 어울리는 태도를 아주 그럴 듯하게
  보여주십니다,

온유하고 겸손한 외양으로요. 그러나 대감의 마음속은

불손함과 심술과 우월감으로 꽉 차 있소.

대감은 행운과, 전하의 은혜로,

낮은 계단을 가볍게 지나서, 이제는   110

권력이 대감의 충실한 하인이 된 자리까지 올라가 계시오. 대감
  의 말씀은

대감의 노예요, 대감의 뜻에 그대로 따르기에,

대감은 그들의 할 일을 말하기만 하면 되지요. 나는 말씀드리지
  않을 수 없습니다,

대감은 대감 자신의 명예를 대감의 영적 직업인 성직보다

115 더 소중히 돌보고 계신다고 말이오. 그래서 다시 한 번

나는 대감을 나의 재판관으로 삼기를 거부하오. 그리고 여기서

여기 있는 당신들 모두 앞에서, 교황님께 맡기기를,

제 재판을 교황 성하께 가져가

그분에 의해 판결받기를 호소합니다.

캐서린은 왕에게 절하고는 자리를 뜨려는 몸짓을 한다.

캄페이우스   왕비님께서는 완고하십니다,

120 정의에 항거하시고, 정의를 쉽사리 비난하시고, 그리고

정의에 의해 다루어지는 일을 경멸하십니다. 그건 좋지 않습니다.

그냥 가버리시는군요.

왕   왕비를 다시 불러라.

법정 정리 영국 왕비이신 캐서린 전하는 법정으로 나오시오.

그리피스 중전마마, 전하께서 부르십니다.

125 **캐서린** 네가 왜 그걸 마음 쓰느냐? 어서 가던 길이나 계속 가거라.

네 이름을 부르시거든 가 보아라. 이제 신이여 도우소서.

저들은 제 인내를 한계에 도달케 했습니다. 어서! 계속 걸어라.

나는 여길 떠나겠다. 다시는, 다시는

이런 일로 내 모습을

저들의 법정에 결코 드러내지 않으리라.

[캐서린 왕비와 그녀의 시종들 퇴장.]

130 **왕**   가시오, 케이트.

이 세상에 누가 이보다 더 훌륭한 아내를 가지고 있다고 하거들랑,

그의 말을 조금치도 신용하지 말라,

왜냐하면 그리 했다면 그는 거짓말을 한 것이므로.

만일 그대의 희귀한 덕성, 상냥한 부드러움,

그대의 성녀 같은 유순함, 아내답게 가정을 관장하는 능력,   135

명령에 순종하는 태도, 그리고 당당하고 경건한 그대의 다른 부분들이

큰 소리로 외칠 수 있다면, 그대만이

지상의 여왕들 중의 여왕이라고 할 것이오. 왕비는 고귀하게 태어났고,

진정한 고귀함이라 할 만하게

나에게 행동해왔소.

울지   자비롭기가 한량없으신 전하,   140

가장 겸허한 태도로 전하께 간청하옵니다,

저희의 두 귀가 모두 듣는 가운데 분명히 말씀해주시는 것을

어찌 생각하실지요―왜냐하면 제가 강탈당하고 묶인,

바로 그 자리에서 저는 풀려나야만 합니다, 비록 거기서 단번에 완전히

보상받기는 어렵겠지만―제가 단 한번이라도   145

이 일을 전하께 끄집어낸 적이 있었는지요, 아니면

전하의 길에 어떤 양심의 가책을 느끼실 만한 것을 놓아

전하가 그 일에 대해 의문을 품게 한 일이 있었는지요, 아니면 한

　번이라도

제가 전하께, 하느님 감사하게도 그렇게 훌륭한 왕가의 귀한 분

　에 대해서

조금치라도 왕비님의 현재의 상태에 대해 편견을 가지시게 할   150

수도 있을 말을 해드린 적이 있었는지요? 아니면

왕비님의 좋은 인품에 흠이 가게 할 말을 한 적이 있었는지요?

왕   추기경 대감,

나는 분명 대감 편에 서서 말하오 ─ 그래요, 나의 명예를 걸고서,

나는 대감을 그런 비난에서 해방시켜 주는 바요. 대감은 귀담아

　들을 필요 없소,

155　대감은 많은 적들을 가지고 있고 그들은

자신들이 왜 그러는지도 모르오, 단지, 마을의 개들처럼,

다른 개들이 짖으면 마찬가지로 짖을 뿐이니. 이런 자들 중의 어

　떤 자들이

왕비를 분노에 빠뜨린 거요. 대감은 면책되었어요.

그러나 대감은 좀 더 정당화되길 바라십니까? 대감은 항상

160　이 문제가 잠잠하기를 바라왔소, 한 번도 이 문제가

들추어지길 바란 적이 없어요, 오히려 자주, 맞아요 자주,

이 문제에 대해 논의가 전개되는 것을 막아왔어요. 내 명예를 걸

　고서 말하는데,

바로 내가 이 문제에 대해 나의 선량한 추기경 대감에게 말한 겁니다

그러니 그에 대한 의구심 따윌랑 깨끗이 없애도록 하시오. 자, 무

　엇이 나로 하여금

165　그 문제를 향해 움직여 가게 했나 여러분들께 상세히 말씀드리겠소

나를 끌어당긴 것을 잘 들어보시오. 그 일은 이렇게 시작되었소.

잘 들어보시오 내 양심은 처음에 어쩌다 약한 상태가 되었느냐 하면,

바로 바욘의 주교가 한 어떤 말로해서

가책을 받고 찔림을 당하게 되었던 것이오. 그는 그 때 불란서 대사로,

이곳에 와서 오를레앙 공작과[65] 우리 딸인   170

메어리 공주와의 혼인을 논의하기 위해 파견되어 있었소.

이 일이 진행되는 중에 분명한 결혼 결정을 내리기 전에, 그는ー

내 말은 그 주교를 가리키는 것이오ー잠시 일시적 중단을 요구했소,

그동안 그는 그의 주인인 왕에게

우리 딸인 메어리 공주를 합법적 소생으로 볼 것인지에 대해   175

보고하기 위해서라 했소, 왜냐하면

전에 내 형수였던 미망인 상속녀와 맺은 내 결혼 때문이라고 했소.

이 결혼 논의 중단은 내 양심의 가슴을[66] 뒤흔들고,

내 마음속으로 파고 들어와,

그렇소, 꼬챙이에 꿰이는 듯한 힘으로, 내 젖가슴 언저리를   180

떨리게 만들었소. 그것은 내 가슴에 큰 길을 뚫어버려서 그리로

많은 혼란스런 생각들이 물밀듯이 밀려들어와[67]

이런 생각으로 압박했소. 먼저,

나는 하늘의 미소 띤 인정을 받고 있지 않다는 생각이 들었소,

하늘은 자연에게 명령을 내려 나의 부인의 아기집이   185

나로 인해 남아를 잉태하게 되더라도,

---

65. 오를레앙 공작은 불란서 왕 프란시스 1세의 차남으로, 뒤에 불란서의 앙리 2세가
되었다.

66. 헨리의 양심의 가책에 대해 묘사하는 단어들ー가슴, 젖가슴, 꼬챙이에 꿰이는 아
픔, (산고의) 신음ー은 비유적으로 그를 여성화하고 있다.

67. 왕의 내적 정신적 의심은, 통제되지 않은 군중의 모습으로 구체화되고, 이미지화되
고 있다.

무덤이 죽은 자에게 하듯 더 이상 생명의 탄생 의식을 집행하지
　않는다는

생각이 들었소. 왜냐하면 중전이 낳은 남자 아이는

생겨난 자리에서 죽거나, 이 세상이 그들에게 숨을 쉬게 하자마자

죽거나 했으니까. 그래서 나는 이런 생각이 들었소.

이것은 나에 대한 심판이다, 나의 왕국은 ―

세계 최고의 상속자를 가질 가치가 있음에도 ― 틀림없이 나로 해서

기뻐해서는 안 된다는 하늘의 뜻이구나 하는. 그러고 나서

나는 내 왕국이 내 자식의 죽음으로 해서 직면한 위험을

저울질 해보았소, 그리고 그것은 내게

많은 신음을 토하게 하는 아픔을 주었소. 그래서 내 양심의 거친 바다에서

표류하다가, 결국 이런 처방을 향해 나아온 거요, 바로 그런 이유로 해서

우리는 여기 함께 모이게 된 거요. 다시 말하자면,

나의 양심을 치유할 작정을 한 거요 ― 그것은

그 때 큰 아픔을 느꼈고, 그리고 여전히 낫지 않은 상태요 ―

이 땅의 모든 교부들과

그리고 학식 있는 박사들의 협조를 받아 말이오. 먼저 나는 당신,
　링컨 주교와

둘이서만 이야기를 시작했소. 주교는 내가 고민 가운데서

처음 이야기를 나누었을 때 얼마나 땀을 흘렸는지

기억하실 거요.

링컨　　　　　네 잘 기억하고 있습니다, 전하.

왕　내가 여기까지 길게 말했으니, 부디 주교가 직접

주교가 그 때 내게 무어라고 대답했는지 말해주시오.

링컨   황송하오나, 전하,

처음에 그 질문은 저를 몹시 비틀거리게 했습니다,

그 질문에는 국가의 대사가 걸려있었고   210

두려운 결과가 담겨있어서, 저는

과감한 조언을 드리기는 했으나 확신할 수 없어서

여러 대감들을 초청하여 이런 절차를 밟게 된 것이고

그래서 여러분들이 이곳으로 오시게 된 것입니다.

왕   그러고 나서 나는

캔터베리 대주교, 그대에게 향했소,[68] 그리고 지금의 이 청문회를 215
  여는 것에 대해

그대의 재가를 얻었소. 나는 이 법정에 있는 어떤 성직자에게도

조언을 구하지 않은 적이 없소,

바로 여러분들의 필적과 날인으로 진행된

동의서가 그 점을 확인해주는 바요. 그러니 계속하시오,

착한 왕비의 인품에 항의하려는 미움 따위에서는 전혀 아니고,   220

단지 진술한 모든 이유들이 보여주는

양심을 아프게 찌르는 가시 같은 것들이 이 일을 몰아가고 있는 것이오.

단지 나의 결혼이 합법적이라는 것을 증명해주시오, 나의 생명과

왕의 위엄을 걸고 말하는데, 나는

위험에 처한 왕위를, 나의 왕비인 캐서린과 함께   225

---

68. 이 캔터베리 대주교는 뒤에 나오는 크랜머가 아니고 전임자인 윌리엄 와엄(1504-
  1532 재직)이다.

견뎌나가는 데 만족하오, 가장 훌륭한 인물,

세상의 귀감이 될 인물이 뒤따라올 수만 있다면.

캄페이우스   아뢰옵기 황송하오나, 전하,

왕비님께서 부재하시므로, 우리가 이 법정을

다른 날로 연기하심이 필요하고 적절한 일인 듯합니다.

230   그러는 동안 성실한 발의를 왕비님께 드려서

왕비님께서 교황 성하에게 제출하신

항소를 철회하시도록 해야만 할 것입니다.

왕   [방백]   이 추기경들이

나를 가지고 희롱하고 있음을 알겠다. 지겹구나,

이 꾸물대는 나태와 로마 교황청의 음모들이.

235   나의 학식 있고 사랑스러운 종복, 크랜머여,

어서 돌아오라. 그대가 내 가까이 있어야만

편안함이 내 곁에 있을 수 있음을 알고 있노라. —법정을 파하시오!

자, 가자.

[입장했던 방식으로 모두 퇴장한다.]

3막

1장

캐서린 왕비와 시녀들이 입장, 바느질 일을 하고 있다.

캐서린 루트를 잡아라, 얘야[69]. 나의 영혼이 근심으로 자꾸 슬퍼지는구나.

노래를 불러봐라, 그래서 나의 근심을 날려다오, 그럴 수 있으면.

일감은 내려놓고.

시녀 [노래한다.] 오르페우스가[70] 루트를 들어 노래하니,

나무들과 얽어붙은 산들이

5 머리 숙여 절하였도다.

그의 음악에, 식물과 꽃들이

항상 피어나서, 태양과 비처럼

영원히 봄을 만들었도다.

그의 연주를 들은 것들은 모두,

---

69. RSC Doran 연출(1996)을 비롯하여 여러 공연들이 이 장면에서 캐서린의 시녀 중 하나로 앤을 등장시켰다. 그러나 '얘야'(wench)라는 단어는 왕비가 자신의 시녀에게 사용하기에 적절하지 않은 말이며, 앤과 같은 귀족 출신의 여성들에게 하는 말은 전혀 아니었다. 그리고 어떤 경우에도 그들은 손으로 하는 일 따위는 하지 않았다. 그러므로 이 장면에 앤을 등장시키는 것은 부자연스럽다.

70. 오르페우스는 아내 유리디체와 헤어지며, 광란한 박칸테들의 손에 머리가 잘려 강물에 떠내려가는 인물이라는 점에서, 이혼, 참수형과 관련된 이 극에 오르페우스에 대한 노래를 넣은 것이다.

바다의 높은 너울마저도,   10

머리를 기울이고 곁에서 쉬었도다.

달콤한 음악에는 놀라운 마력 있어서,

마음의 걱정과 슬픔을 죽이니

잠에 떨어지거나, 그 소리 들으며 스러져 간다.

그리피스 입장.

캐서린 무슨 일이 있느냐?   15

그리피스 아뢰옵기 황송하오나, 마마, 추기경 두 분이

알현실에서 기다리고 있습니다.

캐서린   나랑 이야기를 하고자 하더냐?

그리피스 제가 그리 말씀 드려주기를 바랐습니다, 마마.

캐서린   두 분께 이리 오시도록

말씀드려라. [그리피스 퇴장.] 그들이 나에게 볼 일이 무엇이 있을까,

왕의 은총을 잃은 나같이 불쌍하고 힘없는 여인네와?   20

나는 그들이 찾아오는 게 싫구나. 이제 그 점에 대해 생각해보니,

그들은 틀림없이 선한 사람들이고, 그들이 하려는 일도 올바른

  일일 것 같아—

하지만 두건 달린 옷이 수도승으로 만들어 주는 것은 아니지.

두 명의 추기경, 울지와 캄페이우스가 입장한다.

울지   마마, 평화를 빕니다.

캐서린 추기경님들께서 보시는 대로 저는 여기서 주부 역할을 하고 있습니다.

25 그것이 저의 모든 것이길 바랍니다, 가장 나쁜 일이 벌어지지 않도록.[71]

제게 무엇을 원하시지요, 추기경님들?

울지 괜찮으시다면, 마마, 작은 방으로[72]

들어가시면 어떨까요? 그러면 저희가 이렇게 찾아온

이유를 소상히 아뢰겠습니다.

캐서린 　　　　　　　　　　여기서 말씀하시지요.

30 내가 해온 그 어떤 일도, 제 양심을 걸고 말씀드리거니와,

구석을 찾아 말해야만 할 일은 아직 없습니다. 모든 다른 여인들도

나처럼 근심 없는 영혼으로 이리 말할 수 있기 바랍니다.

추기경님들, 저는 전혀 상관없습니다—나는 많은 이들

이상으로 당당하니까요—만일 나의 행동이

35 모든 이의 입에 오르내리고, 모든 눈이 그걸 보고,

시기와 천박한 의견이 거기 주어진다 해도,

나는 내 생애가 진실했음을 알고 있습니다. 만일 두 분의 볼 일이

나를 염탐하고, 내가 아내로서 어떻게 살고 있나 하는 것이라면

일을 담대하게 드러내어 하십시오. 진실은 공개된 거래를 좋아합니다.

40 **울지** 탄타 에스트 에르가 떼 멘티스 인테그리타스, 레지나

---

71. 이제 왕비가 아니라 해도 주부 역할은 잃지 않기를 바라며, 아내이기를 바란다는 뜻.

72. 초기 근대의 저택 양식은 3개의 방 구조가 기본이었다. 앞서 그리피스가 말한 알현실과 같은 공적 만남을 위한 접빈실, 귀부인이 시녀들과 함께 거주하고 일을 하기도 하는 큰 방, 그리고 귀부인이 사적인 용무나 친한 이들과 식사를 하거나 하는 작은 방으로 나누어진다.

세레니시마[73] −

캐서린 오, 훌륭하신 추기경님, 라틴어로 말하지 마십시오.

제가 그리 게으름뱅이 학생은 아니어서 이곳에 온 이래로

내가 사는 나라의 말도 모를 정도는 아닙니다.

낯선 언어는 나의 항변을 이상하게 보이게 하고 의심스럽게 만듭니다. [45]

제발 영어로 말해주십시오. 여기 있는 나의 여관들은 두 분께서

진실을 말씀하신다면, 자기네들의 여주인을 위해 두 분께 감사드

릴 겁니다.[74]

사실, 그 여주인은 많은 부당한 일을 겪어왔습니다. 추기경님,

내가 이제껏 저지른 가장 고의적인 죄라 하더라도

아마도 영어로 사면되어질 겁니다.

울지 　　　　　　　　　고귀하신 왕비마마, [50]

저의 성실성이−그리고 국왕전하와 중전마마에 대한 저의 섬김이−

일편단심으로 충성을 다하려는 저의 의도에도 불구하고

그런 깊은 의심을 새끼 쳤다니 정말 애석합니다.

저희는 비난을 하고자 온 것이 아닙니다,

모든 선한 입이 축복하는 영예를 더럽히고자 하는 것도 아닙니다. [55]

그리고 마마를 슬픔의 길로 이끌어 배신하려는 것도 아닙니다−

마마께서는 국왕전하와 마마 사이의

---

73. 이는 '마마에 대한 제 의도는 명예로운 것입니다, 가장 평화로우신 왕비님'으로 번
    역될 수 있다.
74. 그녀의 이런 반응은 스페인 출신이지만 영국 왕비라는 자신의 지위를 강조하려는
    것이다. 또한 추기경들이 하는 말에 대해 시녀들이 증인이 되게 하려는 의도를 가
    지고 있다.

간극으로 걱정에 빠져 어찌 견뎌 나가야 할지 방법을 모르십니다.

사심 없고 정직한 사람들로서 저희가 올바른 의견을 말씀드리고,

60   마마의 주장에 지지를 하려고

여기 찾아 뵈온 것입니다.

캄페이우스   가장 존귀하신 마마,

요크 추기경은 그의 고귀한 성품과,

항상 마마에 대해 가지고 있는 충성심과 복종으로 해서

선한 사람답게도 마마께서 지난번 말씀하신

65   그의 진실과 그 자신에 대한 비난을 모두 잊고서 — 그것은

정말 너무 하신 것이었지요 — 제가 그런 것처럼,

화해의 표시로, 그의 충성과 충언을

바치고자 온 것입니다.

캐서린 [방백]   나를 배신하려고 왔겠지.

[두 사람에게] 추기경님들, 저는 두 분 모두에게 두 분의 호의에 대
해 감사드립니다.

두 분은 정직한 분들처럼 말씀하십니다 — (하느님 제발 당신들이
그런 분이기를)[75]

70   그렇지만 어떻게 갑자기 두 분께 답변드릴지,

이렇게 막중한 문제에 대해서, 제 명예에 아주 깊이 관련된 일인데 —

(아마도 나의 목숨에 더 깊이 관련된 일이겠죠), 나의 미약한 분
별력으로,

이렇게 위엄과 학식이 있는 분들께 답변드릴지를,

---

75. 괄호 안에 넣어진 대사들은 방백으로 처리되는 것이 자연스럽다.

사실 저는 모르겠습니다. 저는 제 시녀들과 앉아서 일이나 했지요,

이런 분들이 이렇게 찾아오시리라고는   75

조금치도 예측해본 적이 없어요, (신께서는 아실 겁니다.)

저처럼 살아온 여자를 위해서―(그리 살아온

날도 이제는 마지막 부분인 듯하구나)―훌륭하신 두 분 추기경님,

제게 제 사건을 위해 조언을 얻을 시간을 주세요.

휴우, 나는 친구도 희망도 없는 일개 여자일 뿐입니다.   80

울지 마마, 이런 걱정을 하신다는 것은 국왕전하의 은애하심을 저버리

　　는 일이 되십니다.

마마는 희망도 친구도 무한히 많이 가지고 계십니다.

캐서린   영국에는

나의 이익을 위해 애써줄 친구가 하나도 없어요. 모르시겠어요,

　　두 분?

어떤 영국인이 감히 나에게 좋은 충고를 해주겠습니까?

국왕의 비위를 거스르면서까지 누가 제 친구가 되려 하겠습니까?―   85

(아마도 그런 사람은 정직하려고는 하되 신중하지 못한 사람일게요)―

그리고도 신하로 살 수 있겠습니까? 절대 아닙니다, 나의 친구들은,

나의 고통을 상쇄시켜줄 사람들,

나의 신뢰를 받을 만한 사람들, 그런 사람들은 여기 살지 않아요.

그런 사람들은, (나의 다른 위안거리들처럼), 여기서 먼 곳에   90

내가 태어난 나라에나 있습니다, 추기경님들.

캄페이우스   부디, 마마,

슬픔을 내려놓으시고 제 충고를 받아주시길 빕니다.

캐서린   어떻게 말입니까?

캄페이우스 마마의 문제를 국왕전하의 손에 맡기십시오.

국왕전하께서는 사랑이 넘치시며 자비로우십니다. 그러심이 둘 모두에,

95   마마의 명예에도 훨씬 좋고 소송에도 이로울 것입니다.

왜냐하면 재판으로 가서 다퉈보게 된다면

마마께서는 치욕을 당한 채 떠나시게 될 것이기 때문입니다.

울지   그의 말이 맞습니다.

캐서린 두 분이 둘 모두를 위해 바라는 바를 말씀하고 계시는군요―바로
        나의 파멸 말이요.

이것이 당신들이 말하는 기독교도다운 충고란 말이오? 썩 나가시오!

100   하늘이 내려다보고 있소. 하늘에는 재판관이 한 분 계시오

그 재판관은 어떤 왕도 타락시키지 못할 분이오.

캄페이우스   진노와 오해를 거두십시오.

캐서린 두 분은 부끄러운 줄을 아시오. 나는 두 분을 거룩한 사람들로 생각했소
        맹세코, 두 분을 최고의 미덕을 가진 분들로 여겼소―

그러나 최고의 죄악과 공허한 가슴을 가진 두 분이 나는 두렵소.

105   그것들을 고치시오, 부끄럽잖소, 대감들? 이게 두 분이 말하시는
        위안입니까?

이게 불쌍한 여인에게 가져온 약입니까?

여러분들 사이에서 길을 잃고, 비웃음을 당하고, 경멸받은 여인에게?

나는 두 분이 나 같은 불행을 반만이라도 당하기를 기원하지 않
        을 것이오.

나는 두 분보다 자비심이 많으니까. 하지만 두 분께 경고의 말을 하겠소

조심하시오, 제발 조심하시오, 언젠가

나를 슬프게 한 무거운 돌이 당신들에게도 떨어지지 않도록 말이오.

울지 마마, 이러시는 것은 사실을 회피하는 것일 따름입니다.

마마께서는 저희가 드리는 호의를 악의로 바꾸고 계십니다.

캐서린 당신들은 나를 아무 것도 아닌 존재로 바꾸고 계시오. 화 있을진

저, 그대들에게,

모든 거짓된 공언자들에게도! 두 분은 어떻게 날더러 −

(당신들에게 조금이라도 정의가 있다면, 조금이라도 연민이 있다면

당신들에게 입고 있는 옷 외에 성직자다운 무언가가 조금이라도 있다면)

나를 미워하는 그 역겨운 소송 건을 전하의 두 손에 쥐어 드리라

는 거요?

오호, 슬프다, 그분은 나를 그분의 침실에서 추방하였으니 그분

의 사랑을 잃은 지

이미 오래예요. 나는 이제 나이든 여자예요,[76]

친구 같은 감정만이 내가 이제 전하에 대해 가져야 할 감정이고

그게 내게 주어진 순종의 의무임을 알고 있어요. 이런 비참함 위에

더 무엇이 내게 일어날 수 있겠어요? 한껏 궁리해낸 것이

내게 이렇게 저주를 내리는 거군요.

캄페이우스   우려가 지나치십니다.

---

76. 캐서린이 두 추기경의 방문을 받은 것은 1529년, 그녀가 43세인 때로, 통상적 의
   미의 나이든 여자는 아니었지만, 더 이상 헨리가 원하는 상속자를 낳을 수 없다는
   점에서 자신을 나이 들었다고 말하는 것이다. 많은 공연들이 그녀를 50대로 설정
   하여 등장시키는데 그것이 적절한지는 생각해볼 문제다.

125 **캐서린** 내가 그렇게 오래 －(내가 나를 변호하게 해주시오,

미덕이란 아무 친구도 갖지 못하니까) －아내, 진실한 아내로 살

아왔는데 －

(조금도 과장됨 없이 말하거니와),

의심 받을 어떤 행동을 했다고 낙인 찍혀본 적 없는 여자로 살아

왔는데 －

나는 아직도 온 마음의 애정을 다하여 전하를

130 응대하고, 그분을 하느님 다음으로 사랑하고, 그분께 순종하고 있는데,

(애호로 인하여) 그분을 우상처럼 숭배해왔고,

그분을 기쁘게 하느라 기도까지도 잊었을 정도였는데,

지금 어떤 보답을 받고 있지요? 이건 공정치가 못해요,

내게 자기 남편에게 충실했던 아내를 데려와 보세요,

135 남편을 즐겁게 하는 것 말고는 어떤 즐거움도 꿈꿔본 적이 없는

그런 아내를, 그러면 그 여자에게, 그 여자가 최선을 다했을 때,

나는 거기다가 하나의 영예를 더 추가할 수 있어요, 커다란 인내

심이라는.

울지 마마, 마마께서는 저희가 목적하는 호의에서 벗어나고 계십니다.

캐서린 추기경님, 저는 당신의 주인이신 분이 나에게 결혼으로 하사하신

140 그 고상한 지위를 나 스스로 기꺼이 양보할 만큼 감히 그렇게

나쁜 죄인이 될 수는 없어요. 죽음 이외에는 그 무엇도

나를 나의 존엄과 이혼시킬 수는 없을 것입니다.

울지   제발 제 말씀 좀 들으십시오.

캐서린 내가 차라리 이 영국 땅을 밟지 않았더라면 얼마나 좋았을까

아니면 이 땅에서 성장하는 것에 대해 자랑스러움을 느끼지 않았더라면.

두 분은 천사의 얼굴을 하고 계십니다, 그러나 하늘은 두 분의 마 145
   음을 잘 아십니다.

이제 저는 어찌 되겠습니까, 이 가엾은 여자는?

저는 이 세상에서 살고 있는 가장 불행한 여자입니다.

[시녀들에게] 오호라, 가엾은 것들,[77] 이제 너희의 운명은

어디에 있는 거냐? 가엾이 여김도 없는 나라에 난파되어,

친구도, 희망도, 나를 위해 울어줄 친척도 없고, 150

어쩌면 무덤조차도 나에게 허락되지 않을지도 모르겠구나,

한때는 들판의 여주인으로 번영을 누리었던 백합꽃처럼,

나는 고개를 떨구고 스러지게 되겠구나.

울지   마마께서

저희의 목적이 정직한 것이라는 것을 아실 수 있게만 된다면

마마께서는 보다 편안함을 누리시게 될 겁니다. 자애로우신 마마, 155

저희가 도대체 왜, 무슨 이유로, 마마를 해롭게 하겠습니까? 오호
   라, 저희의 지위는,

저희의 성직이라는 길은 누구를 해롭게 하는 일을 절대 금지합니다.

저희는 그런 슬픔을 치료는 할망정, 그런 슬픔의 씨앗을 뿌리지
   는 아니합니다.

부디, 마마께서 하시는 바를 잘 살펴보십시오,

어찌하여 스스로를 다치게 하시려는 것인지요, 네 그렇습니다, 160
   이리하시면

---

77. 캐서린이 믿고 의지하는 시녀들 중 셋은 스페인 사람들이었다.

국왕전하의 마음에서 점점 멀어지게 되실 뿐입니다.

군주들의 마음은 순종을 어여삐 여기십니다,

그분들은 순종을 몹시도 사랑하십니다만, 완고한 마음에 대해서는
폭풍처럼 진노하십니다.

165   저는 잘 알고 있습니다, 마마께서는 유순하고, 선량한 성품이시고,

고요하고 의연한 영혼을 가진 분이시란 것을. 제발 저희를 저희
   가 말한 그런 사람들,

평화를 가져오는 자들이며, 마마의 친구들이며, 충실한 종복들로
   생각해주십시오.

  캄페이우스 마마, 곧 그 점을 아시게 될 것입니다. 마마께서는 지금 미덕
   을 손상시키고

평범한 여자들이나 가지는 두려움을 보이고 계십니다. 본래부터
   가지고 계시던

170   고귀한 정신을 돌이키시면, 그런 의심은 가짜 동전마냥

던져버리게 되실 것입니다. 국왕전하께서는 마마를 사랑하고 계십니다.

그것을 잃지 않도록 조심하십시오. 저희에게, 마마께서 원하신다면

마마의 일을 위탁해주십시오, 저희는 언제라도

저희의 혼신을 다하여 마마의 일에 쓰일 준비가 되어 있사옵니다.

175 **캐서린** 하시고 싶은 대로 하십시오, 추기경 대감들, 그리고 부디 용서해
    주십시오,

제가 예의바르게 행동하지 않았다면.

두 분께서는 제가, 지혜도 부족하고,

그래서 이렇게 훌륭하신 분들에게 알맞은 대답을 하지도 못함을

잘 알고 계십니다.

부디 전하께 저를 대신하여 잘 답변하도록 해주십시오.

전하께 저는 아직도 제 마음을 다하여 따르고 있습니다. 그리고 180
앞으로도

제가 목숨이 있는 한, 제 기도 가운데 계실 것입니다. 이리 오십
시오, 존경하는 교부님들,

저에게 두 분의 충고를 내려주십시오.

이 나라에 처음 발을 디뎠을 때는 위엄 있는 자리를 가지기 위해서는

이토록 비싼 값을 치러야만 하리라는 것을 조금도 생각지 못한
여자가 이제 청합니다.

[퇴장.]

2장

노포크 공작과 써포크 공작, 써리 경, 시종장 등장.

노포크 여러 대감들이 한 목소리로 부당함을 주장하고

굳은 마음으로 그것을 밀어붙이신다면, 추기경도

그 무게를 견디지 못할 것이요. 여러분들이 이번 기회를[78]

놓친다면, 나는 여러분들이

5 이왕 견뎌온 치욕에 더하여 더 많은 새로운 치욕을

견디게 되실 거라고 말씀드리는 수밖에 없소이다.

써리   저는 즐거이

최소한의 기회라 할지라도 영접할 것입니다 그래서 그것을

저의 장인이셨던 공작님의 유품으로 간직하고,

그자에게 복수를 하고야 말 것입니다.

써포크   귀족들 가운데

10 그자에게 경멸을 당하지 않은 사람이, 또는 적어도

말도 안 되는 무시를 당하지 않은 사람이 도대체 누가 있단 말입니까?

그자가 자기 자신 말고 누구를 고귀함의 소인이 찍힌

사람으로 본 적이 있기라도 하단 말입니까?

시종장   대감들, 하시려는 바를 말씀해보시지요.

---

78. 울지가 왕의 노여움을 샀다는 사실이 알려지자 귀족들은 그에 대해 각종 고발을
할 기회로 삼았다.

그가 대감들과 나를 어떻게 취급하고 있는지는 나도 알고 있습니다.

허나 우리가 그에게 할 수 있는 일이 무엇인지—비록 지금이 우리에게 15

주어진 기회이기는 하지만—나는 몹시 두렵습니다. 만일 대감들이

그가 국왕전하에게 접근하는 일을 막을 수 없다면, 그에게 그 어

  떤 것도

절대 시도하지 마십시오, 왜냐하면 그는 혀로

전하에게 마법을 행사하니까요.

노포크   오, 그를 두려워하지 마시오.

그의 말로 행하던 마법은 이제 끝났소. 국왕께서 알아내셨거든요, 20

그가 전하의 뜻에 거슬러 일 처리한 것을. 그래서 그의 꿀 같던

  말솜씨는

영원히 불구가 되었단 말이오. 아니, 그는 꼼짝없이 붙잡혀,

왕의 진노에서 빠져나가지 못하게 되었소.

써리   대감님,

이런 소식이라면 한 시간에 한 번씩 들어도

틀림없이 기쁠 겁니다.

노포크   믿으시오, 이건 사실이오.   25

이혼 문제를 두고서 그가 반대한 처리가

죄다 드러나고 말았어요.[79] 그 일로 그자는

---

79. 홀린셰드에 의하면, 울지는 교황에게 보내는 편지에서 이혼 관결을 늦춰 달라고 요
  구하는데, 이는 왕의 마음을 그의 의도대로 할 수 있을 때까지 기다리기 위해서였
  다. 왕은 그 사실을 알고, 울지의 표리부동함에 대해 몹시 분개하여 그의 지위를
  박탈하기로 마음먹는다.

내 원수가 그리 되었으면 하고 기원했을 그런 처지가 되고 말았습니다.

써리　　　　　　　　　　　　　　　　　　　어쩌다

그의 계략이 백일하에 드러나게 되었습니까?

써포크　　　　　　　　　　　　　　　참으로 이상한 일이지요.

써리　　　　　　　　　　　　　　　　　어떻게요, 네?

30　**써포크** 교황에게 보내는 추기경의 편지가 그만 잘못 전달되어서

왕의 눈에 뜨이게 되었답니다, 거기서 왕은

추기경이 교황에게

이혼 재판을 진행시키지 말아달라고 간청한 것을 읽게 되었어요.

만일 이혼이 이루어지면, 그는 이렇게 썼어요. '제 생각에

35　저의 국왕께서는 왕비의 시녀인 앤 불린이라는 인물과

애정사에 얽히게 될 것 같습니다'라고 말이지요.

써리 국왕전하께서 이 사실을 아셨습니까?

써포크　　　　　　　　　　　　　　　그렇다니까요.

써리　　　　　　　　　　　　　　이게 효과가 있을까요?

시종장 이 일로 해서 국왕전하께서는 추기경이 얼마나 제멋대로 이리저

리 다니며

몰래 방해를 부려왔는지 아시게 되겠군요. 하지만 이렇게

40　그의 모든 계략이 침몰한 시점에서 보니, 그는 환자가 죽은 뒤

약을 주려고 한 셈이 되어버렸군요. 국왕께서는 이미

그 아름다운 분과 결혼을 하셨으니 말이오.[80]

---

80. 홀린셰드에 의하면 헨리 왕은 1532년 11월 14일에 이혼에 대한 불란서 왕의 지지
　　를 부탁하기 위해 깔레로 여행을 갔다가 돌아온 다음, 비공개로 앤 불린과 결혼했

써리   부디 그러셨기를!

써포크 바라시던 바를 이루었으니 부디 기뻐하십시오, 대감,

대감의 소원을 이루셨다고 선언하는 바입니다.

써리   내 기쁨이 드디어

내 소원과 운명적 결합에 도달했군요.

써포크   저도 기쁩니다.

노포크   모두의 기쁨입니다. ⁴⁵

써포크 왕비님의 대관식을 행하라는 명령이 있었습니다.

에구머니, 이것은 아직도 방금 나온 새 소식이고, 아마도

어떤 이들의 귀에는 들어보지도 못한 소식일 겁니다. 하지만, 대감님들,

그분은 씩씩한 인물이고, 마음씨나

맵시나 완벽한 분이랍니다. 그분을 뵙고 보니   ⁵⁰

그분을 통해 이 나라에 어떤 복된 일이 생겨나고

그 일이 영원히 기념되어질 거라는 생각이 들었습니다.

써리   그런데, 국왕전하께서는

추기경의 그 편지 사건은 그냥 봐 주시기로 하신 겁니까?

그래서는 절대 안 되는데!

노포크   맞아, 그래서는 안 되지.

써포크   아닙니다, 아닙니다.

전하의 코 주위에 왱왱대는 말벌들이 더 있어서   ⁵⁵

다. 이 사실은 비밀에 부쳐지다가 다음 해 부활절 무렵, 그녀가 아이를 가졌다는
것과 함께 알려진다. 울지의 몰락은 실상 이보다 3년 전인 1529년이었고, 그는
1530년에 죽었다.

쏘인 자리를 더 빨리 성나게 만들 것 같습니다. 캄페이우스 추기경이 아무도 몰래 로마로 빠져나가 버렸답니다, 왕의 허락도 받지 않고, 이혼소송 건도 그대로 놔두고 말이지요. 그는 우리 추기경의 대리인으로 급히 떠난 것입니다, 그의 계략을 지원하기 위해서.

60   여러분께 분명히 말씀드리는데 국왕전하께서는 이에 대해 진노하셔서 '허어'라고 하셨답니다.

시종장   이제 신이여 전하의 진노가 더욱 활활 타서 더 크게 '허어'라고 하게 해주소서.

노포크   그건 그렇고, 대감, 크랜머가 언제 돌아오지요?

써포크 그는 그가 수집한 여러 의견서들을 가지고 귀환하게 되었습니다, 그것들은

65   국왕전하께서 이혼을 하시는 데 도움을 주어 전하를 만족스럽게 했고, 기독교 국가들에 있는 거의 모든 명문 대학들도 찬성하는 바라고 합니다. 제 생각에는 곧 국왕전하의 두 번째 결혼식이 공표될 겁니다, 그리고 그 왕비님의 즉위식도 있게 될 거구요. 캐서린 왕비는 이제 더 이상

70   '왕비'로 불리지 않게 될 겁니다, 이제는 '왕자의 미망인'이나 '아서 왕자의 과부'로 불리게 될 겁니다.

노포크   이 크랜머라는 자도 아주 대단한 자라오, 그리고 전하의 일을 하느라 제법 많은 수고를 해왔지요.

써포크   그렇습니다, 그래서 우리는 그가

그 대가로 대주교가 되는 것을 보게 될 겁니다.[81]

노포크   나도 그렇게 듣고 있소.

써포크   사실입니다.

울지와 크롬웰 등장.

추기경이 오고 있습니다.

노포크   잘 보시오, 잘 보시오. 저 자, 기분이 별로인   75

것 같은데.

[울지와 크롬웰은 저만큼 서서 이야기를 나눈다.]

울지 외교 문서가 들어있는 우편낭 말이야, 크롬웰, 그것을 전하께 가

져다 드렸나?

크롬웰 전하께 직접 올렸습니다, 전하의 침전에서 그리했습니다.

울지   전하께서

편지 내용을 보시던가?

크롬웰   그 자리에서

봉인을 떼셨습니다, 보시자마자,

전하께서는 그것을 진지한 기색으로 살피셨습니다. 용안에 깊은 관심을   80

보이셨습니다. 그리고는 명하시기를 추기경님을

오늘 아침 여기에서 전하를 알현케 하라고 하셨습니다.

울지   전하께서

여기로 납실 준비가 되셨는가?

---

81. 크랜머는 1533년 초 캔터베리 대주교로 임명된다. 전임자 윌리엄 와엄은 전 해 여

름 사망하였다.

크롬웰　　　　　　　　제가 알기로는 지금쯤 준비가 되셨을 겁니다.

울지　가보게나, 난 혼자 있을 테니.[82]　　　　　　[크롬웰 퇴장.]

85　　[방백] 아마도 불란서 왕의 누이, 알량숑 공작부인에 관한 일일 거야,

　　　전하는 그 부인과 결혼해야 해.

　　　앤 불린이라고? 쳇, 말도 안 되지, 내가 앤 불린 따위를 왕에게

　　　　줄 수는 없지,

　　　얼굴만 반반하면 다가 아니야. 불린?[83]

　　　안 되지, 불린 따위는 안 돼. 하루 속히 로마에서

90　　소식이 와야 할 텐데. 흥, 펨브로크 후작부인?

노포크　저자가 단단히 화가 난 모양일세.

써포크　　　　　　　　　　어쩌면 국왕께서

　　　단단히 벼르고 계시다는 것을 들은 모양이지요.

써리　　　　　　　　　아주 날카롭게 벼르고 계시면 좋겠네요,

　　　주여, 제발 정의를 보여주십시오.

울지　[방백] 지난번 왕비의 시녀였다고? 기사의 딸 따위가

95　　자기 여주인의 여주인이 된다니 말이 돼? 여왕의 여왕이 되는 셈인가?

　　　이런 정도의 양초는 충분히 밝지가 않아. 이런 것은 내가 심지를

　　　　눌러 버려야해.

　　　그러면 불이 꺼지겠지. 그 여자가 미덕이 있고

---

82. 울지는 무대 위에 다른 이들이 있음을 알지 못한다. 그는 방백이라기보다는 독백을
　　하고 있다.

83. 울지는 영국이 아닌 유럽을 무대로 외교적 역할을 겸하게 될 왕가 간의 결혼을 기
　　대하고 있었던 것으로 보인다. 울지의 대사는 통치자가 결혼 문제에 있어서 사랑이
　　나 욕망을 쫓는 것은 부적절한 일이라는 그의 견해를 보여주고 있다.

그럴 만한 가치가 있다고 해서 뭐가 달라지겠냐? 그 여자는 걸핏하면

울화를 터뜨리는 루터파라고 들었다,[84] 그런 여자가 우리의 다루

  기 까다로운 왕의

가슴에 누워있다는 것은 국가 대사를 위해서도   100

바람직하지가 못해. 게다가, 난데없이 튀어나온 이단자가

있으렸다, 아주 큰 이단자이지, 크랜머라고,

왕의 총애 속으로 기어들어가서

왕의 신탁이 내리게 만드는 자이지.

노포크   추기경이 무언가에 단단히 화가 난 모양이군요.

헨리 왕, 목록을 읽으며 등장한다. [그리고 러벨도 따른다.]

써리 그 무언가가 현을 쓸리게 만들어서,   105

전하의 심장에서 가장 큰 소리를 만들어내면 좋겠네요.

써포크   전하가 오십니다, 전하가요.

왕 어떻게 이렇게 산더미 같은 재물을 자기 몫으로

쌓아 올리게 됐을까! 그리고 어떻게 이렇게 쓴 돈이 물처럼 끝도 없이

흘러나올 수 있을까! 어떻게 검소와 절약을 내세우면서

이걸 다 긁어모을 수 있지? ─자, 대감들,   110

추기경을 보았소?

---

84. 칼빈파와 더불어 프로테스탄트의 한 분파로 마틴 루터의 종교적 원칙을 추종한다.
    루터파는 1517년의 95개조 반박문으로 잘 알려져 있는데 이는 로마 가톨릭의 교
    리와 의식을 공격하고 있다. 울지에게 루터파라는 용어는 분파주의와 이단에 대한
    경멸적 표현이다.

노포크　　　　　　　　마마, 저희는 여기 서서 내내

　　　　　추기경을 살펴보고 있습니다. 이상한 반란이 그의 머릿속에서

　　　　　일어나고 있는 것 같습니다. 그는 입술을 깨물다가, 깜짝 놀라다가,

　　　　　갑자기 멈추다가, 땅바닥을 쳐다보다가,

115　　　그러고 나서는 손가락을 관자놀이에 댑니다.

　　　　　그러다 앞으로 튀어나가 빠르게 걷다가, 다시 걸음을 멈춥니다.

　　　　　가슴을 세게 치다가, 곧 눈을 들어

　　　　　달을 쳐다보다가 합니다. 이제껏 저희가 추기경을 보던 중에

　　　　　가장 이상스런 상태에 놓여 있는 것 같습니다.

왕　　　　　　　　　　　　　　　아마도 틀림없이

120　　　그의 마음속에 반란이 일어나고 있는 것 같소. 오늘 아침,

　　　　　추기경이 내게 보낸 외교문서들을, 요청받은 대로

　　　　　자세히 읽다가, 거기서 내가 무엇을

　　　　　발견했는지 아시오? 거기에는ー틀림없이, 모르고 넣어둔 것 같은데ー

　　　　　놀랍게도, 재산 목록이 한 통 들어 있었다오, 그 장부에는

125　　　여러 짐이나 되는 접시와[85], 그의 보물과,

　　　　　값비싼 가재도구들과 집안 장식물들이 올라와 있었소, 그것은

　　　　　신하의 소유물치고는 너무나 어마어마한

　　　　　양의 것임을 나는 알게 되었소.

---

85. 집에서 쓰는 금, 은 접시는 재산을 모으고 전시하는 편리한 방법이었다. 접시는 지
　위를 나타내는 중요한 지표였고, 모든 기념식 행사에서 필수적 역할을 했다. 왕이
　신하에게 주는 값비싼 선물도 다량의 접시로 하기도 했다. 재산목록이 잘못 전달되
　는 이 일화는 헨리 7세 때의 더럼 주교 루스올에 관한 홀린셰드의 기록을, 작가가
　울지의 몰락에 차용한 것이다.

노포크   하늘의 뜻인 듯합니다.

어떤 착한 정령이 이 서류를 그 문서낭에 넣어[86]

전하의 눈에 뜨일 수 있게 축복해 주신 듯합니다.

왕   만일 우리가   130

그의 묵상이 지상을 떠난 하늘의 것이고

정신적 대상의 것에 고정되어 있다고 생각한다면, 그는 계속해서

저렇게 생각에 잠겨있게 놔두어야 마땅할 것이오, 허나 내 생각에

그의 명상은 달 아래 세속에 대한 것일 것 같고,

진지한 고찰을 할 가치가 없는 것인 듯하오.

왕이 자리에 앉는다. 그리고 러벨에게 귓속말을 하자, 그가 추기경에게 간다.

울지   아이고 납셔 계신 줄 몰랐습니다. 135

신께서 항상 마마를 축복하시길 비옵니다.

왕   고맙소, 대감,

대감은 천상에 대한 생각으로 가득 차 있구려, 그래서 마음속에

가장 좋은 미덕의 목록을 품고 다니는 게지요, 그 목록을

훑어보고 있었던 게로군요. 대감은 정신적 숙고로부터

세속적 회계 감사를 돌볼 짧은 시간도 훔쳐낼 시간이   140

없으시구려. 분명히, 그런 점에서 짐은 그대를

절약이 몸에 밴 인색한 남편 같은 사람으로 여길 수밖에 없지만,

그런 사람을 반려자로 가지게 된 것은 참 다행스럽군요.

---

86. 노포크 역의 배우는 그가 이 서류를 집어넣은 사람이라는 암시를 할 수도 있다.

울지   마마,

         소신에게는 성스런 직무를 행해야 할 시간도 있사옵고, 국가를 위해

145   소신이 지고 있는 책무에 대해 생각해야 할 시간도 있사옵니다.

         또, 자연은 보존을 위한 시간도 요구하여서,

         자연의 연약한 아들인 저 역시나,

         필멸의 존재들인 저의 형제들 가운데서,

         저를 돌볼 시간도 주어야만 합니다.

왕   잘 말씀하였소.

150 **울지** 전하께서, 언제까지나 저의 충성스러운 행동이

         저의 충성스런 말과 어깨를 나란히 하고 함께 갈 수 있도록 하여

            주시옵소서.

         저 또한 전하께 저의 신명을 다 바치올 것이옵니다.

왕   다시 한 번 잘 말씀하였소,

         잘 말하는 것도 일종의 충성스러운 행동이지요 —

         하지만 말이 곧 행동은 아니오. 나의 부왕께서는 그대를 사랑하셨소,

155   그분은 그리 말씀하셨지요. 그리고 그분의 행동으로 그분의 말씀을

         완성시켜 그대의 머리에 관 씌우셨어요.[87] 내가 왕위를 계승한 이래로

         나는 그대를 나의 심장 바로 옆에 두어왔소,

         그대를 높은 수익이 나오게 될 자리에 임명했을 뿐 아니라,

         또한 내가 가지고 있는 바도 떼어내어

         그대에게 아낌없이 하사하였지요.

160 **울지** [방백]   이게 무슨 의미이지?

---

87. 울지는 본래 헨리 7세의 군목이었고, 처음에는 링컨 주교로 승진했었다.

써리 [방백] 주님께서 이 일을 점점 크게 만들어 주소서!

왕   내가 그대를 이 나라의

최고 자리인 영상에 앉히지 않았소? 부디 내게 말해주시오

내가 지금 선언하는 것이 사실이라고 생각하는지,

그리고 그것을 시인할 수 있다면, 그에 더해

그대가 나에게 의무로 묶여 있는지 아닌지 말해 보시오. 뭐라 말   165

    씀하시겠소?

울지 저의 주군께, 저는 고백합니다, 국왕전하께서

저에게 날마다 소낙비처럼 내려주신 은혜는, 제가 아무리 애써보아도

보답할 수 있는 것 이상이었습니다, 모든 인간의 노력이 도달할

  수 있는 곳

그 너머까지 가보려 애써보았습니다만. 저의 노력은 항상

저의 바람에 못 미쳤습니다, 그럼에도   170

저의 능력과 최대한 걸음을 맞추어 왔습니다. 저 자신의 목적이

  라 하였으나

그것은 언제나 전하의 가장 신성한 옥체의 안녕과

이 나라의 이익을 목표로 했다는 점에서만

저의 것이라고 할 수 있습니다. 전하께서 받을 자격 없는 저에게

쌓아 올려주신 하해와 같은 은총에 대해서 저는   175

충성 어린 마음에서 나오는 감사로밖에는 그 무엇으로도 갚을 수

  없사오니,

하늘을 향한 저의 기도는 전하를 위한 것이며, 저의 충성심은

이제껏 그러해왔듯이 앞으로도 영원히, 오직 죽음이라는 겨울이 와서

그것을 죽일 때까지 자라날 것입니다.

왕   참으로 아름답게 말씀하시었소.

180   충성스럽고 순종하는 신하가

그 안에 잘 그려져 있구려. 충성의 영예는

충성이란 행동을 보상하지요. 마치 그 반대로

불명예는 처벌이 되듯 말이요. 내 생각으로는

내가 손을 열어 그대에게 관대함을 베풀어 주었고,

185   가슴을 벌려 사랑을 내주었고, 권력으로 영예를 비처럼 내려주었으니,

다른 누구에게보다도 그대에게 말이요, 그러니 그대의 손과 가슴,

그대의 두뇌, 그리고 그대의 할 수 있는 모든 기능은,

마땅히, 신하로서의 의무에서뿐 아니라,

특별한 사랑에서 그러듯이,

다른 누구에게보다도 나에게 친구여야 한다고 믿고 있소.

190 **울지**   저는 분명히 말씀드립니다.

저는 항상 전하의 이익을 위해 노력해왔습니다,

저 자신의 이익에 우선해서, 그건 지금도 그렇고, 과거에도, 앞으
로도 그럴 것입니다.

비록 온 세상이 전하에 대한 그들의 의무를 떼어내어

그것을 그들의 영혼에서 내던져 버린다 해도―비록 위험이

195   세상이 만들어 낼 수 있는 만큼 어마어마하게 일어난다 해도, 그리고

더욱 무섭게 끔찍한 모습으로 나타난다 해도―그래도 저의 충성심은

노호하는 물결에도 꿈쩍 않고 있는 반석처럼

거친 강물이 밀려와도 다 물리치고서

	흔들림 없이 전하의 신하로 서 있을 것입니다.

왕   참 고귀하게 말씀하셨습니다.[88]

대감들, 잘 눈여겨보시오, 추기경 대감은 정말 충성스러운 가슴   200
   을 가졌고,

여러분은 추기경 대감이 그의 가슴을 드러내는 것을 보셨으니.

[추기경에게 서류를 2가지 준다.]   먼저 이것을 읽어 보시오,

그런 다음, 이걸 읽어 보시오, 그러고 나서, 식욕이 있거든

아침을 드시러 가시오.

       왕은 추기경에게 얼굴을 찌푸려 보이고 퇴장한다. 귀족들은
           왕을 따라 몰려가며, 미소 짓고 속삭인다.

울지   이건 뭘 의미한단 말인가?

이건 웬 갑작스런 진노신가? 어쩌다 이런 일이 생긴 거지?

전하께서 나를 보고 찌푸리며 가버리실 때, 마치 파멸이   205

두 눈에서 튀어 나오는 것 같았다. 마치 격노한 사자가

그를 화나게 한 무모한 사냥꾼을 노려보다가 단번에 그를

없애버릴 때와 같은 표정이구나. 이 서류를 읽어 보아야겠다―

이것이 전하가 화가 나신 이유를 말해줄 것 같다. 그렇구나.

이 문서가 나를 망친 것이로구나. 이것은 그 회계장부이다   210

내가 끌어 모은 어마어마한 재산의 세계를 모두 보여주는 것이다,

나 자신을 위해―실상 교황직을 얻기 위해[89] 그리고

---

88. 행동하기보다는 단지 말만 하고 있음을 강조하려는 것.

89. 울지가 교황직에 야심을 가지고 있다는 것은 널리 알려져 있었다. 그러나 그가 교

로마의 내 친구들에게 사례하기 위해 쓰려던 것이다. 오, 어찌 이

　　다지 소홀했던가,

　　그로 인해서 몰락하는 바보에게나 어울리는 짓을! 어떤 심술장이 악마가

215　나로 하여금 이 중요한 비밀문서를 왕에게 보내는

　　우편낭에 넣게 했을까? 이 사태를 해결할 방법은 없을까?

　　이 일을 왕의 머릿속에서 단번에 없애버릴 묘책이 없을까?

　　이 일이 왕을 크게 격동시켰을 것임을 안다. 하지만 나는,

　　잘만 하면, 이 상황에서 빠져나가게 해줄 방법이 있음을

220　알고 있다. 그런데 이건 또 뭐지?[90] '교황 성하께'라고?

　　이 편지는 내가 이렇게 살아있는 것이 분명하듯, 내가 교황에게

　　쓴 모든 일을 낱낱이 담고 있구나. 그럼 안 되겠구나, 모든 게 끝

　　　이로구나.

　　나는 나의 모든 권력의 정점을 찍어버렸구나,

　　그리고는 모든 영광의 가장 높은 자오선 꼭대기로부터

225　지는 해처럼 빠르게 내려오는구나. 나는 이제

　　밝게 빛나던 혜성처럼 저녁의 어둠속으로 떨어져서,

　　그 누구도 더 이상 나를 볼 수 없게 되고 말 것이다.

울지에게 노포크 공작과 써포크 공작, 써리 백작과 시종장이 다가온다.

황직을 얻으려는 적극적 시도를 한 것은 이혼 청문회가 있기 몇 달 전, 교황 클레멘트 7세의 죽음을 맞아서이다.

90. 이 극에서, 울지의 유죄의 단서는 재산목록과 교황에게 보내는 편지, 이렇게 두 가지이다.

노포크 국왕전하의 어명이시오, 추기경 대감, 전하께서는 그대에게 명하

시기를

즉시 옥새[91]를 우리 손에 내어놓고,

윈체스터 주교의 소유지인 애셔 하우스로 가서[92]   230

전하의 하명이 더 있을 때까지

거기에서만 머물러 있도록 하라시오.

울지   잠깐.

전하의 명령을 전하는 문서는 어디 있소, 대감들? 이토록 중한 명령을

말로만 전할 리는 없소.

써포크   감히 누가 거기 항거한단 말이오,

국왕전하의 입에서 나온 어의를 분명히 표명하는 말씀을?   235

울지 그렇게 하라는 의지 또는 말 이상의 것을 내가 볼 때까지는—

내 말은 그대들의 악의를 염두에 둘 때—쓸데없이 분주한 대감

들, 잘 들으시오,

죄송하나, 나는 그 명령을 거부할 수밖에 없소이다. 나는 그대들이

어떤 조잡한 물질로 주조된 물건들인지 잘 알고 있지—그건 바

로 시기와 질투!

그대들은 얼마나 열렬히 나의 불명예를 뒤쫓고 있는가!   240

---

91. 옥새는 조각된 금속 도장으로 군주의 이름으로 발행된 서류의 신빙성을 증명하는
용도를 가졌다. 제임스 1세, 잉글랜드와 스코틀랜드의 통합 이전에는, 옥새 담당자
는 행정부의 수반인 로드 챈슬러(추밀원장), 즉 영상(영의정)이었다. 영상은 울지처
럼 막강한 권력자에서부터 이름뿐인 경우까지 다양하였다.

92. 애셔 하우스는 울지 자신의 집, 윈체스터 주교는 바로 울지이다. 이 직위도 곧 박
탈되고, 나중에 가디너가 윈체스터 주교가 된다.

마치 질투가 그대들을 먹여 살리기라도 하는 듯이, 얼마나 잽싸
　　고 버릇없이

고개를 내밀고 나타나는가, 내가 파멸할 기미가 조금이라도 있다 하면!

시기심에 찬 행로를 좇아가거라, 악의에 찬 인간들아.

너희들은 기독교인이라는 증서를 가지고 있고, 틀림없이

245　　조만간에 거기 맞는 보상을 받을 것이다.[93] 너희들이 그토록 강압적으로

요구하는 옥새는 국왕께서―나의 주인이자 너희들의 주인인 분께서―

직접 그분 자신의 손으로 내게 주신 것이다.

나에게 그것을 누리라고 명하셨다, 그것이 주는 지위와 영예와
　　더불어서,

내가 살아 있는 동안 말이다. 그리고는 전하의 성은을 확실히 해
　　주시기 위해,

250　　옥새에 특허장까지 붙여주셨단 말이다. 자, 누가 그걸 거두어가
　　겠다는 것이냐?

써리　그것을 주셨던 국왕전하시지.

울지　　　　　　　　　　　그렇다면, 주신 분이 직접 가져 가셔야지.

써리　정말 오만한 역적이로구나, 사제 나부랭이가.

울지　　　　　　너야말로 오만한 벼슬아치로구나, 거짓말쟁이 같으니.

얼마지 않아 써리 너는 그렇게 말하느니 차라리

그 혀를 불태웠던 게 더 나은 신세가 되리라.

써리　　　　　　　　　　　　　　　　　　그대의 야심은,

255　　그대의 주홍빛 죄는, 애통해 하는 이 땅에서

---

93. 아이러니컬한 어조로. 질투는 기독교에서 경계하는 7대 죄악의 하나이다.

나의 장인이신 버킹엄 공작님을 앗아갔다.

너 같은 추기경들의 모가지를 다 합친다 해도,

(거기에다 너와 너의 가장 소중한 부분을 함께 묶어 더한다 해도,)

그분의 머리카락 한 올만큼의 가치도 없다. 빌어먹을 너의 술수!

너는 나를 아일랜드 총독으로 보내어, 그분을 구조하러 오지 못 260

　하게 하고,

왕으로부터, 그리고 네 놈이 그분에게 덮어씌운 잘못에 대해

자비로운 용서를 얻을 수 있게 해줄 모든 사람에게서 멀리 있게 했지,

그리고 그동안 잘난 너의 친절이, 거룩한 연민에서 나와,

그분을 그만 도끼로 사면시켜버렸더구나.

울지　　　　　　　　　　　　　　　　　　이런 말, 그리고 그 밖에도

이 말 많은 작자가 나의 명예에 올려놓을 수 있는 모든 것이,　265

죄다 아주 새빨간 거짓말이라고 나는 답변한다. 버킹엄은 법에 따라

자신이 한 일에 상응하는 보수를 받았다.

그의 마지막에 대해서 내가 조금치의 악의도 행한 바 없음은

그 사건의 고결한 배심원들과[94] 불쾌한 소송이 증언할 수 있는 바이다.

내가 말하기를 즐겨하는 사람이었더라면, 나는 그대에게　270

그대는 누리고 있는 영예만큼의 고결함은 없구려 라고 말해야 할

　것이다,[95]

그런 나로 말하면 나의 영원한 왕이며 주인이신

---

94. 이 말은 버킹엄 재판 당시 귀족 배심원 가운데 최고위직이었던 노포크에게 던진
　말로 보인다.

95. 빈정대는 말.

국왕전하를 향한 충성과 의리라는 길에 있어서,

써리보다 더 나은 인간과도 시합할 용기가 있고

그의 어리석음을 사랑하는 모든 자와도 마찬가지다.

275 **써리**   내 영혼을 걸고 말하거니와,

사제야, 네 놈의 긴 법의자락이 너의 목숨을 살린 줄 알아라. 그
    렇지 않았으면

너는 살아있는 피 속에 내 칼을 느꼈을 것이다. 대감들,

어떻게 이런 오만한 소리를 듣고 가만히 있을 수 있습니까?

이런 작자가 하는 소리를 말이오? 우리가 이토록 고분고분하게,

280 뻘건 천 조각 따위에 무시를 당하고도 꼼짝 못할 거면,

귀족은 이만 안녕이오 추기경 예하께서 쭉쭉 앞으로 가시게 놔둡시다.

이분이 화려한 모자로 우릴 옴쭉 못하게 해도, 얼빠진 종달새처럼.

울지   모든 이로운 것이

그대의 뱃속에는 독약이로구나.

써리   그렇다, 그 이로운 것이란

이 땅의 모든 부를 한 곳으로, 긁어 들인 것이지,

285 추기경, 바로 그대의 손으로, 비틀어 짜낸 것이란 말이다.

그것은 네가 국왕의 뜻을 거역하는 편지를 교황에게 보내다가

들통난 우편낭에 들어 있던 재물이지 ─ 그러니 너의 이로운 것이란,

네가 나를 자극했으니 하는 말인데, 가장 악명 높은 것이 될 것이다.

노포크 대감, 대감은 진짜 귀족이시고,

290 귀족사회 공동의 이익을 위해 일하시고, 이 나라의

무시당하고 있는 귀족들의 처지를, 그리고 우리 후손들의 처지를

잘 아시니—

(그 아이들은 저 자가 살아 있는 한, 단 한 사람도 신사가 되지

　못할 것이오)—

저 자의 죄의 총액을 꺼내놓아 보십시오,

그의 일생에서 수집한 죄의 항목들 말입니다. 이제 내가 너를,

까무잡잡한 계집을[96] 품에 끼고 누워 키스하다가 듣는,　　　　　295

아침기도 종소리보다도 더 너를 기겁하게 해주겠다, 추기경.

울지　얼마든지 많이라도, 이 사람을 경멸할 수 있겠지만,

그에 반하여 내가 관대함을 보여야 하는 수도자의 신분임이 한스

　럽구나.

노포크　죄목이 적힌 그 문건은 지금 왕의 손에 있소.

그러나 그만큼 많이, 그 죄목은 나쁜 것들이오.

울지　　　　　　　　　　　　　　그러면 훨씬 더 좋지,[97]

흠 없는 모습으로 나의 무죄가 나타날 테니,

왕이 나의 진실을 아시게 되면.

써리　　　　　　　　　　　그것이 네 놈을 구하지는 못하리라.

내 기억력 덕분에 나는 그 죄목의 약간을

기억할 수 있다, 큰 소리로 말해줄 테니 들어보아라.

자, 그걸 듣고 네가 얼굴을 붉히고 '유죄요'라고 한다면,　　　　　305

---

96. 햇볕에 그을린, 따라서 하층계급인 여자를 말한다. 울지의 출신을 풍자하고, 성직
　자인 그가 독신 서약을 지키고 있지 않다는 암시가 담겨있다.

97. 울지는 아이러니 감각을 유지하여 '나쁜'에 대해 '좋은'으로 받아치고 있다. 울지
　와 대신들의 재치 경쟁은 말을 통한 일종의 결투이다.

추기경, 네 놈은 약간은 정직하다고 할 수 있겠다.

울지   어디 말해보실까요, 대감.

나는 그대의 최악의 비난에도 맞설 수 있다. 내가 얼굴을 붉힌다면,
귀족다운 예절이 없는 귀족을 보아서이겠지.

써리 기억력 좋은 내 머리가 없으니 차라리 예절이 없는 게 낫겠다.
자, 받아봐라![98]

310 먼저, 국왕의 동의나 보고 없이,
너는 수작을 부려 교황의 특사가 되었다, 그런 권위로
너는 모든 주교들의 권한을 불구로 만들었다.

노포크 그리고, 당신이 로마로 보낸 모든 편지에, 그리고 외국의 군주들에게
보낸 편지에, '에고 에 렉스 메우스, 나와 나의 왕'이라고 썼고[99]

315 항상 그렇게 서명했다는군. 마치 왕을 자신의 하인이나 되는 양
자기 뒤에다 썼다니 정말.

써포크   그리고, 역시 국왕이나 추밀원에
알리지 않고, 신성로마제국의 황제에게 대사로 가면서,
옥새를 감히 플랜더즈까지 가지고 가는[100]
무엄한 행동을 했다고 지적하고 있지요.

320 **써리** 또 하나, 추기경 당신은 대규모 사절을

---

98. 결투에서 공격의 시작을 알리는 말.

99. 이 말을 '나'를 앞에 두었다고 해서 추기경이 자신을 왕보다 더 높이려 한 것이라고 볼 필요는 없다. 그러나 왕과 자신을 대등하게 썼다는 것으로 죄를 물을 수 있다.

100. 왕의 영토 밖으로 옥새를 가지고 나가는 것은 왕에게 반역하는 것으로 여겨져 엄하게 금지되었다.

그레고리 드 카사도에게 보내어서,

왕의 의향을 알아보거나 국가의 허락 없이

국왕전하와 페라라 공작 사이의 연맹을 결정하였다.[101]

써포크 순전히 야심에서 추기경 당신은

당신의 추기경 모자를 왕의 동전 위에 새겨 넣도록 하였다고 한다.   325

써리 그래서 추기경 당신은 셀 수 없이 많은 재물들을 보내어 —

어떤 수단에 의해 얻은 것인지는, 나는 당신 자신의 양심에 맡겨

두겠어 —

로마에 돈을 대고, 교황자리를 얻기 위한 길을 닦기 위해

뇌물을 보내고, 왕국의 모든 것을

아주 못쓰게 만들었다고 한다. 그리고 거기에는 많은 것들이 더 있는데   330

당신에 대한 것이어서, 그리고 아주 불쾌한 것들이어서,

내 입을 그런 것들로 더럽히기가 싫어 그만 하겠다.

시종장   써리 대감,

쓰러지는 사람을 너무 세게 밀지 마십시오. 그래야 덕성스러운

일이지요.[102]

---

101. 울지는 그레고리 드 카사도에게 사절단을 보내어 왕과 페라라 공작 사이의 동맹
을 결정하게 하였는데, 이를 왕은 알지 못했다. 그레고리 드 카사도는 로마 교황
청 주재 영국 대사였다. 그는 헨리 왕과 울지 양측을 위해 일했고, 캐서린과의 이
혼을 위한 교황의 허락을 얻으려고 노력하였다. 알퐁소 데스테 페라라 공작은 교
황권에 대한 오랜 숙적이었지만 1527년 11월에 신성로마제국의 황제와 싸우기
위한 꼬냑 동맹에 교황, 영국 등과 같이 가담하였다.

102. 상투적인 말. 시종장은 매우 신중한 처신을 하는 자로 자신의 온건함을 과시하고
있다.

그의 잘못은 법에 의뢰되어 있습니다. 대감이 아니라, 법이 그를
    교정하게 하십시오,

335 나의 가슴은 그렇게 거대하던 그가

저다지 왜소해진 것을 보고 울고 있습니다.

써리   그렇다면 그를 용서해주지요.[103]

써포크 추기경 대감, 국왕전하의 뜻이요,

대감이 최근에 한 모든 일들이, 즉

이 나라에서 교황의 대리자로 행한 일이,

340 법정 출두에 해당되는 죄에 떨어졌소.

그래서 다음과 같은 문서가 발부되었소.

대감의 모든 재산, 토지, 보유 가옥,

성과 그 밖에 무엇이든지 모두 몰수 하라시오, 그리고

국왕의 보호로부터 벗어나 있게 하라시오. 이것이 내가 전달 받
    은 명령이오.

345 **노포크** 대감이 신의 뜻을 묵상하시도록 우리는 가보겠소이다.

어떻게 사는 것이 더 잘 사는 것인지 생각해보시도록.

옥새를 우리에게 넘기라는 말에 대한 대감의 완고한 대답을

국왕께서 아시게 될 것이오, 그러면 틀림없이, 대감께 고마워하
    실 것이오.

자 잘 계시오, 나의 조그만 착한 추기경 대감.[104]

---

103. 아이러닉한 어조로.

104. 통상적 표현을 비틀어 만든 냉소적 버전. 앞서 시종장이 울지의 왜소해짐을 애도
    한 것을 두고.

울지 그래 잘 가거라, 너희가 내게 붙여준 조그만 착함이여. 350

잘 가라고? 모든 나의 위대함이여 영원히 안녕이구나.

이것이 인간의 조건이다. 오늘 그는 희망의

연한 잎사귀를 내밀고, 내일이면 꽃을 피우고,

그래서 그의 뺨 위에 발그레한 영예를 맺는다.

셋째 날에는 서리가 내려 죽음을 가져온다, 355

그리고 잘 속는 사람인 그가, 그의 위대함이

완전히 무르익었다고 생각할 때, 그의 뿌리가 잘린다,

그러면 그는 쓰러진다, 나처럼.[105] 나는 위험을 무시하고 살아왔다,

철모르는 장난꾸러기 소년처럼 돼지 오줌보를 타고 놀며 헤엄을 쳤다,

여러 해 여름동안 영광의 바닷물 속, 360

멀리 내 키가 넘는 곳까지 가서. 한껏 부풀은 나의 자만심은

마침내 뻥하고 터져서 이제 나를 떠나려 하고 있구나,

그동안 해온 일로 지치고 늙은 나는, 거친 물결에 내맡겨졌고,

그 물결은 이제 급기야 영원히 나를 삼키겠구나.

헛된 과시와 세속적 영광이여, 나는 너를 증오하노라! 365

내 가슴이 새롭게 열림을 나는 느낀다.[106] 오, 얼마나 비참한 일인가

가난한 사람이 군주의 호의에 매달려 애걸하는 일은.

---

105. 울지의 스완 송은 이사야 40.6-8절을 모델로 하고 있다. '모든 육체는 풀과 같고, 영광은 들의 꽃과 같다. 주의 영이 불어오매 풀은 시들고, 꽃은 진다.' 또한 맥베스의 '내일, 내일 ...'을 연상시킨다.

106. 울지가 갑작스런 몰락의 충격을 받고, 크리스천으로서의 의식이 재생됨을 분명히 하려는 구절.

우리가 열망하는 미소, 즉 군주의 달콤한 면모와

군주가 주는 파멸 사이에는

370   전쟁이나 여성이 가진 것보다 더 많은 고통과 공포가 있다.

그래서 그가 몰락할 때, 그는 루시퍼처럼 떨어진다,[107]

다시는 희망을 가질 수 없는 곳으로.

크롬웰이 등장하여, 어찌할 줄 몰라 하며 서 있다.

왜, 어쩐 일인가, 크롬웰?

크롬웰 말씀 드릴 기력조차 없습니다, 추기경님.

울지 헛, 많이 놀랐는가,

나의 불행을 보고서? 자네는 번영하던 사람은 필시 몰락한다는

375   사실에 놀란단 말인가? 아니 자네

내가 몰락했다고 해서 우는가?

크롬웰 추기경님 괜찮으십니까?

울지 그럼, 괜찮지.

이렇게 진짜로 행복했던 적은 한 번도 없을 정도라네, 착한 크롬웰.

이제 나는 나의 한계를 알았네, 그리고 나는 내 속에서

지상의 모든 영광을 넘어서는 평화를 느끼네,

380   고요하고 조용해진 양심을 느끼네. 왕께서는 나를 치유해 주셨네,

나는 겸손한 마음으로 전하께 감사드리네, 왕께서는 이 두 어깨로부터,

이 무너진 기둥으로부터, 나를 가엾게 여기시어, 함대라도 가라

---

107. 밀턴의 『실낙원』에 묘사된 천사 루시퍼의 신에 대한 반항의 결과는 천국에서 지옥으로의 추락이다.

앉게 할 만큼 무거운

짐을 치워주신 셈이라네―그건 지나치게 큰 명예였어.

오, 그것은 큰 짐이었다네, 크롬웰, 그것은

천국에 희망을 두어야 할 사람에게는 너무 무거운 짐이었다네.　385

크롬웰 추기경님께서 일을 좋게 받아들이시니 저는 기쁩니다.

울지 내가 그럴 수 있기를 희망하네. 이제는 해낼 수 있을 것 같네,

내가 느끼는 영혼의 힘으로 해서[108],

허약한 심장을 가진 나의 적들이 내게 줄 수 있는 것 이상의

더 많은 불행도 더 큰 불행도 다, 견뎌낼 수 있을 것 같네.　390

바깥에 무슨 소식이 있나?

크롬웰　　　　　　　　가장 우울하고 가장 나쁜 소식은

전하로 해서 추기경님께서 처하신 이 불명예입니다.

울지　　　　　　　　신께서 전하를 축복해주시기를.

크롬웰 그 다음은 토머스 모어 경께서 추기경님을 대신하여

추밀원의 장으로 임명되신 일입니다.

울지　　　　　　　　그것은 다소 의외로구나.

하지만 그는 학식 있는 사람이야.　395

그가 오래도록 전하의 총애를 받기를 기원한다,[109]

진실과 자기 양심을 위해 정의를 행하기를,

---

108. 영혼의 힘, 정신적 용기는 위기의 순간에 진짜 크리스천에게 생기는 것으로 여겨
졌다. 이 극에서 울지는 물론 캐서린과 크랜머에게도 찾아오는 것으로 묘사된다.
109. 모어는 영국교회가 가톨릭교회로부터 분리되는 것을 반대하다가 1535년 순교하
므로, 이 구절은 아이러닉하다.

그의 뼈가, 그가 삶의 경주를 다 마치고 축복 속에 잠들게 되었을
때,

그의 죽음을 슬퍼하는 고아들이 흘리는 눈물의 무덤 속에 누울
수 있기를.

또 뭐가 있지?

400 **크롬웰**   크랜머가 환영을 받으며 돌아와서,

캔터베리의 대주교로 임명되었습니다.

울지 그건 정말 큰 소식감이구나.

크롬웰   마지막으로, 앤 후작부인과

국왕전하께서는 오래 전에 비밀 결혼식을 올리셨는데,[110]

오늘 그분께서 사람들 앞에 왕비의 모습으로

405 예배당에 가시는 모습이 목도되었습니다, 그래서 사람들은 이제 온통

왕비의 대관식 이야기뿐입니다.

울지 나를 끌어내린 무거운 맷돌이 거기 있었구나. 오, 크롬웰,

왕은 내가 닿지 못할 곳으로 가버리셨구나. 나는 나의 영광을 모조리

바로 그 한 여인으로 인해서 잃어버리고 말았구나, 영원히.

410 태양은 나를 나의 영광으로 안내하지 못하리라,

나의 미소를 고대하던 귀족 호위관들에게도[111] 빛을 비추지 못하리라.

---

110. 크롬웰이 당시 사건으로 보고하는 일들은, 대략 5년 동안에 일어난 사건들을 압
축하고 있다. 모어는 1529년 11월 25일에 추밀원장이 되었고, 울지는 1530년에
죽었고, 크랜머는 1533년 3월 30일에 대주교가 되었고, 헨리는 그보다 앞선
1533년 1월 25일에 앤과 비밀리에 결혼하였다.

111. 홀린셰드에 따르면, 울지는 날마다 그를 수행하는 많은 귀족과 신사들, 많은 수의
요맨(호위관)을 두었다. 수행원들은 둘씩 짝을 지어 반마일 넘게 늘어서서 행진했

자 나를 떠나가라, 크롬웰.

나는 가엾은 몰락한 인간이다, 이제 너의 윗사람과

주인이 될 가치가 없다. 왕을 찾아뵈어라―

기원하건데 그 태양은 결코 지지 않으리라. 나는 왕께 말씀드려 놓았다 415

네가 어떤 사람이고 얼마나 진실한 가를. 왕은 너를 승진시켜 주

　실 것이다.

나에 관한 약간의 기억이 그분의 마음을 흔들어 놓지는 않을 거야.

나는 그분의 고상한 성격을 알고 있다―

너의 전도유망한 앞길을 파멸시킬 분이 결코 아니다. 착한 크롬웰,

그분을 소홀히 여기지 말아라. 모든 기회를 사용해라, 그리고　　420

너의 미래에 안전함을 마련해라.

크롬웰　　　　　　　　　　　　오 추기경님,

저는 이대로 추기경님을 떠나야만 합니까? 저는

이토록 훌륭하시고, 이토록 고상하시며, 이토록 진실한 주인님을

　버려야만 합니까?

쇳덩어리 같은 심장을 가지고 계시지 않은 분들이시여,

크롬웰이 얼마나 큰 슬픔을 안고 그의 주인을 떠나는지 증인이　425

　되어 주십시오.

국왕께서는 저의 섬김을 받으시겠지만, 저의 기도는

영원히, 영원히 추기경님의 것이 될 것입니다.

울지　크롬웰, 나는 그 어떤 불행 속에서도 눈물을 흘리는 것은

　생각해 본 적 없다, 그런데 네가

―――――――――――――――――

다는 전설적 이야기가 있다.

430   너의 정직한 진실로 해서, 나로 하여금 여자처럼 눈물 흘리게 만

    드는구나.

우리 눈물을 닦자구나, 그리고 내 말을 잘 들어라, 크롬웰,

내가 잊혀졌을 때, 나는 곧 그렇게 될 거다,

그래서 차갑고 쓸쓸한 대리석 속에 잠들어 있을 때, 더 이상 나에 대한

어떤 언급도 들리지 않는 곳에서, 내가 자네에게 이리 말했다고

    전해 주게나.

435   울지, 한때 영광의 길을 걸어갔고,

모든 바다의 깊이와, 물고기 떼처럼 많은 영예를 재보았던 그가,

자네에게 길을 찾아주었다고 말해 주게나, 자신의 침몰을 통해,

    물 밖으로 나갈 길을.

아주 분명하고 안전한 길을, 비록 자네의 주인은 그걸 놓쳐버렸지만.

나의 몰락과 그리고 나를 파멸시킨 그것을 주의하여 보게.

440   크롬웰, 나는 자네에게 명하네, 야심을 던져버리라고.

바로 그 죄로 인해서 천사도 추락하였다네. 그러면 어떻게,

창조주의 이미지일 뿐인 인간이, 그것을 이기기를 바랄 수가 있을까?

너 자신을 사랑하지 말라. 너를 미워하는 사람들의 마음을 귀히 여겨라.

부정함은 정직보다 더 많은 것을 얻지 못하는 법이라네.

445   자네의 오른 손에는 항상 온유한 평화를 지니게,

그러면 시기하는 혀를 잠잠하게 할 수 있을 터이니. 정의를 행하

    고 두려워하지 말게.

자네가 겨냥하는 모든 목표물을 오직 나라를 위한 것,

신을 위한 것, 진실을 위한 것이 되게 하게. 그러면 자네가 몰락

할지라도, 오, 크롬웰,

자네는 축복받은 순교자로 죽을 수 있을 것이네.

왕에게 충성을 다 하게. 그리고 나를 안으로 데려가 주게나.　　450

저기 내가 가진 모든 것의 목록을 가져오게.

마지막 한 푼까지, 이것은 왕의 것이네. 나의 법의와

하늘로 향하는 나의 순결성,

내가 나의 것이라 부를 수 있는 모든 것이 왕의 것이네. 오 크롬

　　웰, 크롬웰,

내가 하느님을, 내가 왕을 섬긴 열성의 절반만 가지고 섬겼더라도,　455

하느님께서는 나의 노년에

나를 벌거벗겨서 적들에게 내주지는 않았을 것이네.

크롬웰 추기경님, 진정하십시오.

울지　　　　　　　　그래, 인내하고 있다네. 잘 있게,

궁정의 희망이 되게. 나의 희망은 이제 천국에 있다네.

[모두 퇴장.]

4막

1장

두 명의 신사가 무대에 등장하여, 서로 만난다.

신사 1 다시 한 번 잘 만났군요.

신사 2   저도 반갑습니다.

신사 1 여기 자리를 잡고 서서

앤 왕비가 대관식을 마치고 지나가는 것을 보려고 오신 거지요?[112]

신사 2 그게 여기 온 모든 이유이지요. 지난번 우리가 만났을 때는,

5   버킹엄 공작이 재판을 마치고 올 때였지요.

신사 1 맞습니다. 그 때는 슬픔을 주었지만,

이번에는 모두에게 기쁨을 주는군요.

신사 2   맞습니다. 시민들은,

제 생각으로는, 한껏 호방한 마음을 보여주고 있는 듯합니다[113] —

그들이 자신들의 권리를 누리도록 놔두지요 뭐, 그들은 항상

10   이런 축하 행사가 있는 날에는 여러 공연과,

축하행렬과, 굉장한 볼거리를 기대하니까요.

신사 1   이제껏 이보다 더 훌륭한 것은 없었어요,

그리고, 분명히 말씀드리건대, 이보다 더 환영받은 적도 없는 것

---

112. 앤 불린의 대관식은 1533년 6월 1일 거행되었다. 극중 장면의 장소는 웨스터민
    스터 사원 밖 거리.

113. 시민들의 절제 없음에 대해 약간의 아이러니를 담아서.

같습니다.

신사 2 손에 들고 계신 종이에 무엇이 들어 있는지

물어본다면 제가 너무 주제넘은 것일까요?

신사 1   아닙니다, 이건

오늘 대관식에서 관례에 따라서   15

직분을 맡게 된 분들의 명단입니다.

써포크 공작이 첫 번째인데,

하이 스튜어드로 대관식 사회를 맡으시고, 다음은 노포크 공작인데,

얼 마샬, 문장원 총재를 맡으셨습니다. 나머지는 읽어 보셔도 됩니다.

신사 2 고맙습니다, 선생님. 제가 관례를 몰랐다면   20

그 명단에 의지해야만 했을 겁니다.

그런데 말씀이지요, 캐서린 왕비님은 어찌 되셨나요?

이제 돌아가신 왕세자의 미망인으로 불리게 되었다지요? 그분의

일은 어찌 되었나요?

신사 1 그것도 제가 말씀드릴 수 있는 것이지요.

캔터베리 대주교가 다른 학자들과 종단의   25

많은 교부들을 이끌고 가서, 얼마 전에

던스터블에다 법정을 설치하였답니다, 그 곳은 앰티힐에서

6마일 거리에 있는 소읍인데, 그곳에 왕세자의 미망인이 살고 계시지요.

그분은 그곳으로 여러 차례 소환되었는데, 출두명령을 이행하지

않으셨지요.

그리고, 간단히 말하자면, 불출석과   30

얼마 전 왕의 진노를 사신 일로 해서, 이 모든 학식 있는 분들의

전반적 동의에 의하여 이혼을 당하시고,

지난 결혼생활이 모두 무효가 되었답니다.

그 이래로 그분은 킴볼튼으로 옮겨져서 머물고 계시는데

지금은 병환중이라고 합니다.

신사 2   아이구, 가엾은 일이네요. [트럼펫 소리.]

36   트럼펫이 울립니다. 조용히 있읍시다. 왕비님이 오십니다.[114]

대관식 순서[115]

1   화려한 트럼펫의 팡파르.[116]
2   그런 뒤에, 두 명의 판사가 지나간다.
3   추밀원장이 그의 앞에 옥새가 담긴 주머니와 직장을 받들고 간다.

36.5   4   성가대가 노래하며 간다. 음악.[117]
5   런던 시장이 직장을 받들고 간다. 가터 문장관이, 문장을 들고, 그의 머리에 번쩍이는 구리관을 쓰고 간다.
6   도셋 후작이 금으로 된 홀을 들고서 머리에는 금으로 된 보관을 쓰고 있다.

---

114. 이들의 대화에서 이제 앤은 확고히 왕비로 자리 잡고, 캐서린은 왕세자의 미망인으로 확정되어 있다.

115. 이 방대한 무대지문은 『첫 이절판』에 다른 선례가 없을 정도로 세세하게 지시되어 있다. 홀린셰드는 이 부분을 세 페이지에 걸쳐 상세하게 묘사하고 있고, 이 극도 그것을 적극적으로 이용하고 있다. 다만 극적 경제를 위해 홀린셰드의 연대기에서만큼 많은 배역을 요구하지 않도록 조정하여, 극의 다른 부분에는 안 나오는 인물은 빼거나 대체하고 있다. 그럼에도, 요구되는 배우의 수는 매우 많다.

116. 관악기의 팡파르는 대관식 자체에는 없지만 극중 인물의 등장과 퇴장을 알리는 신호이다.

117. 성가대는 홀린셰드의 '왕의 궁정 합창대와 수도사들이 엄숙한 노래를 부르며 행진한다'라는 부분을 줄인 것. 음악이란 악사들의 연주를 가리키고, 연주된 곡은 홀린셰드에서는 왕국과 신에 대한 찬가.

그의 옆에 써리 백작이 비둘기가 장식된 은으로 된 권장을 들고,
백작의 보관을 쓰고 있다. 그들은 S자 모양의 목걸이를[118]
걸고 있다.

7   써포크 공작이 관복을 입고 머리에 보관을 쓰고 길고 하얀 지팡이를 들고,
     하이 스튜어드, 왕실 집사장으로서 행진한다.
     그의 옆에 노포크 공작이 문장원 총재의 홀을 가지고, 머리에 보관을 쓰고
     행진한다. 목에는 S자 모양의 목걸이를 걸고 있다.

8   캐노피가 달린 가마를 5개 항구도시 동맹의[119] 네 명의 남작이 들고 간다.
     그 아래 앤 왕비가 결혼식 의상을 입고 앉아 있다, 그녀의 머리칼은 진
     주로 화려하게 꾸며져 있고, 그녀는 보관을 쓰고 있다. 그녀의 양편에
     는, 런던 주교와 윈체스터 주교가 행진한다.

9   노포크 공작의 노부인이[120] 꽃으로 장식된 금관을 쓰고 왕비의
     긴 옷자락을 받쳐 들고 있다.

10   몇 명의 귀족부인들과 백작부인들이 꽃 장식이 없는 금관을 쓰고
     뒤따른다.

     모두 퇴장, 그에 앞서 서열과 지위에 따라 무대 위를 행진한다,
     그런 뒤에 트럼펫의 큰 팡파르가 울려 퇴장을 알린다.

신사 2 와, 정말 위풍당당한 대관식 행진이네요. 제가 아는 분들도 보입니다.[121]

     홀을 들고 가는 저 분은 누구지요?

신사 1   도셋 후작입니다,

---

118. 's' 모양이 이어진 목걸이. 이는 본래 장미전쟁 때의 랭카스터 가문의 표지였다.
119. 처음에 5개 항구로 시작해서 그 이래로 그 이름으로 불린 잉글랜드의 남동 해안
     에 위치한 항구들의 동맹. 처음에는 헤이스팅즈, 샌드위치, 도버, 롬니, 하이드였
     다가 다른 항구도시들도 회원으로 가입했다. 5개 동맹 도시의 남작들은 왕의 행
     렬에서 캐노피를 드는 특권을 가지고 있었다.
120. 이 공작부인은 1524년에 죽은 제2대 노포크 공작의 과부이다.
121. 신사들의 논평은 행진이 지나가고 나서가 아니라 그것과 동시에 일어나야 한다.

그리고 써리 백작이 권장을 들고 가는 군요.

40 **신사 2** 풍채가 당당하고 훌륭한 신사분이 오십니다. 틀림없이

써포크 공작이신 것 같군요.

신사 1 맞습니다. 하이 스튜어드로 오늘 의식을 주재하십니다.

신사 2 그리고 저분은 노포크 공작이신가요?

신사 1 맞습니다.

신사 2 [앤 왕비를 보고서] 우와!

이제껏 본 중에 가장 아름다운 얼굴이네요.

보십시오, 맹세코 말하거니와, 천사 같으십니다.

45 국왕께서 저 왕비님을 안고 있으면 양 팔에 두 개의 인디아를[122]

가지는 게 되고,

그보다 더 많고, 더 부유한 왕국을 가지는 셈이겠어요.

그러니 국왕의 양심을 비난할 수가 없겠네요.

신사 1 왕비님 위로

캐노피를 들고 가는 사람들은

5개 항구도시 동맹의 네 명의 남작들이군요.

50 **신사 2** 저 분들은 정말 행복하겠어요, 모두 왕비님 가까이에 있으니 말입니다.

아, 옷자락을 받들고 가는 저 분은

노포크 공작의 노부인이시지요?

신사 1 맞습니다, 그리고 뒤따르는 사람들은 백작부인들입니다.

신사 2 쓰고 있는 보관을 보니 그러네요. 마치 별 같군요, 모두들 정말—

---

122. 동인도 또는 서인도 또는 그 모두. 인도와 아메리카는 광대한 부의 나라로 여겨졌
다.

신사 1 때로 떨어지는 별이기도 하지요.

신사 2   그런 말씀은 마십시오.

세 번째 신사가 등장.

신사 1 신께서 보호하시기를. 선생, 어디서 땀을 흘리고 계셨습니까?

신사 3 대성당 근처 사람들 속에서 있었지요, 거기서는 손가락 하나도

밀어 넣을 수 없었답니다.[123] 아주 숨이 다 막혔답니다,

즐거움에 넘쳐 밀쳐대는 사람들의 체취로 해서.

신사 2   선생께서는

대관식을 보신 거로군요?

신사 3   네, 봤습니다.

신사 1   어떻든가요?

신사 3 참 볼만했습니다.

신사 2   우리에게 이야기 좀 해주십시오.

신사 3 할 수 있는 한 해드리지요. 화려하게 성장한

귀족과 귀족부인들의 행렬이, 왕비님을

성가대 속의 미리 준비한 자리로 모셔다 놓고는, 조금 떨어진 자

리로

물러서 있었고요, 왕비전하는 한참 동안 앉아 계셨어요,

휴식을 취하시면서―대략 반 시간 정도쯤―

---

123. 왕가의 대관식을 기회로 분출되는 군중들의 에너지에 대한 묘사에는 관능성이 드
러나고 있다. 신사들의 대화 전반에서 성적 기능과 생식에 대한 암시를 읽을 수
있다.

아주 호사스럽게 꾸며진 옥좌에 앉아, 사람들이 자유로이

그분의 아름다운 모습을 바라볼 수 있도록 말이지요―

제 말을 들어보세요, 선생, 그분은 가장 매력적인 여성이시더군요

남자 옆에 누워본 여성들 가운데서―사람들이

그분의 모습을 보았을 때, 웅성대는 소리가 일어났는데, 그 소리가

바다의 거친 폭풍 속에서 뱃전을 치는 삭구가 내는 소리만큼이나 크고,

아주 다양한 곡조로 났습니다. 여러 개의 모자, 외투들이―

더블릿도―날아올랐고, 그들의 얼굴도 목에서 빠질 수만 있었더라면

오늘 얼굴 잃어버린 사람이 많았을 겁니다.[124] 그렇게 대단한 기쁨은

내 평생 한 번도 본 적이 없었을 정도입니다. 산달이 며칠 남지 않은

배가 남산만한 여인들은,[125] 전쟁 때에 쓰는 공성망치처럼,

그들 앞에 있는 사람들에 부딪혀서는 그들을 비틀거리게 했습니

　다. 살아있는 그 누구도

거기서는 '이게 내 아내다'라고 말할 수가 없었답니다,

　모든 사람들이 이상하게 하나로

얽혀있었기 때문에 말입니다.

신사 2　　　　　　　　　　　　그래서 그 다음 어떻게 되었지요?

신사 3 마침내 왕비전하가 일어서서, 얌전한 걸음으로

제단으로 나아갔지요, 거기서 그분은 무릎을 꿇고, 성인처럼,

아름다운 눈을 하늘로 향하고 경건하게 기도드렸습니다.

---

124. 전형적인 카니발을 연상시키는 그로테스크한 과장법이 쓰이고 있다. 옷은 날아다
　　니고 머리통은 떼어낼 수 있는 부분처럼 상상되고 있다.
125. 5막 3장의 군중 장면과 더불어, 카니발의 특색을 더욱 강조하는 묘사이다.

그런 뒤에 다시 일어서서 군중들을 향해 고개를 숙였지요,   85

그런 뒤에 캔터베리 대주교의 손을 거쳐

그분은 왕비가 갖추어야 할 장식물들을 받으셨습니다,

성유가 부어지고, 에드워드 콘페서의 왕관이 씌워지고,

왕비의 홀, 평화의 새, 모두 그분에게 걸맞은 고상한 물건들이었

　　지요.

그리고, 성가대가   90

이 나라에서 가장 아름다운 악단의 연주에 맞추어,

떼 데움을 다 함께 소리 맞춰 불렀지요. 그런 뒤에 그분은 떠났어요,

올 때와 마찬가지로 화려한 행렬을 지어 요크 궁으로 되돌아갔는데,

거기서 향연이 베풀어지고 있답니다.

신사 1   선생,

이제 더 이상 거기를 '요크 궁'이라고 부르시면 안 됩니다―그건   95

　　지난 일입니다.

추기경이 몰락한 이래로, 그 이름은 없어졌어요.

이제는 왕의 소유로, '화이트홀'이라고 부른답니다.[126]

신사 3   알고 있어요,

하지만 바뀐 지 얼마 안 되어서 아직도 옛 이름이

내게는 더 잘 떠오르는군요.

신사 2   왕비의 양편에서

행진한 사람들은 어떤 주교들이었나요?   100

---

126. 헨리와 앤의 결혼식 피로연은 사실 화이트홀이 아니라 웨스터민스터 홀에서 열렸
　　다. 여기서는 울지의 몰락을 화제로 삼기 위해 일부러 변화를 준 것이다.

신사 3 스톡슬리와 가디너였습니다, 가디너는 윈체스터 주교로[127]

왕의 비서였다가 승진하였지요.

다른 사람은 런던 주교이고요.

신사 2 윈체스터 주교라는 사람은

대주교님이 그리 좋아하지 않는 사람입니다,[128]

덕성스러운 크랜머 대주교님 말입니다.[129]

105 **신사 3** 온 나라가 그것을 알고 있지요.

하지만 아직 큰 다툼은 없답니다. 만일 그런 일이 생기더라도,

크랜머 대주교는 그에 대한 지지를 거두지 않을 친구를 찾아낼 겁니다.

신사 2 그게 누구일지 여쭤 봐도 될까요?

신사 3 토마스 크롬웰입니다,

국왕으로부터 많은 존경을 받고 있는 사람이지요, 그리고 진실로

110 그럴 자격이 있는 사람이고요. 국왕전하께서 그를

왕실 보석 관리청의 책임자로 임명하셨고

이미 추밀원의 의원으로도 삼으셨다고 합니다.

신사 2 더 중요한 자리도 맡게 되겠군요.

신사 3 그렇습니다, 의심할 바 없습니다.

자, 여러분, 나랑 같이 가십시다.

115 나는 궁궐로 갈 겁니다, 거기서 제가 대접해 드리겠습니다.

---

127. 스톡슬리는 1530년 11월 27일에 런던 주교가 되었고, 가디너는 1531년에 윈체스터 주교가 되었다.

128. 5막 1장과 2장에서의 가디너와 크랜머의 충돌을 준비시켜주려는 말이다.

129. 5막 4장에서의 대주교의 예언자적 역할을 청중에게 준비시켜주기 위한 언급들 중의 하나이다.

저도 다소 영향력이 있는 사람입니다. 그리로 가면서

좀 더 이야기를 해드리지요.

신사 1 & 2 분부 받들겠습니다, 선생님.   [모두 퇴장.]

2장

캐서린, 왕세자의 미망인이 입장한다. 병이 들어,[130] 의전관인 그리피스와
시녀인 페이션스의 부축을 받고 있다.

그리피스 마마 좀 어떠십니까?

캐서린   오 그리피스, 아파서 죽을 지경이구나.

두 다리가 열매가 매달려 무거운 나뭇가지 마냥 땅으로 늘어지는구나,

어서 짐을 내려놓고 싶은지. 날 의자에 앉혀다오. [앉는다.]

그래. 이제 조금 나은 성 싶구나.

5   그리피스야, 나를 부축해 오면서, 내게 말했든가,

명예의 총아인, 울지 추기경이,

죽었다고?

그리피스   네 그리 말했습니다, 마마. 하지만 저는 마마께서

병환으로 편찮으셔서, 못 들으신 줄 알았습니다.

캐서린 그리피스, 착한 그리피스, 그가 어떻게 죽었는지 말해주게나.

10   만일 그가 내 앞에서 보기 좋게, 잘 걸어갔다면,

내가 그 걸음을 모범으로 삼을 수 있게.

그리피스   마마, 사람들의 이야기에 따르면 이렇습니다.

---

130. 이 장면은 캐서린의 죽음을 다루고 있는데, 그녀는 천국의 여왕으로 복위되는 모
습으로 그려지고 있다. 이 장면에서도 상당한 시간의 압축이 사용되고 있다. 역사
적으로 울지는 1530년에, 캐서린은 1536년에 사망했다. 장소는 캐서린이 마지막
으로 머문 킴볼튼이다.

그 늠름한 노썸벌랜드 백작이

요크에서 추기경을 체포하여, 심문 장소로,

중죄인을 압송하던 중에,

추기경이 갑자기 병에 걸렸는데, 점점 병이 위중해져   15

노새에 제대로 앉아 있지도 못할 정도였다고 합니다.[131]

캐서린   저런, 가엾은 사람.

그리피스 결국, 평지로 길을 잡아, 레스터로 가서,

거기 수도원에 유숙하고자 하니, 그곳의 수도원장이

수도원 사람들을 다 데리고 나와, 그분을 영예롭게 맞아 들였다

고 합니다.

추기경은 그들에게 이렇게 말했답니다. '오 수도원장님,   20

국가의 큰 바람을 맞아 꺾어진, 늙은이 하나가,

그의 지친 뼈를 여러분 가운데 누이고자 왔습니다.

저에게 조그마한 땅을 허락하시어, 자비심을 보여 주십시오.'

그런 뒤에 침실로 들었는데, 병이

점점 심해져서, 그 이후 사흘째 되는 밤   25

여덟 시 무렵에, 그 자신이 예언한대로

그의 마지막이 되었다고 합니다, 회개하는 마음으로 가득하여,

계속하여 명상에 잠겨, 눈물로 애도하다가,

---

131. 울지는 남쪽으로 호송되는 중에 셰필드 파크에 있는 쉬루스베리 백작의 집에 머
무르게 되는데, 거기서 병이 났고 밤새도록 설사에 시달렸다. 그는 계속 남쪽으로
갔으나, 레스터에 이르렀을 즈음에는 몹시 허약해져서 노새의 잔등에서 굴러 떨
어질 지경이었다.

그가 누렸던 명예는 세상에 돌려 주고,

30 　축복받은 영혼은 천국에 주고, 평화롭게 잠들었다고 합니다.

캐서린 부디 편안히 잠들기를. 그가 저지른 죄가 그의 위에 가볍게 놓이기를.

그리피스야, 그 정도만 하고, 이번에는 내가 그에 대해 말하게 해다오,

하지만 아량을 가지고 말할 거란다. 그는

야심이 끝 간 데 없는 사람이었다, 항상 자신을

35 　군주들과 동급으로 여겼지. 교묘한 암시만으로도

왕국 전체를 마음대로 할 수 있는 자였지. 성직매매는 그래도 공

　정한 거래였지.

그 자신의 의견이 곧 그의 법이었다. 왕의 면전에서도

그는 거짓을 말하곤 했고, 언제나 말과 의도에 있어

이중적이었다. 그는 단 한 번도,

40 　누구의 파멸을 꾀할 때를 제외하고는, 연민을 보인 적이 없다.

그가 약속한 것은, 그 때의 그처럼, 웅대했지만,

그가 이행한 것은, 지금의 그처럼, 전무하다.

그 자신의 육체를 타락시켰고,

성직자들에게 나쁜 본을 보여주었다.

그리피스 　　　　　　　　　고귀하신 마마,

45 　인간의 악행은 동판에 새겨지고, 인간의 덕행은

물에 쓰인다고 합니다. 이번에는 혹시 그분의 좋은 점에 대해서

제가 말하면 들어주실 수 있을까요?

캐서린 　　　　　　　　　그래라, 착한 그리피스,

허락지 않는다면 나는 심술궂은 사람이 되겠지.

그리피스 이 추기경님은,

비록 비천한 가계에서 태어났지만, 많은 영예를 받도록

만들어졌음이 틀림없었습니다. 아주 어린 아기일 때부터 50

그는 학자였고, 성장하여 어른이 되자,

탁월하게 현명하고, 언변 좋고, 설득력이 있었습니다.

그를 사랑하지 않는 사람에게는 오만하고 신랄했지만,

그를 따르는 사람에게는, 상냥하기가 여름날 같았지요.

그가 비록 소유하는 데 만족을 몰랐지만— 55

그건 죄였지요—하사하는 데 있어서는, 마마,

그분은 왕처럼 후했답니다. 그가 세운 저 두 개의

학문의 전당은 항상 그를 위해 증언할 것입니다,

입스위치와 옥스포드—그 중 하나는 그와 함께 몰락하여,

그것을 지은 선의보다 오래 살지 못하고 말았지만 말입니다. 60

다른 하나는, 아직 완성되지 못했지만, 이미 아주 유명합니다,[132]

학문에 있어 훌륭하고, 그리고 아직도 올라가고 있어서,

기독교 국가들이 모두들 언제까지 그의 덕을 기리게 될 것입니다.

그의 몰락은 그에게 행복을 산더미처럼 주었다고 할 수 있는데,

왜냐하면, 그 때까지는, 그가 자신을 잘 몰랐다가, 65

아무 것도 아닌 사람이 되는 것의 복됨을 알게 되었기 때문입니다.

그리고, 그의 나이에, 어떤 인간이 그에게 줄 수 있는 것보다

---

132. 울지는 두 개의 새로운 대학을, 옥스포드와 그의 탄생지인 입스위치에 세웠다. 옥
스퍼드에 세운 건물은 카디널 칼리지로 계획되었다가 크라이스트 처치로 이름을
바꾸어, 옥스포드를 구성하는 대학들 중에서 가장 큰 대학으로 살아남았다.

더 큰 영예를 가지고서, 신을 두려워하며 죽었습니다.[133]

캐서린 내가 죽고 난 뒤에 나는 너 외에 다른 보고자를 두기 바라지 않고,

70   나의 살아서의 행동에 대해 말할 다른 대변인을 두기 바라지 않고,

나의 영예가 부패를 피하게 하기 위해

오직 그리피스 같이 이렇게 정직한 연대기 작가만을 두고 싶구나.

추기경이 살아 있는 동안 난 그를 몹시 미워했지만, 그리피스 너
는 나로 하여금,

너의 종교적 진실과 중용의 태도로,

75   이제는 타고 남은 그의 재에 경의를 표하게 하는구나. 그에게 평
화가 있기를.

페이션스야, 내게 가까이 오너라, 그리고 나를 눕혀다오.[134]

내가 너를 오래 괴롭히지는 않아야 하는데. 착한 그리피스야,

악사들에게 슬픈 노래를 연주해 달라고 말해다오,

그 곡을 나의 죽음에 울릴 조종이라고 이름 지었다, 생각에 잠겨
있는 동안에

저 천상의 하모니에 맞추어 가면 좋겠구나.   [슬프고 엄숙한 음악.]

81 **그리피스** 잠이 드신 모양이네요. 착한 아가씨, 우리 조용히 앉아 있읍시다.

마마를 깨우지 않도록. 조용히, 착한 페이션스님.

---

133. 그리피스의 버전은 울지의 생애에 대해 긍정적인 면을 강조하여, 캐서린의 비판
적인 전기와 선명한 대조를 이루고 있다.

134. 앞서 3행에서 캐서린이 앉혀달라고 한 의자는 기대어 누울 수도 있을 만큼 크고
견고한 것이어야 한다.

캐서린의 환상

장엄한 태도로 가볍게 춤추면서, 하나씩 하나씩, 여섯 명의
가상의 인물들이, 흰 옷을 입고서, 머리에는 월계수 관을 얹고서,
얼굴에는 금빛 면갑을 쓰고서,[135]
손에는 월계수 가지나 종려 가지를 들고서 입장한다. 그들은 먼저   82.5
캐서린에게 불란서식 절을[136] 하고나서, 춤을 추기 시작한다. 어떤 멜로디에
이르면, 처음 두 사람이 여분으로 가져온 월계관 하나를 캐서린의 머리 위로
맞잡고 있고, 거기에 대고 다른 네 명이 공손히 불란서식의 무릎 굽힌 절을
한다. 그런 뒤에 화관을 들고 있던 그 두 명은 다른 두 명에게 그것을 전하고,
그 두 사람은 그 멜로디에 이르면 같은 순서를 지켜서   82.10
화관을 캐서린의 머리 위로 들고 있다. 그것이 끝나면, 그들은
그 화관을 마지막 두 명에게 전하고, 그들은 같은 순서로
마찬가지로 행한다. 이런 동작에 대해 (마치 영감에 의해서 그러는 것처럼)
캐서린은 잠결에 하는 양 기쁨의 탄성을 내며 하늘을 향해
그녀의 두 손을 들어 올린다. 그러자, 그들은 춤을 계속 추면서   82.15
화관을 들고 사라진다.
음악은 계속된다.

캐서린 평화의 정령들이여, 어디로 간 거니? 모두 가버린 거니?

나만 여기 이 비참한 곳에 남겨두고 너희만 간 거야?

그리피스 마마, 저희 여기 있습니다.

캐서린   내가 부른 것은 너희가 아니다.   85

내가 잠든 뒤에 누가 여기 들어온 것을 못 보았느냐?

그리피스   못 보았습니다, 마마.

---

135. 금빛 면갑은 정령을 뜻하는 표준적인 무대도구였던 것으로 보인다. 춤은 이 장면
을 일종의 매스크로 만들어주는 무대 약속이다.
136. 칸제이(congé). 무릎을 굽혀서 하는 불란서식의 정중한 절.

캐서린 못 보았다구? 하늘의 천사의 무리가

나를 천국의 향연에 초대하는 것을 못 보았단 말이니? 그들의 빛
나는 얼굴은

나에게 수천 개의 빛줄기를 비춰주었다, 태양처럼 말이야.

90   그들은 내게 영원한 행복을 약속했고

월계관을 가져다주었다, 그리피스야, 그것은 내 생각에는

내가 쓸 자격이 없을 만큼 훌륭한 것이었다. 하지만 난 그걸 꼭
쓰게 될 것 같구나.

그리피스 마마, 저는 정말 기쁩니다. 그렇게 좋은 꿈이

마마의 환상을 차지하였다니 말입니다.

캐서린   음악을 그치게 해라.

이제는 귀에 거슬리고 마음을 무겁게 하는구나.   [음악이 그친다.]

95 **페이션스**   보세요,

마마께서 갑자기 많이 바뀌신 것 같지 않으세요?

마마의 얼굴이 수척해지셨지요? 안색은 창백하고요?

흙빛 같지요? 눈을 보세요.

그리피스 마마께서는 떠나고 계신 거요. 쉿, 쉿.

페이션스   하늘이여 우리 마마를 돌봐주소서.

심부름꾼 입장.

심부름꾼 여기가 바로—

100 **캐서린**   이노옴, 여기가 감히 어디라고 함부로 들어서느냐.

우리가 이젠 예의도 갖출 필요 없는 사람들이 되었단 말이냐?[137]

그리피스 [심부름꾼에게]   네가 잘못했다,

마마께서 평소의 위엄을 결코 버리지 않으시리라는 것을 잘 알면서,

그리 무례한 행동을 하다니. 어서, 무릎을 꿇고 여쭈어라.

심부름꾼 겸손하게 간청하오니 마마께서 쇤네를 용서해 주십시오.

서두르는 바람에 제가 예를 까먹었습니다. 저기 있는 신사 한 분이   105

왕께서 보내셨다고 하면서 마마를 보고자 합니다.

캐서린 어서 그를 들여라, 그리피스. 하지만 이 작자는

다시는 내 눈에 띄지 않게 해라.   [심부름꾼 퇴장.]

                        카푸치우스 입장.

                        내 눈이 아직 시력을 잃지 않았다면,

그대는 분명 내 친정 조카인 찰스 황제에게서 온 대사님이구려,

그대의 이름은 카푸치우스이고.   110

카푸치우스 마마, 그렇습니다. 마마의 충실한 종복이옵니다.

캐서린   오, 그런데,

시간과 이름이 지금은 나를 이상하게 바꾸어놓았구려,

대사님이 나를 처음 알게 된 때와 달리. 그건 그렇고,

무슨 일로 저를 찾으셨는지요?

카푸치우스   고귀하신 마마,

첫째는, 마마에 대한 저의 충의에서 찾아뵈었습니다. 그리고 그   115

다음으로는,

---

137. 캐서린은 죽어가고 있었다. 그럼에도 그녀는 조금도 위엄을 잃지 않고 있음을 보
    여준다.

국왕전하께서 마마를 찾아뵈라고 명하셨기 때문입니다,

전하께서는 마마가 편찮으시다는 소식을 듣고 몹시 마음 아파하시면서

저로 하여금 마마께 전하의 정중한 경의를 전하도록 분부하시었고

마마께서 큰 위로를 받으시기를 간곡히 당부하시었습니다.

120 **캐서린** 오 친절하신 대사님, 하지만 그 위로는 너무 늦게 왔네요.

이것은 마치 사형집행 뒤에 당도한 사면장 같은 것이군요.

그 좋은 약이 제때 주어졌다면 나를 낫게 해주었을지도 모르지요,

하지만 나는 지금 속세의 모든 위로를 지내보내고 기도만 남겨놓

았다오.

그래 전하는 어찌 지내시는지?

카푸치우스   강건하시옵니다, 마마.

125 **캐서린** 앞으로도 내내 그러시길, 그리고 내내 번영하시길

내가 벌레들과 무덤에 살고 나의 가엾은 이름이

이 왕국에서 사라질 때라도. 페이션스야, 내가 너에게

쓰게 한 편지[138] 아직 안 보냈지?

페이션스   네, 마마, 아직 안 보냈습니다.

캐서린 대사님, 내가 가장 겸허하게 부탁드리니 이 편지를

---

138. 홀린셰드에 따르면, 죽음이 가까이 다가오고 있음을 느낀 캐서린은 시녀 중의 하
나에게 왕에게 편지를 쓰도록 했다. 그에게 두 사람 사이의 딸을 부탁하며, 딸에
게 좋은 아버지가 되어 달라고 간청했다. 그리고 그녀에게 봉사해온 시녀들에 대
해 배려해주기를 바라고, 그들이 결혼할 때 하사품을 잘 받았는지 살펴달라고 부
탁했다. 나아가 그녀의 시종들이 적절한 임금과 한 해 분의 임금을 더 받도록 명
을 내려주실 수 있는지 물었다. 이것이 실제로 그녀가 요구한 모든 것이었고, 그
러고 나서 곧바로 그녀는 이 세상을 하직하였다.

나의 주인이신 국왕전하께 전달해주시오.

카푸치우스   최대한 기꺼이 그러겠습니다, 마마.   130

캐서린 그 편지에 나는 그분의 선의에,

우리의 정숙한 사랑의 증거인, 그분의 어린 따님을 맡긴다고 썼소ー

하늘의 이슬들이 공주를 축복하여 무수히 내리기를!ー

전하께 간곡히, 그 애에게 덕성스런 양육을 베풀어 주십사고 부

탁드렸다오ー

공주는 어리고 고결하고 겸손한 성격이랍니다,   135

나는 그 애가 대접받을 자격이 있기를 바라오ー그리고 그 애를 조금은

사랑해 주십사고 부탁드렸다오, 그분을 사랑했던 그 애의 어머니

를 봐서라도,

하늘은 내가 얼마나 그분을 사랑했는지 아실 것이오. 그 다음으

로 청원 드리는 바는

전하께서 가엾은 나의 시녀들에게 얼마간의 측은함을 가져 주셨으면

하는 바이오, 그 사람들은 그토록 오래   140

내 운명이 어떻게 변했든지 간에 충성스럽게 나를 따라와 주었어요.

그들 가운데 좋은 혼인을 할 만한 자격이 부족한 사람은 없어요,

그건 내가

맹서할 수 있다오ー죽어가는 마당에 거짓을 말할 까닭이 없지 않겠소

덕성과 영혼의 진실한 아름다움으로 해서,

정숙하고 예의바른 거동으로 해서,   145

바르고 좋은 남편을 맞기에 충분하오ー그 사람이 귀족이었으면

좋겠군요ー

내 시녀들을 아내로 맞이하는 남자들은 분명 행운아들일 거요.

마지막 부탁은 나의 시종들에 관한 것이오—그들은 정말 가난한
　　사람들이오,

그럼에도 가난이 그들을 내게서 떼어놓지 못했다오—

150　그 사람들이 그들에게 정당하게 지불되어야 할 임금을 받을 수
　　있게 해주시기를,

그리고 나를 기억하도록 조금 더 받게 해주시기를.[139]

만일 하늘이 나에게 조금 더 긴 삶과 충분한

수단을 주셨더라면, 우리는 이렇게 헤어지지 않았을 텐데.

이런 것들이 그 내용의 전부예요, 그리고, 대사님,

155　그리고 당신이 이 세상에서 가장 사랑하는 그것을 두고 맹세코,

당신이 죽은 영혼들에게 그리스도의 평화가 있기를 기원한다면,

이 가엾은 사람들의 편에 서서, 왕께서 나에게

이 마지막 권한을 이행하시도록 촉구해주세요.

카푸치우스　　　　　　　　　　하늘에 맹세코, 꼭 그리하겠습니다,

그렇지 않으면 한 사람의 자격을 잃겠습니다.

160　**캐서린**　정말 고마워요, 성실한 분. 그리고

전하께 겸손을 다하여 나의 안부를 전해주세요.

이제 그분의 오랜 걱정이 이 세상으로부터

---

139. 캐서린의 임종 시의 이 긴 대사는 왕에게 간청하는 외양을 취하고 있다. 그러나
법적으로 캐서린은 이혼에 대해, 그리고 헨리가 자신의 재산에 대해 통제를 가하
려는 조처에 대해, 분명한 거부를 표명하고 있다. 그녀는 부탁의 형식을 통해 자
신의 재산을 처분할 권리를 헨리에게 요구하고 있다.

떠나갔다고 말해주시오. 그분에게, 죽음 속에서도 나는 그분을
　축복했고,

영원히 그럴 거라고 말해주시오. 눈이 흐려지는구려. 잘 가시오,

대사님. 그리피스야, 잘 있어라. 페이션스는　　　　　　　　　165

아직 날 떠나지 마라. 나는 침대로 가야겠다.

시녀들을 더 불러다오. 내가 죽으면, 착한 애야,

나를 내게 맞는 의식으로 대우해다오. 내 시체에 신선한 꽃을 뿌려서

온 세상이, 내가 무덤에 갈 때까지

정숙한 아내였음을 알게 해다오. 향으로 처리하여,　　　　　　170

나를 묻어다오. 비록 왕비의 자리에서 폐위되었지만, 그럼에도

왕비처럼, 그리고 왕의 딸로 매장해다오.

더 이상 말할 힘이 없구나.

　　　　　　　　　　[캐서린을 부축하여 모두 퇴장.]¹⁴⁰

---

140. 모두 퇴장이라는 지문은 페이션스, 카푸치우스, 그리피스가 캐서린을 부축하여
　　　무대 밖으로 나가고 있음을 암시한다.

5막

원체스터 주교인 가디너가, 횃불을 든 시동을 앞세우고 등장하다가, 토마스 러벨 경과 마주친다.[141]

가디너 얘야, 지금 한 시구나, 그렇지?

시동   한 시를 막 쳤습니다.

가디너 지금은 휴식을 위한 시간이어야 한다,

쾌락을 위한 시간이 아니야. 휴식의 위로로 우리의 본성을

보수할 시간이지, 그리고 우리가 이런 기회를

5   낭비할 시간이 아니란 말이야. 밤이 깊었군요, 토마스 경.

이리 늦은 시간에 어디로 가십니까?

러벨   대감, 국왕전하에게서 오시는 길이시오?

가디너 그렇습니다, 토마스 경, 전하를 써포크 공작과 함께

프리메로 게임에 남겨두고 왔습니다.

러벨   나도 전하께 가 뵈어야만 해요,

잠자리에 드시기 전에. 그럼 이만 가보겠소이다.

10 **가디너** 아직 가지 마십시오, 토마스 러벨 경. 무슨 일이시죠?

급히 서두르시는 듯 보입니다. 그것에

뭔가 큰 죄가 관련되어 있는 게 아니라면, 대감의 벗에게

이렇게 늦은 밤 서둘러 가시는 일이 무엇인지 조금만 힌트를 주십시오

---

141. 장소는 왕의 침전 근처의 궁정 회랑(지붕이 있는 복도)이다.

한밤중에, 흔히 말하듯이, 유령처럼 다니며 하는 일은,

대낮에 급히 해치우려는 일보다 그 속에   15

더 거친 성질을 가지고 있으니까 말입니다.

러벨   대감, 나는 대감을 좋아합니다,

그리고 이 일보다 훨씬 중한 일이었더라도

대감의 귀에 비밀을 위탁했을 겁니다. 왕비님께서 진통 중에 계

　시다오―

사람들 말로는 대단히 위급하다고 합니다, 그리고

출산으로 해서 돌아가실까 걱정하고 있어요.

가디너   왕비가 가진 과일이 20

좋은 때를 만나, 번성하기를 진심으로

기도합니다. 하지만, 원 줄기로 말하자면, 토마스 경,

저는 그것이 지금 뿌리째 뽑히길 소원합니다.

러벨   내 생각으로는 나도

아멘이라고 동의할 수 있을 것 같기는 합니다, 하지만 내 양심은

왕비는 좋은 분이라고 말하고 있습니다, 상냥한 분이시고,   25

더 좋은 소원을 빌어드려도 될 만한 분이시지요.

가디너   하지만 대감, 대감―

제 말씀을 들어보십시오, 토마스 경. 대감은 신사이시고, 저와 같

　은 생각을

가진 분이십니다.[142] 저는 대감이 현명하고, 신앙심 깊다는 것을

　알고 있으니,

---

142. 가디너와 러벨은 모두 가톨릭 지지자이고 반(反) 루터파이다.

대감께 말씀드리겠습니다, 일은 결코 잘 되지 못할 거요 -

30   일은 결코 잘 되지 못할 테니 두고 보시오, 토마스 러벨 경,

제 말을 잘 들어 보십시오 - 크랜머와 크롬웰(왕비의 두 손인 이 사람들)과 왕비가

무덤 속에서 잠들기까지는.

러벨   자, 대감, 대감은 이 왕국에서

가장 이름 높은 명사 두 사람에 대해 말씀하고 계십니다. 크롬웰 로 말하자면,

국왕의 보석청을 관리하는 자인데다, 기록 문서를 담당하는 최고 책임자이고,

35   왕의 비서요. 게다가, 대감,

그는 더 많은 총애를 받게 될 대로에 서 있어요,

왕의 총애는 시간이 갈수록 그에게 주어질 거요. 그리고 크랜머 대주교로 말하자면,

왕의 손이고 혀인데, 누가 감히

그를 대적해서 한 마디라도 말할 수 있겠습니까?

가디너   있습니다, 있어요, 토마스 경,

40   감히 말할 사람이, 그리고 나 자신만 해도 감히

그 자에 관하여 나의 마음을 말하고 있지 않습니까. 그리고 사실 오늘,

토마스 경 - 대감에게는 이런 말을 해도 될 거라 생각하오만 - 나는

그가 어떤 사람인지 말하여 추밀원 의원들의 분노에 불을 붙여놓 았습니다[143] -

---

143. 가디너의 말은 그가 추밀원 사람들을 장악하고 있음을 암시하려는 것이다. 이 극

왜냐하면 나는 그가 어떤 사람인지 알고 있고, 그들도 그걸 알고

　있기 때문입니다―

바로 대단한 이단이고, 역병 같은 인물이어서　　　　　　　　　　45

이 나라를 병들게 하는 자입니다. 이 말을 듣고 추밀원 대신들은

　격노하여

국왕전하에게 그 문제를 상신하였다오, 국왕께서는 지금까지

우리의 불만에 귀를 기울였소, 전하의 하해와 같은 은총과

저들의 무서운 해악을 예측하시는 성군다운 통찰에 의지하여

우리의 논의가 전하 앞에 놓이었고, 내일 아침　　　　　　　　　50

추밀원 회의에 부치라 명하셨으니,

그자는 거기 소환될 거요. 토마스 경, 그자는 독한 잡초요.

그래서 우리는 그를 뽑아내지 않으면 안 되오. 아 참 바쁘신 분을

너무 오래 지체케 했군요. 잘 가십시오, 토마스 경. [가디너와 시동 퇴장.]

러벨　잘 주무십시오, 대감. 저는 대감의 종으로 있겠습니다.　　　　55

왕과 써포크 등장.

왕　찰스, 오늘 밤에는 더 이상 게임을 하지 않겠네.

　마음이 집중이 안 돼. 자네는 나에게 너무 강적이야.

써포크　상감마마, 전에는 제가 한 번도 마마를 이겨본 적이 없습니다.

왕　거의 없었지, 찰스,

　앞으로도 없을 거야, 내가 게임에 마음을 쏟을 수 있을 때는 말이야.　60

―――――――――

에서 가디너는 악인으로 그려져 있다. 이는 영국의 종교개혁 이후 가톨릭에 대해

가지고 있던 당대 관객들의 시각을 반영한다.

자, 러벨 경, 왕비에게서 무슨 소식이 있나요?

러벨　전하께서 제게 명하신 바를 중전마마께

직접 전달하지는 못했습니다, 하지만 중전마마의 시녀에게

전하의 말씀을 전하였습니다. 그러자 중전마마께서 황송 감사해

하신다 말하며

65　　전하께서 중전마마를 위해

온 마음으로 기도해주시기를 바란다고 하였습니다.

왕　　　　　　　　　　　　　　　　　　뭐라는 거요? 허?

중전을 위해 기도해 달라? 뭐, 중전이 도움을 요청하고라도 있다

는 거요?

러벨　마마의 시녀가 그리 말했습니다, 그리고 마마의 고통은

매번의 진통이 거의 죽음만큼이나 힘든 정도라고 합니다.[144]

왕　　　　　　　　　　　　　　　　저런, 가여울 데가.

70　**써포크**　신께서 중전마마께서 안전하게 출산을 끝내도록 해주실 것입니다,

가벼운 수고로 그리할 수 있게 해주시고,

전하께서 상속자를 맞아 크게 기뻐하시도록 해주실 것입니다.

왕　　　　　　　　　　　　　　　벌써 한밤중이군, 찰스.

이제 그만 가서 쉬게, 그리고 기도 중에

가엾은 왕비의 상태를 기억해주시오. 혼자 있겠소,

75　내가 생각할 게 있어서 누구와 같이 있고

싶지 않구려.

---

144. 앤의 난산에 대한 기록은 없다. 헨리의 다음 아내인 제인 씨모어가 에드워드 6세
를 낳다가 죽는다.

써포크	전하께서
	평화로운 밤을 보내시기 기원합니다, 그리고 중전마마께서 순산
	하시기를
	기도하겠습니다.
왕	찰스, 잘 가시오. [써포크 퇴장.]

앤소니 데니 경 등장.

	응? 대감, 무슨 일이오?	
데니	상감마마, 대주교를 대령하게 하였습니다,	80
	하명하옵신 대로입니다.	
왕	허? 캔터베리 대주교 말인가?	
데니	네, 그렇사옵니다.	
왕	맞아. 대주교는 어디 있나, 데니?	
데니	전하의 분부를 기다리고 있습니다.	
왕	이리로 모셔 오게. [데니 퇴장.]	
러벨	[방백] 이게 바로 가디너 주교가 말했던 바로 그것이로군.	
	내가 마침 여기 오기 잘 했는데.	85

크랜머와 데니 등장.

왕	회랑에 있지 말고 물러가거라! (러벨이 그대로 있으려 한다.)
	허, 내 말이 안 들리는가? 어서 가보시오.
	그래도 가지 않는 거요? [러벨과 데니 퇴장.]

크랜머 [방백]　　　두렵구나. 무엇 때문에 전하께서 저리 화가 나셨을까?

이건 전하가 무섭게 화가 났을 때의 모습인데. 모든 게 좋지 않구나.

왕　　그래 어떻게 지내나, 응? 대주교는 알고 싶겠지,

무엇 때문에 내가 대주교를 불렀는지?

90　**크랜머** [무릎을 꿇는다.]　　　　　　　전하의 분부를 받드는 것은

저의 의무입니다.

왕　　　　　　일어나시오, 제발,

나의 선량하고 예의바른 캔터베리 대주교.

자, 나랑 같이 한 바퀴 걸어봅시다.

말씀드릴 게 있어요. 자, 자. 손을 이리 주시오.

95　오, 주교, 나는 내가 말하는 것 때문에 슬프구려,

또 뒤따라올 일을 말해야 해서 진정 아픈 마음이오.

나는 최근에, 정말 원치 않게도, 주교에 대한

많은 심각한 불평을 들었소 — 잘 들어보시오, 주교,

심각한 이라고 했소 — 그로해서, 논의의 끝에,

100　나와 나의 추밀원은 아침이 되면 주교가

우리 앞에 출두하게끔 결정했다오, 나는 알고 있소,

주교가 고발로부터 완전히 벗어나지는 못할 거란 것을.

그래서 말인데, 그런 죄목으로 재판이 있을 때까지,

그 재판은 답변을 요구할 건데, 주교는

105　인내심을 가져야 할 거요 그리고 런던탑을 자신의 집으로 삼는

일에 불만을 표해서는 안 될 것이오. 주교는 나에게 형제만큼 가

까운 사람이니,

우리가 일을 진행하는데 이렇게 하는 게 마땅할 것이오, 그렇게

　　하지 않으면 누구도

반대 증인으로 나서려고 하지 않을 터이니.

크랜머 [무릎을 꿇는다.]　　　　　저는 전하께 겸허한 마음으로 감사드립니다.

그리고 이런 상황을 맞이하게 된 것을 기쁘게 생각하고 있습니다

철저히 키질되어서, 저의 겨와 알곡이　　　　　　　　　　　110

서로 분명히 나눠질 것이기 때문입니다. 왜냐하면 저는

제가 부족하기는 합니다만, 중상 모략하는 혀를 저보다 더 잘 견

　　디녈 수 있는 자는

없다는 사실을 잘 알고 있기 때문입니다.

왕　　　　　　　　　　　　　　　　일어서시오, 캔터베리 대주교.

그대의 진실과 그대의 정직성은 그대의 친구인

내 속에 깊은 확신을 주고 있소. 자 손을 주시오, 일어서시오.　115

자, 어서, 같이 걸읍시다. 성모님께 맹세코,

도대체 주교는 사람이 어찌 그렇소? 나는 주교가

내게 청원을 넣어

내가 주교와 주교를 고발한 자들을 한 자리에 모으고,

투옥 없이 청문회를 열어 달라고 하겠지　　　　　　　　　120

하고 기대하였소.

크랜머　　　　　　가장 경외함을 받으실 국왕전하,

제가 디디고 서 있는 선함은 바로 저의 진실이고 정직성입니다.

만약 그것들이 없다면, 저는 저의 적들과 함께

저의 몸을 부수고 승리할 것입니다, 그런 덕성이 부재한다면 그것은

125 더 이상 아무 가치가 없을 것이기 때문입니다. 저는 저에 대해 비난하는

그 어떤 말도 조금치도 두렵지 않습니다.

왕　　　　　　　　　　　　　　　　답답한 사람, 그대가 어떤

상태로 세상 속에 서 있는지 모르나, 어떤 세상에 둘러 싸여 있는지?

그대의 적들은 그 수가 많고 결코 만만하지 않아. 마찬가지로

그들의 행위도 그만큼 강력하고 효과적일 게 틀림없어, 그리고

130 정의와 진실이 문제가 되었을 때 판결이 응당

진실을 말하는 쪽에 승리를 주는 것만은 아니지. 얼마나 쉽사리

부패한 마음들이, 똑같이 부패한 악당들을 그대에 대해 거짓 증

　언을 하도록

매수할 수 있는지 아는가? 그런 일들은 지금껏 자행되어 왔어.

주교는 강력한 반대에 직면하고 있고, 그 악의는

135 그 크기만큼 깊다네. 위증자들로 말할 것 같으면—

주교는 자신이 더 운이 좋을 것으로 기대하는가—

주교가 그 대리자인 그대의 주인 예수도

여기, 이 죄 많은 땅에 사는 동안에는, 피하지 못했는데? 안 되오.

주교는 절벽에서 뛰어내려도 위험하지 않을 것처럼 오해하고

자신의 파멸을 불러오고 있소.

크랜머　　　　　　　　　　　　신과 전하께서

140 저의 무죄함을 보호해주실 것입니다, 제가

덫이 놓인 곳에 뛰어내리기 전에.

왕　　　　　　　　　　　　　　　기운을 내시오.

그들은 내가 굽히지 않으면 이기지 못할 것이오.

힘을 내시오. 아침이 되면

주교는 저들 앞에 나서도록 하시오. 만일 저들이 기회를 잡아,　　145

이런저런 일로 그대를 고발해서 런던탑에 가두려 할 냥이면,

반대자에 대한 가장 좋은 설득을

기필코 그만두지 마시오, 그것을 얼마나 격렬하게 할 것인가는

상황이 그대에게 가르쳐 줄 것이오. 만일 탄원이

어떤 해결책도 주지 않거들랑, 이 반지를 가져가　　　　　　150

그들에게 보이시오, 그러면 그대가 왕에게 직접 탄원하는 절차가

취해지는 거요. ─ 보라, 여기 선한 사람이[145] 울고 있다.

내 명예를 걸고 말하건대, 그는 정직하다. 성모님께 맹세코,[146]

그는 진실한 마음을 가진 사람이다, 내 왕국에서 이보다

깨끗한 영혼을 가진 자는 없다. ─ 자 가보시오,　　　　　　155

그리고 내가 명한 대로 하시오.　　　　　　　　[크랜머 퇴장.]

　　　　　　　　　　저 사람 눈물로 목이 메어

제대로 말을 잇지 못하는군.

　　　　　늙은 나인 등장. [러벨 따라 온다.]

러벨　(무대 안쪽에서)　　　　이리 돌아와요! 무슨 짓이오?

늙은 나인　말리지 마세요. 내가 가져온 소식은

---

145. 크랜머 대주교가 감동하여 눈물을 흘림을 두고 말하는 것. 이 부분은 방백으로 할
　　수 있다.
146. 이 말은 헨리의 습관적 말투 중 하나인데, 그의 어휘에 종교개혁이 영향을 주지
　　못하고 있다.

나의 당돌함을 예절바름으로 바꿔줄 거예요. [왕에게] 이제 하늘의

착한 천사들이

160 전하의 머리 위로 날아다니며 전하의 옥체를

축복의 날개 아래 감싸주고 계심을 경하 드리옵니다.

왕   너의 표정을 보니

전하려는 소식을 짐작하겠구나. 중전이 아이를 낳았느냐?

어서 말해 보아라, '네, 그리고 아들입니다'라고.

늙은 나인   네, 네, 상감마마,

그리고 사랑스러운 아들입니다. 하늘의 신께서

165 지금과 영원히 공주님을 축복해주시기를. 공주님을 낳으셨다 함은

앞으로 여러 왕자님을 낳으리라는 것을 약속하는 것입니다. 마마,

중전께서는

전하께서 방문하시어 이 새로 오신 손님과

안면을 익히시기를 고대하고 계십니다. 공주 아기씨는 앵두 알이

앵두 알하고 닮은 것처럼 전하를 똑 닮았습니다.

왕   러벨!

러벨   네, 마마.

170 **왕**   이 여자에게 백 마르크를 주시오. 나는 왕비에게 가보겠소.

[왕과 러벨 퇴장.]

늙은 나인 백 마르크라고? 하늘에 맹세코, 나는 기어이 더 받고야 말겠어.

막일하는 하인이래도 그 정도는 주겠다.[147]

---

147. 늙은 나인은 100마르크보다 더 많은 금액을 기대하고 있었던 것 같다. 그녀의 반
응은 남아 상속자를 얻지 못한 헨리 왕의 실망을 보여주는 데 쓰이고 있다.

나는 기어이 더 받고야 말겠어, 아니면 마구 야단해 주어야지.
아니 내가 공주 아기씨가 전하랑 똑 닮았다고까지 해주었잖아?
나는 기어이 더 받고야 말겠어, 아니면 그 말을 도로 물리겠어.   175
그리고 지금, 쇠뿔도 단김에 빼랬다고, 그 일을 결말지어야지.

[퇴장.]

2장

캔터베리 대주교인 크랜머 등장.[148]

크랜머 너무 늦은 게 아니어야 할 텐데, 추밀원에서 내게 보내온

관리들은 내게 서둘러 오라고 부탁했었다.

아니 문이 꽁꽁 닫혔잖은가? 이건 무슨 뜻이지? 여보시오!

거기 누구 없소?

추밀원 수위 등장.

자네는 나를 알고 있으렸다?

수위   네, 나리,

하지만 영을 따를 수 없겠습니다.

크랜머   무슨 말인가?

5 **수위**   나리께서는

들어오시라는 허락이 날 때까지 예서 기다려야만 하겠습니다.

닥터 버츠 등장.

---

148. 이 장면은 다시 극적 긴박성을 위해 압축되어 있다. 크랜머가 투옥될 뻔했던 사건
은 실상 엘리자베스의 탄생(1533년) 후 12년 정도 있다가 발생했는데, 이 극에서
는 5.1장 엘리자베스의 탄생(1533. 9. 7일)과 5.4장 세례식(1533. 9. 11일) 사이
에 배치하고 있다. 장소는 추밀원 회의실과 그 대기실이다.

크랜머   그런가.

버츠   [방백] 이런 악의적인 일이 있나. 내가 이 길로 온 것이

천만다행이구나. 당장 전하께

이 일을 고해야겠다.   [버츠 퇴장.]

크랜머 [방백]   저기 가는 것은 왕의 시의인

버츠로구나. 그가 지나갈 때에   10

나를 바라보는 눈길이 몹시 딱하다는 듯한 표정이었는데.

제발 나의 이런 치욕스런 꼴을 아무에게도 말하지 말아야 할 텐

   데. 분명,

이 상황은 나를 미워하는 사람이 일부러 이렇게 만든 성 싶구나─

신이여 그들 마음을 돌려주소서. 나는 한 번도 저들에게 악의 살

   일을 하지 않았는데─

그건 나의 명예를 손상시키는 일이니까. 그들이 나를 이렇게   15

문밖에 서있게 하는 일은 수치스런 일이다, 자기들 동료인 추밀

   원 의원을

시동들, 하인들, 막일꾼들 사이에 서있게 하다니.[149] 그러나 그들

   이 그러고 싶다면

그러라고 하자, 나는 인내심을 가지고 기다릴 테니까.

왕과 버츠가 위층 창가에 등장한다.[150]

---

149. 시동과 종자들에 대해 반복 언급되지만 그들이 직접 무대에 등장할 필요는 없다.

150. 이것은 이 극에서 위층 무대, 어퍼 스테이지(the upper stage)의 이용을 보여주는
   유일하고 분명한 예이다.

버츠   전하께 이상한 광경을 보여드리고자 합니다―

왕   뭐지?

20 **버츠**   제 생각에 전하께서는 이런 일을 많이 보셨을 줄 압니다만.

왕   그래애? 그게 어디 있는데?

버츠   저기 있습니다, 마마.

캔터베리 대주교님께서 대단한 승급을 하셨나봅니다,

그분의 자리가 문간에서 종복들,

시동들, 심부름꾼 아이들 사이에 마련되었으니 말입니다.

왕   허? 정말 그 사람이군.

25 이렇게 하는 것이 저들이 서로에게 행하는 예의란 말인가?

저들 위에 아직 한 사람이 있는 게 그나마 다행이로구나.

나는 저들 사이에는 그래도 양심이 남아 있을 거라고 생각했었다―

적어도 예의바름은―대주교라는 지위를 가진 사람을

저렇게 취급하지는 않을 정도로, 나의 총애를 받고 있는 측근을,

30 저들이 믿는 신의 비위를 맞추어 주기 위해서라도―

그런데, 이렇게 문간에 세워두다니, 편지를 배달하러 온 사동이

라도 되는 양.

성모 마리아께 맹세코, 이건 정말 악당 짓이야, 버츠!

저들을 가만 놔두고, 커튼을 치게.[151]

좀 더 들어 보자구.

---

151. 커튼을 내리는 것은 관객의 시선을 분산시키는 일을 막아줄 수 있다. 또한 왕이
     나중에 소리 없이 아래층 메인 스테이지에 갑자기 등장하는 일을 가능케 한다.

추밀원 회의실용의 긴 탁자 한 개, 의자와 걸상 여러 개가 날라져서 옥좌 아래에[152] 놓인다. 추밀원장이 등장하여, 무대의 왼쪽, 탁자의 위쪽에[153] 자리한다. 그의 위쪽으로 비어있는 자리가 하나 남겨져 있는데, 이는 캔터베리를 위한 자리이다. 써포크 공작, 노포크 공작, 써리, 시종장, 가디너가 각각 양쪽으로 직위에 따라 앉는다. 크롬웰은 아래쪽에 추밀원 서기관으로 참석하고 있다.

추밀원장[154] 서기관님은 회의의 안건에 관해 말씀드리시오.   35

　　왜 우리가 추밀원 회의를 하게 되었지요?

크롬웰   의원님들,

　　오늘 모이시게 된 까닭은 캔터베리 대주교님에 관련된 건으로 해

　　서입니다.

가디너 그는 이 사실에 대해 전달 받았습니까?

크롬웰   그렇습니다.

노포크   저기서 누가 대기하고 있는가?

수위 바깥 말씀입니까, 대감 나리님들?

가디너   그렇네.

수위   대주교 나리님께서,

　　반 시각 전부터 대감님들의 분부를 기다리고 계십니다.[155]   40

---

152. 극 전체가 진행되는 동안 무대 위에 옥좌 또는 큰 의자를 두고 있음을 짐작할 수
　　있다.
153. 무대의 왼쪽이란 회의실의 출입문에서 가장 먼 쪽, 즉 상석을 말한다. 그리고 탁
　　자의 위쪽, 아래쪽이란 분장실 쪽이냐, 관객석 쪽이냐를 말한다. 왼쪽, 오른쪽은
　　무대 위의 배우를 기준으로 한다.
154. 여기서 추밀원장은 3.2장 울지와 크롬웰의 대화로 미루어, 토마스 모어로 보는
　　것이 타당하다.
155. 수위에게 퇴장 지시가 없다. 고로, 장면 끝까지 머물러 있다고 봐야 한다.

추밀원장 안으로 모시게.

수위   대주교 나리님, 안으로 드셔도 됩니다.

크랜머가 회의실 탁자를 향해 가까이 다가온다.

추밀원장 고명하신 대주교님, 정말 안타까운 마음입니다

지금 여기 앉아 대주교님의

저 의자가 빈 것을 바라보고 있자니. 하지만 우리 모두 인간입니다,

45   우리의 본성은 나약하고, 우리 육체로 인해서─

우리 가운데 천사는 없습니다─그런 나약함과 지혜의 부족으로 해서

우리를 가장 잘 가르쳐야만 할 위치에 있는 대주교님께서

적잖은 정도로 부적절하게 처신하셨습니다,

먼저 국왕에게, 그 다음 국왕의 법에 대해 그리하였습니다,

50   온 왕국을, 자신의 가르침과 자신을 따르는 목사들의 가르침을 가지고─

우리는 그렇게 전해 들었습니다─새로운 이설로 채움으로써,

다양하고 위험스러운 이설들, 그것들은 이단이며,

그리고 개혁되지 않으면[156], 유독한 것으로 입증될 수도 있는 것

들입니다.

---

156. 여기서 '개혁'이라는 단어의 사용은 청중에게 오히려 프로테스탄트의 개혁 주장
을 상기시켰을 것이다. 이 극에서 종교개혁 과정의 가톨릭과 프로테스탄트, 양 세
력 간의 갈등은, 버킹엄의 반역이나, 캐서린의 이혼, 울지의 몰락보다 주목을 덜
받는 경향이 있으나, 사실은 극 전반에서 계속 다뤄지고 있는 중요한 문제이다.
앤을 지지하는 궁정세력은 반 가톨릭 세력이었고, 울지의 몰락을 바란 것도 반
가톨릭 세력이었다. 그런 시각에서 보면 왕의 이혼, 울지의 몰락도 단순히 개인의
문제가 아니다.

가디너 그런 개혁은 또한 불시의 것이라야 할 것입니다,

존경하는 의원님들, 왜냐하면 야생마를 길들이는 사람들은   55

손으로 잡고 같이 걸으면서 말을 온순하게 만드는 것이 아니라,

단단한 재갈로 입을 막고 박차를 가해서

다루는 사람들에게 순종하게 합니다. 만일 우리가

익애와 한 사람의 명예에 대한 어린애 같은 동정으로 해서

이런 감염시키는 질병을 방치한다면,   60

모든 약이 소용없게 되고 말 것입니다. 그러면 그 다음에는 어찌

될까요?

소요, 소동, 온 나라 전역이

병들겠지요, 바로 최근에 우리의 이웃나라

북부 독일이 목격한 대로 될 수 있습니다,[157]

그 끔찍한 기억은 아직도 생생합니다.   65

크랜머 훌륭한 의원님들, 지금까지, 저는

저의 생애와 저의 직분을 거쳐 오면서,

그리고 적지 않은 노력으로, 저의 설교와

성직이라는 굳건한 길이

한 길로, 무사히 가도록 애써 왔습니다. 그리고 그 목표는   70

지금껏 잘 되어 왔습니다. 살아있는 그 누구도─

이 말을 결백한 마음으로 말씀드립니다, 의원님들─

개인적인 양심에서든 공적인 지위에 있어서든

---

157. 이것이 가리키는 바는 1524년의 색소니와 투린지아의 농민 봉기나 1535년 뮌스터에서 있었던 재세례파의 봉기일 수 있다.

저보다 더 공공의 평화를 깨뜨린 사람을 미워하고

75 그에 대항하여 이리 저리 활동하고 다닌 사람은 없습니다.

하늘이시여 국왕께서 저보다 충성심이 덜한 마음을 가진 사람을

결코 찾지 못하시도록 해주십시오. 마음속에

시기와 구부러진 악의에 물을 주어 자라게 하는 사람은

가장 훌륭한 자라도 물어뜯습니다. 저는 여러 의원님들께 간청합니다,

80 이 사건에서 나의 고발자들이, 공정하게,

그들이 원하는 것을 하게 해주십시오. 면 대 면으로 서서

자유롭게 저를 고발할 수 있도록 해주십시오.

써포크   그건 안 됩니다, 대주교님,

그것은 가능치 않은 일입니다. 대주교님은 추밀원 의원 중의 한

분이시니,

그로 인해서 누구도 감히 대주교님을 고발할 수 없을 겁니다.

85 **가디너** 대주교님, 우리가 보다 중요한 안건이 있어서,

대주교님의 문제는 간단히 끝내야 할 것 같습니다. 대주교님에게

보다 나은 재판을

마련해드리라는 것이 전하의 분부이시고[158] 우리 모두도 동의하

는 바입니다.

지금 이 순간부터 주교님은 런던탑으로 수감되실 것입니다,

거기서, 다시 특권에서 벗어난 한 개인이 되셔서,

90 주교님은 많은 무례한 비난을 맛보시게 될 것입니다—

---

158. 가디너는 크랜머에 대한 조사가 국왕의 생각인 것처럼 말하여, 다른 추밀원 회원
들이 쉽사리 그에게 동조하게 만들고 있다.

아마도, 기대하신 것보다 더한 것들이 되지 않을까 걱정스럽습니다.[159]

크랜머 오, 훌륭하신 윈체스터 주교님, 저는 주교님께 감사드립니다.

항상 저의 좋은 친구이셨습니다. 만일 주교님 마음대로 될 것 같으면

저는 주교님을 재판관과 배심원 둘 다로 보게 될 것 같군요,

주교님은 아주 자비로우십니다. 저는 주교님이 목표하는 바를 알 95

겠습니다.

그것은 저를 파멸시키는 것입니다. 사랑과 온유함은,

성직자에게 야망보다 더 어울리는 것이지요.

방황하는 영혼들을 다시 온건함으로 되찾아 오십시오.

어떤 영혼도 던져버리지 말아주십시오. 저는 저 자신을 입증해보

이겠습니다,

저의 인내력에 주교님이 하실 수 있는 모든 무거운 것을 올려놔 100

주십시오,

저는 주교님께서 일상의 잘못을 저지를 때 양심의 가책을 느끼시

리라는 것을

추호도 의심치 않습니다. 저는 더 말할 수 있지만,

절 불러주신 데 대한 존경심에서 겸손하게 절제하겠습니다.

가디너 대주교, 대주교, 당신은 분파주의자 이단이오.

그것은 명백한 진실이오. 당신의 거짓된 광택에도 105

당신 속을 아는 사람들에게는, 말과 딴판인 결함이 훤히 보인단 말이오.

크롬웰 윈체스터 주교님, 주교님은 조금,

주교님의 호의에 비해서, 너무 말씀이 날카로우십니다. 고결한

---

159. 가디너의 거짓 생색내는 태도를 보여주는 말이다.

사람들은,

다소간의 잘못이 있더라도, 그들이 해온 일로 해서

존경을 받아야 합니다. 쓰러지는 사람에게 짐을 더 올려놓는 것은

너무 가혹한 일입니다.[160]

가디너   선량하신 서기관님,

내가 귀하에게 용서를 빌어야겠군요.[161] 하지만 이 회의석상에서 딴 사람도 아닌

귀하가 그렇게 말씀하시는 것은 가장 부당한 일이 될 거요.

크롬웰   왜지요?

가디너 내가 당신이 이 새로운 종파의[162] 애호자라는 것을

모르는 줄 아오? 당신은 건전하지가 않아.

크롬웰   건전하지 않다고요?

가디너 그래, 건전하지 않다고 말했소.

크롬웰   그렇게 정당하지 못한 말씀을 하신다면,

사람들의 기도가 주교님을 찾겠네요, 사람들의 두려움이 아니라.

가디너 이 무례하기 짝이 없는 말을 기억하겠소.

크롬웰   그러십시오.

주교님의 무례하기 짝이 없는 삶도 같이 기억하십시오.

추밀원장   너무 지나치십니다.

그만 두십시오, 모두들. 창피스럽습니다.

---

160. 두 사람 간의 신랄한 언쟁은 크롬웰의 프로테스탄트로서의 열정을 확인시켜 준다.

161. 아이러니컬하게.

162. 루터파.

가디너   그만 하겠습니다.

크롬웰   저도입니다. 120

추밀원장 [크랜머에게] 그러면 대주교님도 그러십시오. 만장일치로

　　　　동의가 되었음을, 저도 받아들입니다, 그로 인해서

　　　　대주교는 런던탑으로 죄수로 이송되고,

　　　　국왕전하의 후속 분부가 우리에게 알려질 때까지

　　　　거기 남아있게 되는 바입니다. 대감들, 모두 찬성하십니까? 125

모두　찬성합니다.

크랜머　　　　달리 자비를 구할 방법은 없습니까,

　　　　제가 런던탑으로 가야만 하는 것 말고는?

가디너   다른 무엇을

　　　　기대한다는 말이오? 당신은 이상하게 귀찮게 구는 사람이로군.

　　　　호위병을 대령하게 하시오.

　　　　　　　　호위병 등장.

크랜머   나를 호송하겠다는 말이오?

　　　　내가 마치 반역도라도 되는 양 그리로 가야만 하겠소?

가디너   그를 인수하라, 130

　　　　그리고 저 분이 런던탑에 안전하게 모셔졌는지 잘 살피라.

크랜머   잠깐, 대감들,

　　　　아직 말할 것이 남아 있소. 자, 거기 그걸 보시오,[163] 대감들,

---

163. 크랜머는 반지를 보여주는데, 다른 사람들이 그것을 살펴볼 수 있게 회의 탁자 위
　　에 놓는다.

이 반지에 힘입어, 나는 이 사건을

냉혹한 사람들의 손아귀에서 빼내어 가장 고귀한 재판관 중의 하

나이시며,

135 　나의 주인인 국왕전하께서 다루어주시길 청원하는 바입니다.

추밀원장 이것은 국왕전하의 반지입니다.

써리 　　　　　　　　　　　가짜가 아닙니다.

써포크 맙소사, 이것은 진짜입니다. 여러분에게 제가 말씀드렸지요,

우리가 처음 이 위험한 돌을 굴리기 시작했을 때,

그것이 우리 머리 위로 떨어질 수도 있을 거라고 말입니다.

노포크 　　　　　　　　　　　여러 의원님들,[164]

140 　국왕전하께서는 이 사람의 새끼손가락도

다치게 놔두지 않으실 것입니다.

시종장 　　　　　　　이제 이것은 너무나 분명해졌습니다.

그를 이렇게 중히 여기시는데 그의 목숨은 얼마나 더 하시겠습니까?

내가 이 일에서 무사히 벗어날 수만 있다면 좋으련만.

크롬웰 　　　　　　　　어쩐지 그런 생각이 들었습니다.

이분을 폄훼하는 소문과 평판을 조사해 보니,

145 　그의 정직은 악마와 그 제자들이나

시기할 그런 것들이었습니다.

숯불을 끄려고 입으로 불면 자기 자신을 태울 뿐입니다. 자 이 말

에 답변들 해보시죠!

---

164. 이 추밀원회의는 극에 등장한 거의 모든 귀족들과 궁정인들로 구성되어 있고, 그
들의 대화는 여러 귀족들에게 나뉘어져 궁정 귀족사회를 만들어 내고 있다.

왕이 등장하여, 그들에게 얼굴을 찡그려 보이며,[165] 옥좌에 앉는다.

가디너 경외하올 군주시여, 저희는 당연히 하늘에

　　　　날마다 감사를 드려야만 합니다, 이런 왕을 저희에게 내려주신

　　　　　데 대해서,

　　　　선하고 현명하실 뿐 아니라, 가장 신앙심 깊으신 분을.　　　　150

　　　　오직 순종하는 마음으로, 교회를

　　　　그분의 명예의 주된 목표로 삼으시고,

　　　　진실한 존경심에서 나오는 신성한 의무를 강화하시는 분을,

　　　　판단을 내리심에 있어 하늘의 재판관처럼

　　　　교회와 이 대 반역자 사이의 문제에 귀 기울여주시도다.　　　　155

왕　윈체스터 주교, 그대는 즉석에서 칭찬을 지어내는 데 가히 놀라

　　　　　운 재주가 있구려,

　　　　하지만 나는 그런 입에 발린 말을 들으려고

　　　　온 것은 아니오. 그리고 나의 면전에서

　　　　그런 말은 너무나 얇고 속이 드러나서 죄를 감추기 어렵소.

　　　　짐의 마음에 그대는 닿을 수 없으니, 스패니얼처럼 아첨하며,　　160

　　　　혀를 꼬랑지처럼 흔들고서, 나를 속여 넘겼다고 생각하는 거요?

　　　　하지만 주교가 날 뭐로 생각하든 상관없이, 나는

　　　　그대는 냉혹한 사람이고 잔인한 사람이라고 확신하오.

　　　　[크랜머에게] 착한 사람, 앉으시오. 자 누가 가장 교만한 사람인지,

---

165. 왕이 등장하자 추밀원은 모두 일어나서 왕을 맞이하고, 반지를 가져다 바치자 왕
　　은 엄한 표정을 짓는다.

내게 말해보시오

165 가장 무엄하게 굴던 사람을 — 자기 손가락을 그대에게 오만하게
　　흔들어대던 사람을.

모든 신성한 것에 맹세코, 그자는 차라리 천천히 굶어 죽는 게 나
　을 것이오,

그자도 그대 같은 상황에 처하지 않을 것이라고 생각하느니보다.

써리 　마마, 괜찮으시다면 —

왕 　　　　　　　　시끄럽소, 대감, 전혀 괜찮지 않소.

나는 내가 그래도 뭔가 분별이 있고 지혜가 있는 사람들을 나의
170 추밀원 고문들로 가지고 있으려니 했었는데, 이제 보니 단 한 사
　　람도 없구려.

대감들, 그래 이 사람, 이 착한 사람을 — 여러분 중에는

그런 이름으로 불릴 사람이 별로 없소 — 이 정직한 사람을,

이가 들끓는 심부름꾼 아이들 마냥 회의실 문간에 서서

기다리게 하다니요? 여러분과 똑같이 고위직인 분을 말이요?

175 아휴, 이 무슨 창피한 일입니까! 내가 여러분의 본분을 잊으라고

권한 위임을 했단 말입니까? 나는 여러분들에게

그를 한 사람의 추밀원 의원으로서 재판을 하라고 권한을 주었어요,

허드렛일 하는 일꾼으로서가 아니고. 이제 알겠어요, 여러분 가
　　운데 몇몇은,

성실함으로가 아니라 심술궂음으로 그에게 최대한

180 고통을 주려고 했군요, 여러분이 그럴 의도를 가지고 있더라도,

내가 살아 있는 한은 절대로 그러지 못할 것이오.[166]

추밀원장　　　　　　　　　　　　　　　　그만 노여움을 푸십시오,

저의 가장 경외하는 군주시여, 제 세치 혀를 사용하는 것이

전하의 마음에 거슬리지 않게 하여 주십시오. 대주교의 구금과

　관련하여

의도하였던 바는, 오히려 그의 재판을 돕기 위해서

그리 하였던 것이고-누구라도 진실을 말하면-　　　　　　185

세상 사람들에게 그의 명성을 삭제하는 공평한 모양을 보여주려

　는 것이었지

그 어떤 악의도, 제게는, 분명 없었사옵니다.

왕　　　　　　　　　　　좋소, 좋소, 대감들, 저 사람을 존중해 주시오.

그를 받아들여서 잘 써 주시오. 그는 그럴 자격이 있는 사람이오.

나는 그를 위해 이만큼만 말하겠소. 만일 왕이

어떤 신하에게 신세를 질 수 있다면, 나는　　　　　　　　　190

그가 준 사랑과 봉사로 인해, 그에게 신세를 지고 있소.

더 이상 나로 하여금 시간낭비하게 하지 말고, 모두 그를 포옹해주시오.

서로 우애 있게 지내시오, 부끄럽지도 않소, 대감들! 나의 캔터베

　리 대주교님,

내가 청이 하나 있으니 거부해서는 안 되오.

뭐냐 하면, 세례를 받기 원하는 아름다운 젊은 아가씨가 있다오.　195

---

166. 크랜머는 헨리의 총애를 누리다가 메어리 여왕 치세 중에 투옥되고 순교한다. 그
　　는 캐서린과 헨리의 결혼을 무효로 선언하는 신학적 근거를 마련하여 왕의 이혼
　　을 도왔고, 영국 국교회가 설립되는 데 최대 공로를 세웠으며, 『공통기도서』(*Book
　　of Common Prayer*)를 편찬함으로써 영국 국교회의 전례를 정비하고 통일시켰다.

대주교가 그 아가씨의 대부가 되어 세례식에서 그 애 대신 대답

을 해주셔야만 하겠소.[167]

크랜머 살아있는 가장 위대한 군주시여 부디

큰 영예 속에서 오래도록 번영하소서. 제가 어찌 그럴 자격이 있

겠습니까?

저는 보잘 것 없고 변변치 않은 일개 신하일 뿐입니다.

200 **왕** 됐소, 됐소, 대감, 스푼 값을 아끼고 싶은 거로군요.[168]

대주교를 두 명의 귀족 대모들이 거들 것이오 노포크 노 공작부인과

도셋 후작부인이오. 어떠시오,

마음이 놓이시지요?

자, 한 번 더 말씀 드리오, 윈체스터 주교, 나의 명령이오,

이 사람을 포옹하고[169] 화해하시오.

205 **가디너** 　　　　　　　　　　진실한 마음과

형제애로[170] 그리 하겠습니다.

크랜머 　　　　　　　　하늘은 제가 이 확약을

얼마나 소중하게 받아들였는지 증인이 되어주십시오.

---

167. 추밀원 장면을 엘리자베스의 세례식과 연결시킴으로써 크랜머의 예언 장면에 앞
서 그의 인상을 선명하게 하려는 의도이다.

168. 전통적으로 대부모의 선물은 한 세트의 '12사도 스푼'을 주는 데 근거한 유머. 스
푼 손잡이에 12사도의 모습이 새겨져 있다.

169. 이것은 여러 공연에서, 가디너가 헨리가 192행에서 내린 명령(모두 그를 포옹하
라)을 그때까지 행하지 않고 있었음을 암시하는 것으로 받아들여졌다.

170. 여러 공연들에서 형제애라는 이 단어는 어조를 다양하게 하고 있다. 약문 이 사이
로 하기도.

왕 잘 하였소. 기쁨의 눈물이 그대의 진실한 심정을 보여주는구려.

사람들의 입소문이 그대가 어떤 사람인지 잘 보여주고 있음을 나

　는 알고 있소,

그들은 이리 말한다오, '캔터베리 대주교에게　　　　　　　　　210

못된 장난을 쳐보라, 그러면 그분은 영원히 너를 친구로 대해 주리라.'

자, 여러 대감들, 우리는 시간을 허비하고 있소. 나는

이 젊은 아가씨를 크리스천으로 만들기를 열망하고 있어요.

이제 내가 여러분을 하나로 만들었으니, 앞으로도 서로 단합토록 하시오

내가 더 강력해질수록, 여러분은 더 많은 영예를 얻을 것이오.　　215

[모두 퇴장.]

3장

무대 안쪽에서 소란스러운 소리가 들린다.[171] 포터와 그의 부하가 등장.

포터   야, 이 악당 같은 놈들아, 조용히 못할래?

왕궁이 뭐 곰 놀리기 하는 파리스 가든[172]이라도 되는 줄 아냐?

이 배워먹지 못한 노예 놈들아, 소리 좀 그만 질러라.

[어떤 사람] (안에서) 착하신 문지기님, 저 수라간에서 일하는 사람

예요. 좀 들여보내주세요.

5 **포터**   교수대에서 일한다고 해봐라, 그래서 교수형이나 당하게, 이 악동아!

여기가 뭐 소리 지르는 데인 줄 알아? 박달나무 몽둥이나 한 짐

져 와라,

아주 단단한 놈으로다가. 이런 거는 저런 놈들에게는 싸릿대나

마찬가지일 게다.

이걸로 머리를 살살 긁어줄 테니까, 움하하하. 너희들, 세례식을

---

171. 장소는 왕궁으로 가는 주 출입문이다. 이곳을 지나서 세례식 행렬이 의식을 끝내
고 돌아가게 된다. 이 장면은 카니발의 분위기를 전달한다. 『연대기』에 그 출처
가 있지 않은 독자적 장면이다. 따라서 매우 극적 활기가 넘치는 역동적이고, 초
연 당시의 시민들의 모습이 반영된 장면으로 보인다.

172. 파리쉬 가든, 또는 파리스 가든은 황소나 곰을 사슬에 묶어놓고 개를 풀어 공격하
고 이를 구경꾼들에게 구경시켜주는 공연장이었다. 그곳은 뱅크사이드에 있어 셰
익스피어의 극장이었던 글로브 극장과 가까웠고, 동물들과 구경꾼들이 내는 비명
과 소음으로 아주 악명 높았다.

구경하려는 거지?

맥주와 케이크를 공짜로 받아먹으려고? 악당 같은 놈들!

부하 문지기님, 부디 고정하십시오. 이건 정말 사람으로서는 해내지 못 10
할 일입니다,

대포라도 쏘아서 저 사람들을 굴문 앞에서 쓸어내지 않는 한,

저들을 죄다 흩어버리지는 못 할 거예요, 이건 마치 오월절 날 아침에

사람들을 계속 재우려 하는 거나 마찬가지예요 — 그런 일은 결코
일어날 수 없어요.

저 사람들을 쫓아내느니 세인트 폴 대성당[173]을 밀어내는 게 나을 거예요.

포터 어떻게 저자들이 밀고 들어왔냐, 그리고 모가지는 분질렀냐? 15

부하 글쎄요, 잘 모르겠어요. 바다 물결이 어떻게 밀고 들어올까요?

4피트짜리 실팍한 몽둥이가 해낼 수 있는 만큼 —

여기 쬐금 남은 걸 보세요[174] — 사정없이 내리쳐서

저는 아무도 사정을 안 봐주었어요, 나리.

포터   너는 아무 것도 안 하셨어요, 나리.

부하 저는 투사 삼손이 아녜요, 거인 가이도 아니고, 콜브랜드도 아녜요, 20

제 앞에 있는 사람들을 풀 베듯이 넘어뜨릴 수는 없어요. 하지만 제가

몽둥이로 맞힐 머리를 가지고 있는 사람이라면, 젊은 사람이건 노인이건,

남자건 여자건, 오쟁이를 진 사람이건 오쟁이를 지게 한 사람이건,

다시는 등짝에 붙은 고기를 볼 생각을 못하게 하겠어요 —

---

173. 그 당시 런던에서 가장 큰 건물.

174. 포터의 부하는 아마도 부러진 몽둥이의 짧은 조각을 쥐고 있을 것이다.

소 한 마리를 준대도 저는 용서치 않을 거예요, 신이여 도우소서![175]

[어떤 사람] (안에서) 제 말 들리세요, 착하신 문지기 어르신?

포터 지금 나가세요, 귀여운 강아지 어르신.

[그의 부하에게] 이놈아, 문을 단단히 잠가라.

부하 제게 무슨 일이라도 시키시게요?

포터 네가 다른 무엇을 하도록 시키겠니? 스무 명씩 때려눕히는 일 말고

여기가 군인들 소집하는 무어필드냐?[176] 아니면 우리가

커다란 물건을 가진 이상한 인디언을 궁정까지 데려와 구경이라

도 시킨단 말이냐,[177]

우리를 둘러싸고 있는 여자들에게? 맙소사, 어마어마하게 많은

음행의 무리들이

문간에 모여 있구나! 나의 크리스천으로서의 양심에 맹세코, 이

한 번의 세례식이

천 명은 배게 하겠구나.[178] 여기 아버지, 대부, 그리고 모두가

있을 것이다.

부하 세례식의 스푼들이 더 커지겠어요, 나리. 문에서 가까운 곳에

---

175. 소고기 아니라 소 한 마리를 준대도 봐주지 않고 자신이 할 일을 하겠다. 별 의미
없는 농담.

176. 런던 시 북쪽 무어게이트 바깥에 있는 습지는 제임스 왕 때에는 시민군의 훈련에
쓰였다.

177. 포터는 아메리카 원주민의 육체적 경이를 언급함으로써 카니발적인 분위기를 더
해 주고 있다. 아주 큰 성기는 제임스 왕 때 얘깃거리가 되었던지 보몬트의 『불타
는 절구공이의 기사』에 암시되어 있다.

178. 장면을 억제할 수 없는 강력한 번식의 이미지로 바꾸고 있다. 세례식을 카니발로
바꾸고 다시 성적 열기로 채우고 있다.

한 남자가 있는데 ― 그는 얼굴로 보아서 놋쇠장인임이 틀림없어요,

왜냐하면 저의 양심에 맹세코, 스무 개의 복 날이 지금 그의 코를
 점령하고 불길을

토해내고 있으니까요. 그를 둘러싸고 있는 사람들은 지금 적도   40
 아래 있는 것처럼

더울 거예요. 그래서 그들은 다른 지옥불이 필요 없을 거예요. 저
 불 뿜는 용의

머리를 제가 세 번 때렸어요, 그랬더니 세 번 그의 코가 저를 향
 해 발사되었어요.

그는 저기에 박격포처럼 서서, 우리를 날려 버리려고 하고 있어요.

그의 옆에 있던 머리가 모자란[179] 모자상인의 아내가

제게 욕설을 해대고 테두리에 구멍이 숭숭 뚫린 죽 그릇 같이 생   45
 긴[180] 모자가

머리에서 굴러 떨어지고 난리 법석이 피어났어요. 제가 그 폭죽
 같이 생긴

놋쇠장인을 빗맞혀서 그만 그 여자를 때렸거든요, 그랬더니 그 여자는

'곤봉을 들어라'라고 외쳤고,[181] 그 여자를 구조하려고

멀리서 약 사십 명의 곤봉부대가 모여드는 것을

---

179. 모자상인은 머리가 모자라다고 놀리는 말이 있었기에 하는 말.
180. 이런 모자나 뒤에 나오는 털옷은 자코비언 시대에 유행한 패션. 그러므로 1613년
 당시의 청중을 즐겁게 하기 위해 청중 속 사람을 가리키며 말했을 수도 있다. 이
 것은 청중을 무대 위 사건에 참여시키는 효과도 있다.
181. 데커의『구두장이의 휴일』에 나오는 대사 '도제들은 몽둥이를 들어라'를 빗댄
 것.

볼 수 있었어요. 그 부대는 '스트랜드 거리의 희망'이라는 패거리
였지요,[182]

그 여자는 거기 살고 있었으니까요. 그들은 공격해왔고 저는 제
자리를 지켰어요.

마침내 그들이 제게 빗자루 하나 거리만큼으로 좁혀 왔어요.

저는 여전히 놈들을 허용하지 않았고요. 그때 갑자기 놈들 뒤에
서, 한 떼의 사내들이

어디에도 속하지 않은 사수들이 자갈을 소나기처럼 쏴대어서 저
는 그만

제 명예를 거둬들이고 그놈들에게 요새를 내주고 말았지요. 필시
놈들 가운데 악마가 있었던 것 같아요, 제 생각에. 분명해요.

포터   바로 그자들이 극장에서 소리를 지르고 먹다만 사과를 던지고 그
걸 가지고 싸우는

도제 놈들이야, 사형장이 있는 타워 힐의 '트리뷸레이션'이나

그들과 친한, 조선소가 있는 라임하우스의 '림스'같은

패거리가 아니고서는, 놈들을 당해 내지 못해.

나는 저런 놈들 몇을 림보 구역으로[183] 보냈지─거기서 놈들은
이 사흘간 아마도 얻어맞으며 춤을 추고 있을 거야─두 명의 교
구직원들이

---

182. 스트랜드는 템즈 강을 따라서 난 넓은 거리. 그 곳 공방에 소속된 도제들. 당시 1
층에 작업장이 있는 상인들의 멋진 집이 많이 있는 지역이었다.

183. 트리뷸레이션과 림스는 유명한 두 그룹의 말썽꾼들. 림보는 림스에 대한 말장난
일 수 있다. 아마도 런던을 지옥의 여러 구역들로 빗대어 말함으로써 희극적 말
장난을 제공하고 있는 듯하다.

베푸는 채찍질 잔치[184]가 거리에서 곧 벌어질 걸.

시종장 등장.

시종장 하느님 맙소사, 웬 군중이 이리도 많단 말이냐!

사람들이 점점 늘고 있구나. 사방에서 몰려들고 있구나,   65

마치 여기 장이라도 선 것처럼! 문지기들은 어디 있느냐?

이 게을러빠진 악당놈들! 아주 손을 잘 썼구나, 이 녀석들아!

옷을 단정히 차려입은 세련된 오합지졸을 집어 넣어줬구나! 이 사람들이

무법지대에 사는[185] 네 놈들의 의리 깊은 친구들이냐? 이러고도 틀림없이

귀부인들이 들어설 커다란 공간이 잘도 남겠구나,   70

그분들이 세례식을 끝내고 갈 때 지나가기 아주 충분하겠구나?

포터   시종장님께 한 마디 여쭙자면,

저희는 그저 사람입죠, 아주 많은 사람들이라야 겨우 해 낼 수 있는 일을,

몸이 여러 조각으로 찢기지 않고서도, 저희가 해냈습죠.

군대가 와도 저 인간들을 다스리지는 못합죠.

시종장   내가 살아있는 한,

만일 국왕께서 이 일로 나를 야단하시면, 나는 너희 놈들 모두를 75

발에 족쇄를 채워서, 마른 하늘에 날벼락같이, 너희 놈들 머리위에

---

184. 공개적 태형을 유머러스하게 하는 말.
185. 런던 사법권역 바깥 지역.

엄청난 벌금을 꽝 때려서, 이런 태만에 대해 벌을 주고 말겠다.

　이 게을러빠진 악당들,

여기 누워서 술이나 퍼 마시고 있었으렸다? 일을 똑바로 해야만

　할 때 말이야.

쉿, 트럼펫 소리가 들린다.[186]

80　벌써 세례식을 끝내고 돌아오고 있다.

군중 사이로 비집고 들어가서 길을 뚫어라

행렬이 막힘없이 지나갈 수 있도록, 그렇지 않으면

마샬씨 감옥에[187] 집어넣어 두 달 동안 거기서 놀게 해줄 테다.

포터　공주님 일행이 지나가시도록 길을 만들어라!

부하　　　　　　　　　　　　　　　　너, 거기 덩치 큰 놈,

85　바싹 붙어 올라서라, 그렇지 않으면 네 머리를 아주 아프게 만들

　어주겠다!

포터　거기 너 모피 입은 놈, 난간에서 일어낫─

그렇지 않으면 네 놈을 울타리 너머로 메다 꽂아줄 테니. [모두 퇴장.]

---

186. 이 트럼펫 소리는 5.4장의 트럼펫 소리와 같은 것일 수 있다. 따라서 84행의 '길
　을 만들어라'는 5.4장의 세례식 행렬이 실제로 무대로 입장하기 위한 대사일 수
　있다.

187. 사우스왁에 있는 감옥으로, 왕가의 식솔들 가운데 범죄를 저지른 사람들을 감금
　한다.

4장[188]

트럼펫 소리가 들리고 두 명의 시의회 의원들, 런던 시장, 가터 문장관,
크랜머, 문장원 총재의 권장을 든 노포크 공작, 써포크 공작, 굽이 달린,
큰 금배(金杯)에 세례식 선물을 담아 들고 있는 두 명의 귀족이 등장.
그 다음에 네 명의 귀족이 캐노피를 받쳐 들고 등장하고, 그 아래에는
대모인 노포크 공작부인이 화려한 망토 등등을 입힌 아기를 안고 있고,
그 옷자락을 받들고 한 귀부인이 따른다. 그 다음에 도셋 후작부인이
다른 대모로, 그리고 귀부인들이 뒤따른다.
행렬이 무대를 한 바퀴 돌고나서, 가터 문장관이[189] 연설한다.

가터 문장관   하늘이시여, 당신의 끝없는 선의로부터,

장수하고, 행복하고, 번영하는 일생을,

고귀하고 위엄 있는, 엘리자베스 영국 공주님께 보내주소서.

팡파르. 왕과 호위병 등장.

크랜머 [무릎을 꿇는다.] 그리고 국왕전하와 덕 높으신 왕비전하에게도,

모든 위안과 기쁨이, 하늘이 부모님을 행복하게 하려고 마련해주신   5

이 상냥한 공주님으로 하여,

---

188. 세례식은 1533년 9월 10일에 그리니치에 있는 그레이 프라이어 처치에서 이루어
    졌다.
189. 가터 문장관은 대관식 같은 국가의식 진행을 맡고, 세 명의 문장관 가운데 수석이
    다. 이 직책의 중요성은 앤의 대관식에서 가터를 담당한 토마스 리어슬리가 얼마
    후 추밀원장이 되는 데서 확인된다.

매시간 두 분께 이슬처럼 내리시기를,

훌륭하신 대모님들과 저는 기도드립니다.

왕   고맙습니다, 덕 높으신 대주교님.

공주의 이름이 뭐지요?[190]

크랜머   엘리자베스입니다.

왕   일어나시오, 대주교.

10 [아기에게] 이 입맞춤으로, 나의 축복을 받아라. 신이 너를 보호해
    주시기를,

신의 손에 너의 생명을 맡기노라.

크랜머   아멘.

왕 훌륭하신 대부모님들, 너무 과한 선물을 주셨군요.

진심으로 감사드리는 바입니다. 아마 공주도 그리 말할 겁니다,

그 애가 영어를 배우게 되었을 때.

크랜머   마마, 제가 한 말씀 드리겠습니다,[191]

15 이는 하늘이 저에게 명하신 바입니다. 그리고 제가 하는 말을 그
    저 하는 찬사로

생각지 말아주십시오, 장차 그 말이 사실임을 아시게 될 것이기
때문입니다.

이 왕의 아기는—하늘이시여 항상 이 아기와 함께 하소서—

---

190. 『공통 기도서』에 나오는 세례식 집전자의 질문을, 편의상 헨리 왕이 말한 것이다.
191. 여기서부터 이어지는 크랜머의 예언적 축복은 『연대기』에 근거한 것은 아니다.
     엘리자베스 1세 여왕의 치세와 첫 공연 당시인 제임스 1세 왕을 염두에 두고서
     말하는 기원적 메시지이다.

비록 요람 속에 누워있으나, 지금 이미 이 땅에

천의 천 가지 복을 가져오리라 약속하고 있고,

그것은 시간이 무르익으면 이루어지리라. 이 아기는— 20

지금 살아 있는 사람 가운데 그 위대함을 볼 수 있는 사람은 없겠으나—

같은 시대에 사는 모든 군주의 모범이 되시고

뒤에 오는 모든 군주에게도 그리되리라.[192] 시바 여왕이라도,

이 순수한 영혼만큼, 지혜와 아름다운 덕을 사모해본 적은

없으리라. 이처럼 위대한 작품을 만들어낼 25

왕다운 모든 기품은,

선을 옹위하는 모든 덕성과 함께, 공주님께

영원히 곱절로 더해지리라. 진실이 이 아기를 양육할 것이며,

신성한 하늘의 생각들이 언제나 조언하리라.

공주님은 사랑받고 경외되어지리라. 백성들은 축복할 것이며, 30

적들은 바람에 휩쓸린 수수밭처럼 떨리라, 그리하여 수치와 슬픔으로

고개 숙이리라. 고결함이 공주님과 함께 자라나리라.

그분의 시대에, 모든 사람은 자신이 심은

자기 포도나무 아래서 편안히 먹을 것이며, 이웃에게

평화의 노래를 즐거이 부르리라. 35

신은 그제야 진실로 알려지게 될 것이며, 주위의 사람들은

그분을 통해 완벽한 명예의 방식을 배우게 되리라,

---

192. 예언은 반복적으로 제임스 왕이 엘리자베스 여왕을 모범으로 삼아야 한다는 것을
암시하고 있다. 제임스의 치세에서, 시인들은 선왕에 대해 찬가를 부름으로써 간
접적으로 그를 비판하였다.

혈통에 의해서가 아니라, 명예의 위대함을 말해주는 행동에 의해서.

이런 평화는 그분과 함께 잠들지 않을 것이며, 그 경이로운 새,

40   처녀 불사조가 죽더라도,

그 재는 그분만큼 놀라운 또 하나의 상속자로

다시 태어나리라,

그래서 그분의 천복을 상속자에게 전하리라,

하늘이 그분을 어둠의 구름에서 불러낼 때,

45   그분의 영예롭고 신성한 재를 헤치고,

그분만큼 위대한 명성으로 별처럼 상승하리라

그리하여 하늘에 굳건히 자리 잡으리라. 평화, 풍요, 사랑, 진실, 경외는,

이 선택받은 아기의 종이 되었다가,

그때 그 상속자의 것이 되리라, 포도넝쿨처럼 자라나 그에게 닿으리라.

50   거기서, 하늘의 밝은 태양처럼 빛나리라

그의 영예와 그의 위대한 이름이

새로운 나라가 되고 새로운 나라를 만들리라.[193] 그는 번영하리라,

그리고, 거대한 삼나무처럼, 그의 가지를

둘레의 평원으로 뻗쳐 나가리라. 우리의 후손의 후손들이

이를 목도할 것이며 하늘을 축복하리라.

55 **왕**   훌륭하게 잘 말하였도다.

---

193. 이 구절의 앞, 뒤가 모두 성서 구절의 인용임을 알 수 있다. 특히 이 부분은 창세
기 17.4, 6절에서 인용된 것이다. '너는 많은 민족의 아버지가 될 것이다. 나는 너
를 크게 번성케 하리니, 네게서 왕들이 나오리라'라는 구절은 이 극이 초연된 시
기인, 제임스 왕의 딸 엘리자베스 공주와 프레데릭과의 결혼식 무렵에 행해진 여
러 설교문에 자주 나타난다.

크랜머 공주님은 영국의 행복이 되시고

성년이 되실 것입니다. 많은 날을 보실 것이며,

어느 하루도 그날을 영광스럽게 할 업적이 없는 날이 없겠습니다.

그 이상은 알지 못하였더라면 좋을 것을. 그러나 공주님은 돌아

　가셔야 합니다.

공주님은, 성인들이 데려가실 것입니다. 하지만 성처녀의 몸으로,　60

가장 흠 없이 순결한 백합꽃으로, 흙으로 돌아가실 것입니다,

그리고 온 세상이 그분을 애도할 것입니다.

왕　　　　　　　　　　　　　　　　　오, 대주교님,

그대가 나를 사람으로[194] 만들어 주었습니다. 이 행복을 주는 아

　기 이전에는

한 번도 나는 무얼 가져본 적이 없었습니다.

이 위안을 주는 신탁의 말씀은 나를 몹시 기쁘게 하여　　　　　65

하늘에 가서라도 나는

이 아이가 하는 일을 보고 나의 창조주를 찬양할 겁니다.

여러분 모두에게 감사드립니다. 런던 시장님과,

모든 런던 시민들에게, 나는 많은 은혜를 입었습니다.

이렇게 참석해주셔서 큰 영광입니다,　　　　　　　　　　　70

제가 감사히 여기고 있음을 아실 것입니다. 앞서 가십시오, 대감들,

가서 왕비를 만나 뵈시오, 왕비가 분명 여러분께 감사할 것입니다,

그렇지 않으면 마음 상해 할 것이오. 오늘 그 누구도

---

194. 이 단어 '맨'(man)은 '짐승, 괴물'의 상대어인 '사람'으로 볼 수도 있고, 성숙한
　　한 '남자'로 볼 수도 있다.

집에 두고 온 일을 생각하지 마시고, 모두 남아서 잔치를 즐기시오.
75 이 조그만 아이가 오늘을 축제일로 만들 테니까.

[모두 퇴장.]

에필로그 등장.

에필로그 틀림없이 이 극이 여기 계신 분들 모두를 기쁘게 해드리지는
      못하였을 것입니다. 어떤 분들은 느긋하게 쉬러 오셔서
      한두 개 막 동안에는 주무셨을 지도 모릅니다(그런 분들을 트럼
        펫 소리로
      놀라게 해드리지나 않았나 걱정이군요, 그런 분들은 분명
      이 극이 쓸모없다 하실 겁니다), 다른 분들은 런던 시민이   5
      조롱당하는 극을 보면 '그것 참 재치 있다'라고 외치시는데
      (저희는 그런 극은 해본 적이 없지요), 그렇다면 아마도
      이 극에 대해서 이때쯤 저희가 들을 거라고 기대하는
      칭찬이란 오직, 저희가 보여드린 것에 대한
      선량하신 숙녀분들의 자비로운 평가로 이루어질 것 같습니다.   10
      만일 그분들이 웃으시고, 그리고 이 극이 좋다고 말씀하신다면,
      저는 금방, 모든 훌륭하신 신사분들이 저희 지지자가 되었다는 것을,
      알게 됩니다. 왜냐면, 각자의 숙녀분들이 박수치라고 명할 때, 신
        사분들이
      가만 계셨다가는 큰 일이 날 테니까요.   [퇴장.]

끝.

작
품
설
명

1. 시간

『헨리 8세』에서 무대화되고 있는 시간은 1521년 버킹엄 공작의 체포(1.1장)로부터 1533년 엘리자베스 공주의 세례식(5.4장)까지로, 극 전체에 걸쳐 그 시간 동안의 주요 사건들이 에피소딕하게 펼쳐지고 있다. 하지만, 플롯 안에 축약된 사건들로 보면 헨리 8세와 불란서의 프란시스 1세 사이에 있었던 1520년의 영불 평화조약부터 크랜머의 순교가 있는 1556년까지의 사건들이 언급되고 있고, 더 나아가 인물들의 대화 속 언급과 마지막 장면의 미래에 대한 예언을 통해, 장미전쟁 말기의 리처드 3세와 헨리 7세에서부터, 엘리자베스 여왕의 치세와 제임스 1세로의 계승까지를, 즉 튜더 왕조 전체를 다루고 있음을 알 수 있다. 이 극의 특징인 많은 사건과 여러 이야기를 다루고 있다는 점은, 비평가들에 의해 산만하다고 비판되기도 하지만, 관객들의 입장에서는, 왕과 귀족들의 생활에 대한 다양한 볼거리를 제공해 주어서 흥미롭고, 일반인들도 겪는 애정, 결혼생활, 출산, 그리고 개인의 번영과 몰락에 관한 이야기를 보여주어서 쉽게 공감할 수 있다는 장점으로 작용하기도 한다. 그런 면에서 이 극은, 정치적 쟁점이나 권력의 승계과정을 주로 다루고 있는 셰익스피어의 다른 사극들에 비해, 한국의 TV 사극과 닮은 점이 많이 있다.

극의 주인공인 헨리 8세에 대해 시간 속의 위치를 이해하기 위해, 그의 재위기간을 살펴보면, 1509-1547년이 조선의 중종 시기인 1506-1544년과 겹쳐짐을 볼 수 있다. 두 왕은 생몰시기도 헨리 왕이 1491-1547년, 중종이 1488-1544년으로, 두 왕 모두 19세 즈음에 즉위하여 57세에 몰하고, 약 38년간 재위하였다는 공통점도 가지고 있다. 이런 사실들은 『헨리 8세』의 한국 공연을 위해 이를 한국 역사 속의 어떤 시간과 공간으로 끌어올 필요가 있을 때 참고가 될 수 있을 것이다. 그러나 무엇보다도, 헨리 왕을 시간의 흐름 속에 세워보는 일은, 국가와 왕조의 안위를 위해 적법한 결혼 속에서 태어난 남아 상속자를 가지려는 헨리의 열망과 분투를 이해하고, 그의 탐욕, 성급함, 변덕스러움, 비겁함마저도 시대적 한계를 가진 한 인간의 행동으로 공감하는 일을 가능케 할 수 있다.

이 극에 등장하는 주요 사건들로는 버킹엄의 반역사건, 캐서린 왕비와의 이혼 재판, 울지의 실각과 그의 죽음, 앤 왕비의 대관식과, 엘리자베스 공주의 세례식이 있다. 그리고 크랜머 탄핵사건을 통해 그 일각이 드러나고 있는 종교개혁을 둘러싼 갈등이 있다.

버킹엄 공작의 체포(1.1.장)는 1521년에 일어나는데, 체포 후 한 달 안에 재판과 사형집행(2.1장)이 이루어져 세간의 놀라움과 애석함을 산

사건이었다. 여기에는 울지가 개입했다는 소문이 있었고 1.2장은 그것을 반영하고 있다.

1528년에서 1533년까지 진행되는 헨리 왕의 캐서린과의 이혼 재판은 이 극에서 가장 주된 사건으로 볼 수 있는데, 극의 전반부는 이 사건을 직간접으로 반영하고 있다. 신사 1과 신사 2가 왕이 이혼을 고려하고 있다는 소문에 대해 이야기를 나눈 후(2.1장), 대신들이 울지의 횡포에 대해 비난하는 장면에서 써포크는 왕의 마음이 향하고 있는 곳을 암시하고, 문제를 해결하기 위해 로마에서 교황의 대리인이 도착한다(2.2장). 앤에게 시종장이 왕의 선물을 전달하기 위해 다녀가고(2.3장), 1529년 블랙프라이어 홀에 이혼법정이 설치되고(2.4장), 추기경들이 캐서린을 방문하여 이혼에 대해 동의할 것을 종용하고(3.1장), 4.1장에서는 신사들이 1533년에 있은 앤 왕비의 대관식을 구경하면서 캐서린에 대해서 혼인무효가 선언되고 왕세자의 미망인으로 그 지위가 격하되었음을 이야기하고 있다. 4.2장에서는 1536년의 캐서린의 죽음과 천상에서의 부활을 암시적으로 보여주고 있다.

울지의 실각은 캐서린의 몰락보다 더 극적이다. 1529년의 그의 실각은 돌연하고 급격한 전락의 인상을 강조하는데(3.2장), 첫 장면에서부터 그의 권세는 막강하고 견고하였으며 왕의 전적인 신뢰를 받아왔었기 때문이다. 울지의 죽음은 캐서린의 죽음의 장면과 병치되어 서술되고 있지만 실제로 그는 그보다 훨씬 앞선 1530년에 체포되어 런던으로 압송되어 가다가 노중에서 병사한다.

극 후반에서 그려지고 있는 1533년 6월의 앤 왕비의 대관식(4.1장),

9월의 엘리자베스 1세의 탄생과 세례식(5.1, 3-4장), 미래의 군주 엘리자베스와 제임스 1세에 대한 예언적 축복의 장면(5.4장)은, 극의 플롯에서 보면 왕의 딸이며 여왕인 캐서린의 부활을 상징하는 사건들로 해석되기도 하지만, 당시의 시사적 필요에 의해 배합되어진 장면으로 보는 견해도 있다. 이 극의 초연이 있었던 1613년 무렵, 제임스 1세의 딸 엘리자베스 공주와 팔라틴 선제후 프레데릭의 결혼식이 있었고, 매스크와 패전트로 아름답게 꾸며진 이 극을 왕가의 결혼축하 공연적 성격의 것으로 읽어내기 때문이다. 셰익스피어가 운영하던 극단의 이름은 '왕의 부하들'(King's Men)이었고 왕은 제임스 1세를 지칭하였고, 극단은 통상적으로 패트런의 행사에 참여하였다.

크랜머의 탄핵과 왕의 개입(5.2장) 사건에서 드러나는 종교개혁 문제는 『헨리 8세』에서 덜 주목을 받는 경향이 있으나 사실은 극 전반에서 조용히 다루어져온 중요한 갈등이다. 앤을 지지하는 궁정세력은 반 가톨릭, 반 교황지지 세력이었고, 울지의 몰락을 기원하고 환호하는 것도 반 가톨릭 세력이다. 캐서린과의 이혼마저도 왕의 개인적 욕망과 궁정의 복잡한 권력투쟁이 연합하여 이루어진 것이라 볼 수 있다. 이런 사실은 헨리 왕의 여섯 번의 결혼과 이혼 과정을 살펴보면 더 분명해진다. 이 극에서는 직접 다루어지고 있지는 않지만 역사를 알고 있는 관객이라면 극중의 작은 단서에서도 쉽사리, 관련된 암시를 읽어낼 수 있다. 5.1장에서 토마스 러벨에 의해 앤의 진통과 난산이 왕에게 보고되어지는 것은 뒤의 에드워드 6세를 낳고 사망한 제인 씨모어를 연상시키는데 그녀는 로만 가톨릭이었고 같은 성향의 평민들과 궁정인들의 지지를 받았다. 그녀의 사후, 대륙의 프로테스탄트와 연합하여 가톨릭 세력을 견제하고자 한 토마스 크롬웰에 의해 앤 오브 클레베와 결혼이 성사되지만 헨리 왕의 실망을 사서 혼인은 취소되고 크롬웰은 실각하고 결국 참수됨으로써 프로테스탄트 지지 세력은 약화된다. 이후 캐서린 하워드와의 결혼의 배후에는 앤 불린 때 세력을 누렸던 하워드 가가 있었는데 보수적인 하워드 가는 가톨릭으로의 회귀를 추구하였다. 이것은 프로테스탄트인 크랜머에 의해 캐서린 하워드가 간통 혐의로 고소되는 데 한 가지 배경이 된다. 마지막 왕비 캐서린 파아는 프로테스탄트에 대한 지지를 드러냈었기 때문에 가톨릭 세력의 반대를 받아 여러 번 분란에 휩싸여 왕과의 관계가 위험에 처하기도 하였다. 이렇게 헨리의 궁정은 로만 가톨릭 세력, 영국 국교 세력, 대륙의 여러 프로테스탄트 분파들의 세력이 충돌하며 각각 왕의 측근이 되어 정권을 장악하고자 하는 경쟁이 지속되었다. 이런 세력 다툼은 헨리 왕 사후 프로테스탄트 교도인 에드워드 6세의 치세 하에서, 그리고 다시 확고한 가톨릭이었던 메어리 여왕 치세에서 계속되어진 사실이 5.2장에 등장하는 가디너와 크랜머/크롬웰의 팽팽한 대결에, 그리고 사실 그 앞 장의 헨리 왕의 고민에 찬 어두운 얼굴에, 고도로 압축되어 있다. 크랜머는 1556년 메어리 여왕 때 화형당한 프로테스탄트 순교자로 명성이 높은 인물이었기에 제임스 왕 시대의 프로테스탄트 관객들에게 그는 종교개혁의 명백한 기호가 되고 종교개혁의 역사 전체와 동일시되었다. 마지막 장에서 크랜머는 예언자로 신성화되어 있다. 반면 가디너가 냉정하고 악랄한 성격의 분명한 악당으로 그려지고, 그에 앞서 울지 추기경이 교활한 음모와 탐욕을 꾀하다가 패망한 악인으로 그려지고 있는 것도 이러한 관점에서 바라본다면, 현대 독자와 관객에게 어느 정도 공정한 시각을 회복하게 해줄 것으로 보인다.

2. 장소

극중 행동이 이루어지는 장소는 왕궁이 있는 런던과, '왕세자의 미망인'이 된 캐서린이 살고 있는 케임브리지셔의 킴볼튼으로 나누어진다. 이렇게 한 장면을 제외하고는 모두 런던 장면이므로 세분하여 살펴볼 필요가 있다. 런던에서도 왕궁 안 뿐 아니라 궁 밖의 여러 건물과 거리가 사용되고 있다. 왕궁 안에서는 대신들이 머무는 공간, 왕이 정사를 보거나 대신들이 회의를 하는 추밀원, 임금의 침전과 왕비의 처소로 해석할 수 있는 곳이 보이고*, 궁 밖에서는 궁과 인접한 요크 플레이스(화이트홀)와 블랙프라이어즈 홀과 그레이프라이어즈 교회, 그리고 웨스트민스터 대성당으로 가는 거리, 궁궐 입구 등이 행동이 벌어지는 장소로 사용되고 있다. 셰익스피어 극에서는 무대 배경을 생략하고 장소 설명은 최소화함으로써 크게 부각시키지 않는 면이 있으나, 대사를 통해 어느 정

---

* 30편이 넘는 셰익스피어의 극본에는 당대의 관습에 따라 장소에 대한 설명이나 인물의 등·퇴장이 지시되어 있지 않았고 현재의 텍스트에 보이는 그것들은 편집자들이 뒤에 추가한 것이다. 물론 마음대로 추가된 것은 아니고 셰익스피어의 동료 배우들 이래로 전수되어온 오랜 무대 전통 속에서 그리한 것이다. 그러나 지문의 최소화라는 당대의 관습에도 불구하고 『헨리 8세』의 경우에는 셰익스피어 전집의 첫 번째 출판본이었던 『첫 이절판』에도 헨리 왕과 캐서린의 추밀원 장면, 이혼법정, 대관식, 세례식 행렬 장면에 인물들의 등장순서와 행동에 대한 상세한 지문이 들어 있어 역사적 사실에 충실하려는 의도를 보여주고 있다. 그 점은 이 극의 부제가 『모든 것이 사실이다』(*All is True*)라는 데서도 드러난다.

도 추측이 가능하며, 장소나 공간의 성격을 분명히 해보면 극중 행동을 이해하고 재현하는 데 큰 도움이 된다. 당시에 대관식이나 결혼식이 열리는 곳은 웨스트민스터 대성당이었다. 이것은 마치 굳이 장소를 명기하지 않아도 임금의 즉위식이 있으면 그곳이 경복궁 근정전이라는 것이 조선시대 사람들이 누구나 다 아는 것과 같은 것이다. 그런 기본 정보가 부재한 채로 작품을 읽는 것보다는, 극중 장소와 장소 사이의 떨어져 있는 거리나, 각 장소의 방향과 위치, 그 건물이나 대지의 대략적 규모를 짐작해낼 수 있다면 인물들의 대사와 행동에서 더 많은 것을 볼 수 있을 것이다. 이 극의 많은 장면들이 단순히 '궁내의 한 방'(a room in the court)이라고 표시되어 있는데 여기서 말하는 궁은 헨리 왕의 주 처소였던 웨스트민스터 궁이다. 울지의 연회가 벌어지는 요크 플레이스로 대신들이 배를 타고 서둘러 가는 모습이 그려지고(1.3장), 헨리 왕도 가면무도자의 복색으로 배에서 내려 요크 플레이스에 당도하는 것으로 보고된다(1.4장). 웨스트민스터 궁과 요크 플레이스는 가까이 인접해 있고 모두 템스 강변에 위치해 있었다.** 2.1장에서도 버킹엄 공작이 웨스트민스터 홀에서 재판을 받고 나와서 배로 타워로 이동하는 장면이 나온다. 그가 탈 배를 그의 신분에 걸맞게 장식하라는 니콜라스 보의 말에 버킹엄은 고사한다. 타워 즉 런던 감옥은 템스 강을 따라 하류 쪽으로 내려가서 있다. 공간적 이해를 가지고 극을 읽거나 보는 것은 독자와 관객을 2차원의 세계에서 3차원의 세계로 이동하게 해준다.

** 사진 1 런던 지도 참고.

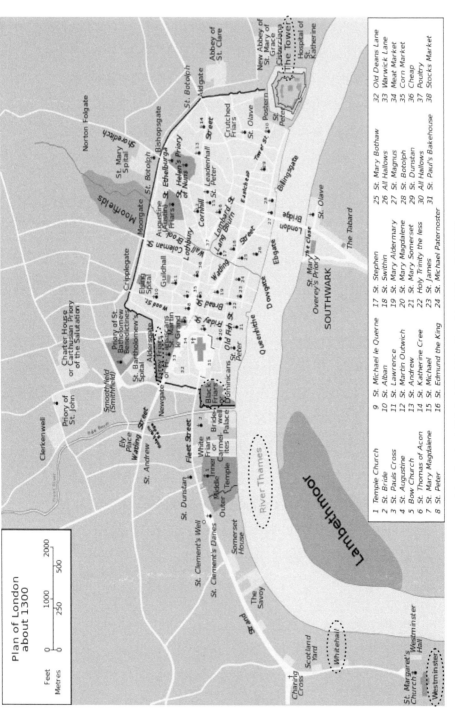

Plan of London about 1300

Feet   0   1000   2000
Metres 0   250   500

1	Temple Church	9	St. Michael le Querne	17	St. Stephen	25	St. Mary Bothaw	32	Old Deans Lane
2	St. Bride	10	St. Alban	18	St. Swithin	26	All Hallows	33	Warwick Lane
3	St. Pauls Cross	11	St. Lawrence	19	St. Mary Aldermary	27	St. Magnus	34	Meat Market
4	St. Augustine	12	St. Martin Outwich	20	St. Mary Magdalene	28	St. Botolph	35	Corn Market
5	Bow Church	13	St. Andrew	21	St. Mary Somerset	29	St. Dunstan	36	Cheap
6	St. Thomas of Acon	14	St. Katherine Cree	22	Holy Trinity the less	30	All Hallows	37	Poultry
7	St. Mary Magdalene	15	St. Michael	23	St. James	31	St. Paul's Bakehouse	38	Stocks Market
8	St. Peter	16	St. Edmund the King	24	St. Michael Paternoster				

사진 1. 웨스트민스터, 화이트홀, 블랙프라이어즈 홀, 그레이프라이어즈 교회, 런던 타워

이혼법정이 차려지는 블랙프라이어즈 홀은 왕궁으로부터 먼 거리는 아니지만 조금 떨어진 곳에 위치하고 있다. 극중 장면으로 왕과 울지, 대신들이 긴 행렬을 이루어 입장하여 무대 주변을 한 바퀴 돌아 들어오는 행렬극(pageant)을 보여주는 것은 왕실의 위엄을 떨쳐 보이려는 것인 동시에 장소의 이동을 암시하는 무대약속이다. 헨리 왕이 이곳을 이혼법정으로 택한 이유는 그 옆에 왕의 다른 처소인 브라이드웰 궁이 템스 강의 지류인 플리츠 강을 마주하고서 회랑으로 연결되어 있어 재판의 전후에 휴식처로 쓸 수 있었기 때문이다. 또 그의 이혼 문제를 다루기 위해 초빙되어온 국내외의 여러 종교학자들의 처소가 그곳이었기 때문이기도 했다. 브라이드웰이나 요크 플레이스는 모두 울지의 계획 하에 지어지고 확장되었는데, 울지의 몰락 후 요크 플레이스는 왕의 소유가 되어 이름이 화이트홀 궁으로 바뀌었음이 신사들에 의해 이야기될 만큼 그 규모와 화려함은 엄청난 것이었다. 요크 플레이스가 몰수된 후 헨리 왕은 울지의 적이었던 앤 불린과 함께 그곳의 보물을 점검하였다는 기록이 있다. 엘리자베스 공주의 세례식이 열린 그레이프라이어즈 교회는 블랙프라이어즈 수도원과 인접한 곳이다. 블랙프라이어즈 수도원은 도미니칸 수도회 소속이고 그레이프라이어즈 수도원은 프랜시스칸 수도회 소속이다. 이외에도 센트럴 런던에만 해도 화이트프라이어즈로 불린 카멜 수도원, 베네딕트 수도원, 성 오거스틴 수도원, 성 헬렌 수녀원이 있었으나 모두 1536년 무렵의 수도원의 해산(dissolution of monasteries)으로 붕괴되어 버린다. 대원군의 서원철폐에 비견되는 대사건이라고 할 수 있다. 셰익스피어 때 블랙프라이어즈 홀을 겨울철 실내극장으로 임대하여 썼다는 기록이 나오는데 바로 그런 사건으로 해서, 한때 그토록 많은 사람들이 드나들던 수도원이 관리자 없이 폐가가 되다시피 했기에 가능한 일이었다.

궁 안에서 쓰이는 극중 장소로는 우선 왕의 침전이 있고, 왕비의 처소가 있다. 왕의 침전에서 왕은 울지와 캄페이우스를 독대하기도 하고 (2.2장), 써포크 공작과 프리메로 게임을 하면서 크랜머를 기다리고 있기도 한다(5.1장). 왕의 침전에는 노포크 등의 대신들이 울지를 탄핵하고자 찾아오기도 하고 물리쳐지기도 한다. 토마스 러벨은 앤의 출산소식을 알리러 와서, 크랜머와 왕의 대화를 엿들으려고 하다가 회랑 근처에 머물지 말고 물러가도록 엄명을 받고 있다. 이 공간에는 왕의 시중을 드는 앤서니 데니 경이 드나들기도 한다. 왕비의 처소는 먼저, 캐서린의 시녀로 있는 앤이 늙은 나인(Old Lady)과 함께 왕비가 되는 일의 두려움에 대해 이야기를 주고받다가, 시종장으로부터 왕이 보낸 작위와 하사금을 전달받는 장면에 쓰이고 있다(2.3장). 그곳은, 다시 반대로, 이혼을 받아들이기를 거부하는 캐서린을 울지와 캄페이우스, 두 추기경이 방문하여 왕의 명을 따를 것을 회유하는 장면(3.1장)에 쓰여 한 쌍의 대조를 이루고 있다.

궁은 또한 대신들이 만나고, 이야기 나누는 곳이기도 하다. 노포크와 버킹엄이 만나는 곳도 궁 안의 한 방으로 되어 있고(1.1장), 시종장이 쌘즈 경과 더불어, 불란서에 다녀온 젊은 귀족들의 허세와 악에 대해 개탄하다가, 지나가는 토머스 러벨 경을 불러 새로 나붙은 방에 대해 전하게 하는 곳도 궁 안의 한 방이다(1.3장). 노포크, 써포크, 시종장 등이 모여서 울지의 오만과 횡포를 성토하다가(2.2장), 왕의 침소로 찾아가지만 왕의 심기를 상하게 하고 만다. 뒤에 써리 백작까지 합세하여 울지를 공격하고, 이어진 그의 몰락의 소식에 쾌재를 부르는 장면에서는 그 곳에 왕이 등장함으로써, 대신과 왕의 공동의 공간 또는 왕의 공간과 인접한 공간을 만들어내고 있다. 궁은 또한 정사를 보는 곳이기도 하기에, 1.2장에서는 왕이 귀족들과 울지와 함께 입장하여 버킹엄 공작의 측량관이었던 자를 심문하는 장면에 쓰이고 있다. 이 공간은 추밀원으로 되어 있다. 추밀원은 또 크랜머를 탄핵하는 장소로도 쓰이고 있다. 이곳에는 앞서 언급한 모든 대신들이 모여들고, 거기에 왕의 고문인 가디너, 왕의 비서 크롬웰, 캔터베리 대주교 크랜머가 합세한다. 이로써 왕궁에는 왕의 침전, 회랑, 왕비의 처소와, 대신들이 만나고, 집무하는 공간이 모두 갖추어진다.

왕과 귀족들 외에 이 극에 등장하는 다른 인물인 신사들의 공간은 웨스트민스터로 향하는 거리이다. 그곳은 그들이 궁정과 정치세계에 관한 정보와 세간의 풍문을 나누고 그에 대한 서로의 의견을 교환하는 곳이다. 그리고 거리와 궁이 만나는 자리에 궐문지기인 포터와 그의 부하가 등장하여 몽둥이로 자신들의 권위를 표하면서, 양쪽 영역을 분명히 경계 짓고 있는 역할을 하고 있다(5.3장). 물론 그 구분은 때로 군중의 힘 앞에서 무너져 버릴 수 있다는 암시가 세례식을 구경하려는 사람들의 카니발적인 흥분된 분위기를 통해 전달되고 있다. 그리고 그에 앞서 신사 3에 의해서, 대관식을 구경하려는 사람들로 꽉 들어차서 손가락 하나도 들어갈 틈이 없는 공간에 대한 희화적 묘사가 있다(4.1장).

런던이 주는 활기는 킴볼튼에서는 전혀 찾아볼 수 없다. 캐서린은 혼인무효 판결이 난 후 더 이상 왕비가 아니고 궁에서 살 수 없다고 하여 1533년 5월 이후 런던에서 상당히 먼 킴볼튼 성으로 거처를 옮긴다. 그녀는 이미 그 이전, 1531/2년 겨울에 왕궁에서 추방되어 헤리퍼드셔의 모어 성에서 살고 있었는데 더 멀리 옮겨간 것이었다. 킴볼튼의 궁벽지고 초라함에 대한 묘사는 예를 취하지 않고서 그녀의 처소에 불쑥 들어온 무식한 심부름꾼의 모습으로 대변되고 있다. 그러나 그녀의 불호령이 왕비의 당당함을 일시에 회복시키고 찰스 황제의 대사 카푸치우스가 격식 있는 문안을 드림으로써 그곳은 왕비의 처소가 된다.

3. 등장인물들 간의 관계 1

프롤로그를 말하는 배우가 등장하여 이 극이 숭고한 비장미가 있는 극임을 소개하고 들어간 후, 극의 첫 장면은 버킹엄 공작과 노포크 공작의 대화로 시작된다. 두 사람이 궁성의 한 곳에서 마주쳐서 인사를 나눈 후, 지난번 있었던 불란서와의 화약이 매우 성대하게 치러진 장관이었음을 화제로 삼다가, 대화는 그 일을 주관한 울지 추기경에 대한 이야기로 옮겨간다. 두 사람이 이야기를 나누는 태도를 보면 둘은 같은 공작이지만 노포크가 버킹엄의 질문에 자세히 대답하는 방식을 취함으로써 상대를 예우하고 있고, 또 노포크는 울지에 대해 격한 비난을 토로하는 버킹엄에게 분노를 가라앉히도록 조언을 할 때도 거리를 유지하고 말하고 있음을 볼 수 있다. 버킹엄은 노포크와 같은 공작 지위를 가지고 있지만 그것은 성격이 다른 지위였다. 이 극에서 버킹엄은 표면상 요승의 꼬임에 넘어가 헨리 왕에 대적하여 방자한 마음을 품고 신중하지 못한 말을 일삼다가 가신의 밀고로 사형당한 대역죄인으로 그려지고 있다. 버킹엄의 배경을 살펴보면 그의 본 이름은 에드워드 스태퍼드(1478-1521), 제3대 버킹엄 공작으로, 어려서 아버지를 잃고 8살 때부터 헨리 왕의 할머니의 감독 하에 자랐다. 그의 부친이 리차드 3세에 대항하다가 참수되고 호칭과 가산을 몰수당한 것을 헨리 7세가 상속권을 회복시켜주고 에드워드 형제를 자기 어머니에게 맡겼기 때문이다. 헨리 7세의 모후는 왕의 어머니(King's Mother)라는 칭호를 누렸고 며느리인 엘리자베스 요크와 팽팽하게 맞섰던 것으로 알려진 인물이다. 이런 성장 환경 뿐 아니라 버킹엄이 스스로를 헨리 왕과 대등한 인물로 여기게 된 배경에는 두 사람이 모두 플랜태지넷 가의 방계 후손이고, 왕실 소유 토지의 큰 부분을 차지하고 있는 보운 가의 토지 상속권에 관련되어 있다는 사실이 있다.

버킹엄 공작 에드워드 스태퍼드는 뒤에 사형집행장으로 가면서 한 마지막 연설에서 자신을 에드워드 보운이라고 지칭함으로써 보운 가의 후계자임을 언급하고 있는데, 이는 자신이 토지상속권과 나아가 왕위계승권에 있어 헨리와 대등함을 드러내려는 것이다. 헨리 왕이 후사 없이 죽었을 때 자신이 뒤를 이을 수 있다는 그의 생각에는 전혀 근거가 없지는 않다. 14세기의 대규모 토지 소유자였던 험프리 보운에게는 두 딸이 있었는데 작은 딸 메리는 헨리 볼링브룩(뒤의 헨리 4세)과 결혼하게 되고 큰 딸 일리노어는 토마스 우드스톡(에드워드 3세의 막내아들)과 결혼한다. 우드스톡 부부는 동생 메리의 상속분을 자신들의 권한 내에 두기 위해 그녀를 어린 나이에 수도원으로 보냈지만, 미래의 왕권에 대한 계획을 가지고 있던 우드스톡의 형이며 볼링브룩의 아버지 존 곤트(에드워드 3세의 다른 아들이며 리처드 2세의 동생)는 그녀를 데려가 아들의 약혼녀로 삼았던 것이다. 이로 인해 보운 가의 토지는 양분되어 상속되었다. 버킹엄 공작은 큰 딸 쪽에서 내려온 후손이고, 헨리 왕의 조상은 작은 딸인 헨리 4세 쪽에 닿아있는 셈인데, 헨리 왕의 부왕인 헨리 7세는 헨리 5세의 미망인이 자신의 가신인 오웬 튜더와 재혼하여 낳은 아들의 후손이기에 (즉 헨리 7세는 헨리 6세의 아들도 손자도 아니다. 그런 그가 왕으로 추대될 수 있었다는 것은 그가 그만큼 훌륭한 인물이라는 증거이기도 하지만) 부계로만 보면 상속권에 있어 스태퍼드보다 더 우위라고 주장하기 어려운 점이 있다. 귀족 칭호와 상속재산이 같이 승계되는 제도 하에서 토지상속권과 왕위계승권은 별개의 것이 아니다. 이런 점에서 볼 때 대토지 소유자이며 여러 갈래로 왕실의 후손이 되는 버킹엄 공작은 왕실 종친과 유사한 위치를 점하고 있다고 볼 수 있다. 그것이 헨리 왕의 궁정에서 고위직을 가지고 있고 훨씬 나이가 많은 노포크 공작(1443-1524)이 버킹엄에 대해 예우하는 배경이 된다. 헨리 왕이 인정한 대로 버킹엄은 달변에 학식도 깊고, 평민들의 사랑을 받았다.

한편, 그와 대화를 하고 있는 노포크 공작도 궁정 고관으로써 상당한 지위를 점하고 있다. 그의 본 이름은 토마스 하워드이다. 이 작품에 등장하는 버킹엄 공작, 노포크 공작, 써포크 공작, 써리 백작, 로드 애버지니, 링컨 주교와 같은 이름은 개인의 이름이 아니고 지명이고, 필시 그 어원은 영지와 관련된 것으로 추측할 수 있다. '로드'와 '써'는 우리말로 모두 '경'으로 번역되는데 로드는 뒤에 성만 붙이고, 써는 이름과 성을 모두 붙여서 쓴다. 반면, 로드 챈슬러(추밀원장)나, 로드 챔벌린(시종장)은 인명이나 칭호가 아니고 직책명이다. 이 책의 등장인물 소개 부분에서는 그런 구분을 분명히 해주기 위해 두 인물의 경우, 직책명으로 소개하였다. 다시, 노포크로 가보면, 그는 버킹엄 공작과 사돈 간이기도 한데 그의 아들 토마스 하워드가 버킹엄의 딸과 결혼하였기 때문이다. 그의 아들은 실상 이 극에 등장하는 써리 백작으로 울지에 대해 거침없이 비난하고, 장인인 버킹엄의 복수를 다짐하는 다소 다혈질적인 인물로 그려지고 있다. 써리 백작은 아버지와 이름이 같고 1524년 부친의 사망으로 작위를 계승하여 제3대 노포크 공작이 되지만 극중에서는 부자 관계임을 드러내지 않은 채 각각 헨리 왕의 대신들로 역할하고 있다. 그리고 극중 인물로서의 노포크 공작은 엘리자베스의 세례식까지 계속 등장하면서 전형적인 궁정의 노대신으로서 신하들의 의견을 주도하고 왕에게 문제제기를 하는 고관을 보여준다.

노포크에 대해 다른 특기할 사항은 그가 바로 앤 불린의 외할아버지라는 사실이다. 노포크의 큰 딸 엘리자베스는 토마스 불린과 결혼하였는데 그는 재능 있는 외교관으로 해외에서 근무하여 앤은 어려서부터 외국에서 생활하고 네덜란드, 프랑스 궁정에서 인문학적 교양을 얻고 최상의 귀족교육을 받을 수 있었다. 그녀는 예쁜 외모와 영특함으로 인해서 어릴 때부터 왕족들의 눈에 띄어 네덜란드 지역을 다스리던 마가렛 대공비의 후원을 받았고, 헨리 8세의 누이인 메어리가 불란서의 루이 12세와 결혼하게 되자 그의 시녀(maid of honor) 자리를 얻게 된다. 이 시녀라는 직책은 당시의 귀족여성들이 가질 수 있는 영예로운 자리로 허드렛일을 하는 몸종의 개념이 아니고 왕족의 위엄을 과시해 보이는 수행원이나 경호원 그룹 정도로 볼 수 있다. 그들은 궁정에서 머물면서 고급문화와 사교를 즐기고 거기에서 형성되는 이권과 특권을 누리고, 섬기는 대상에 충성을 바치고 대신 보호를 받는 관계를 형성할 수 있었다. 앤은 메어리 여왕의 의붓딸이자 다음 왕비가 된 클로드 왕비의 시녀로 7년간을 보내면서 불란서어와 당대 유럽 최고의 인문학적 분위기를 가지고 있던 불란서 궁정의 온갖 기예와 학문, 사교술까지 접하게 되었다. 이 극의 1.3장에는 불란서화된 영국 귀족 젊은이들의 허세와 악에 대한 풍자가 나오고, 1.4장의 울지의 연회에는 그런 인물들이 모여서 술잔치와 재담과 춤과 매스크를 보여주기도 하는데 앤은 그런 분위기에 잘 적응하고 있다. 불란서 궁정은 인문학적 공부와 토론 모임을 숭상하는 분위기도 있었고 그것을 주도한 사람은 바로 루이 12세의 뒤를 이어 왕이 된 프랜시스 1세와 그의 누나인 마거릿이었다. 남매는 어린 시절을 궁정 아닌 민간, 이탈리아 가까운 곳에서 자유롭게 자라나 인문학에 대한 이해가 깊었고 이것은 앤이 불란서 궁정에서 교육받으면서 받은 영향중의 하나였을 것으로 추정되고 있다. 달리 말하자면, 여성교육이 부재했던 시대에 궁정은 여성들의 교육에 대한 욕구를 채워주던 장소 중의 하나였다. 왕비가 될 여성의 조건으로 교양을 중시했던 헨리 왕은 여러 번 궁정의 귀부인들과 결혼하는데(스페인 왕녀인 캐서린 아라곤과 독일 공주인 앤 클레베를 제외한 다른 네 명의 아내들은 앤 불린, 제인 씨모어, 캐서린 하워드처럼 왕비의 시녀였고, 마지막의 캐서린 파아는 메어리 공주의 시녀였다), 이것은 왕비의 시녀들이 그가 만날 수 있는 가장 교양 있고 아름다운 여성

그룹이었기 때문이었을 것이다. 물론 거기에 그가 원하는 대로 건강한 남아 상속자를 출산할 수 있으리라는 기대를 가지게 하는 여성이라는 조건이 추가되었다. 앤은 1522년 무렵 결혼을 위해 불란서로부터 귀국하지만 그 결혼은 성사되지 않는데 그 이유는 결혼 상대자였던 그녀의 사촌이 울지의 애호를 받는 시동이었고 울지는 루터파인 앤과의 결혼을 반대했었기 때문이다. 울지와의 악연은 이미 이때 시작되었다고 할 수 있다. 그로 인해 외국에서 교육받은 재능 있고 아름다운 앤은 캐서린 왕비의 시녀 자리에 추천되어 궁정에 들어오게 되고 결국, 헨리 왕의 눈에 띄게 된다.

4. 등장인물들 간의 관계 2

이 극에는 버킹엄 공작과 헨리 왕, 헨리와 캐서린 왕비, 캐서린과 울지 추기경, 울지와 헨리 왕 같은 개인 간의 갈등뿐 아니라, 그룹 간의 갈등도 극의 처음부터 끝까지 극을 추동해 나가는 힘으로 작용하고 있다. 대립하고 있는 두 세력은 극의 뒷부분에서는 가톨릭과 프로테스탄트로 선명하게 나눠지지만, 앞부분에서도 이미 세습귀족 세력과 신진관료 세력의 갈등으로 존재하고 있음을 볼 수 있다. 그런 면에서 보면 개인 간의 갈등마저도 단순히 개인적인 것이 아니라고 할 수 있다. 왕을 중심으로 양 세력 간의 밀고 당김은 여러 가지 이름으로 수시로 표면화된다.

세습귀족들이 가진 계급주의적 사고는 첫 장면에서 버킹엄 공작이 울지를 비난하면서 "거지 놈의 학식이 양반의 혈통보다 낮게 여겨지다니" 말이 안 된다, "이 세상에 사람과 사람 사이에 당연한 구별도 없는 것이냐"(1.1.123, 139)라는 대사에서도 드러나고 있다. 노포크 공작도 울지가 귀족들을 공경대부에서 시동으로 만들어버렸다고 분개하고, 써포크 공작은 귀족들이 울지의 노예나 마찬가지 상태에 있다고 한탄한다 (2.2.42-46). 또 써리 백작 역시 울지가 있는 한, 귀족의 후손들이 한 사람도 신사가 되지 못할 것이라고 격정적인 태도를 보이고 있다(3.2.292). 이것은 모두 울지를 향하고 있어서 울지 개인의 악덕에서 비롯된 것처럼 보이기도 하고, 울지가 부패한 가톨릭 추기경이어서 그의 종교에 대한 비난인 것처럼 보일 수도 있다. 그러나 이것은 동시에 울지가 속한 신진 관료세력에 대한 기득권층의 저항이기도 하다. 울지는 극이 시작될 때 이미 집권한지 10년 정도 된 상태였기에 일견 그 역시도 기득권층의 한 사람으로 보인다. 하지만 그가 가문의 도움 없이 본인의 능력으로 입신 하였다는 점이 여러 번 강조되는 것으로 보아 귀족세력의 반감의 근거가 그가 가진 계급적 이질성에 있음을 짐작할 수 있다. 울지의 몰락 후 보수 와, 신흥 개혁 진보세력 간의 갈등이 크랜머 탄핵 장면에서 종파 간의 다 툼이란 이름으로 반복되는 것을 보면 양 세력 간의 대립이 이 극 전체를 관통하고 있는 주요한 갈등임을 착안할 수 있다.

헨리 왕실에서 귀족계급은 대부분 왕의 아버지인 헨리 튜더, 헨리 7 세를 왕으로 옹립하는 데 기여한 공신그룹이고, 그 이전부터 내려온 오 래된 귀족가문이기에 대를 이어 궁정고관직을 맡고 있는 현재권력이기 도 하다. 왕은 자신의 비호세력이자 견제세력이기도 한 이들 귀족들에게 토지와 작위를 하사하며 적정한 거리를 유지해야 할 필요가 있다. 한편, 왕에 의해 발탁되고 중용된 신진관료들은 한 사람 한 사람이 고위성직자이거나, 법률, 상업, 신학, 회계 분야의 전문가들로, 스스로 입신출세할 수 있을 만큼의 지식과 역량을 가진 걸출한 인물들이며, 무엇보다 왕에게 절대적 충성을 바치는 사람들이라는 점에서 왕의 호감을 사고 왕의 손발로 봉사하고 있다. 울지, 크랜머, 크롬웰 같은 인물들이 바로 그런 인물들이다. 1.2장에서 왕은 울지의 어깨에 기대어 입장하는 모습으로 울지에 대한 의존과 신뢰를 표하고 있다. 이런 행동은 둘 사이의 밀접한 관계를 시각화하려는 의도적 장치이다. 왕은 울지에게 "모반자가 겨눈 총의 조준선 안에 서 있는 것이나 마찬가지로 위험에 빠져 있던" 자신의 목숨을 구해준 데에 대해 감사를 표한다. 그리고 2.2장에서는 울지를 "상처받은 양심에 편안을 주고, 왕의 아픔을 치료해주는 약"이라고 칭찬한다. 이는 바로 앞서 노포크 공작과 써포크 공작에게 늦은 시간 왕의 침소에 찾아와 방해하는 무례함에 대해 불같이 진노하던 장면과 나란히 배치됨으로써 그 대비를 매우 선명하게 하고 있다. 그러나 캐서린과의 혼인무효에 대한 요구가 교황청에 의해 받아들여지지 않는 상황이 되자 그 일을 맡은 가톨릭 추기경 울지에 대한 왕의 신뢰는 거품처럼 꺼지고, 앤과 결혼하고자 하는 왕의 욕구를 실현시켜준 프로테스탄트 학자 크랜머에게 옮겨가는 모습이 연쇄적으로 이어지는 것을 볼 수 있다. 종교적으로 가톨릭에서 프로테스탄트로 대개혁이 일어나지만 왕을 중심으로 보면 자신의 욕망을 실현시키는 데 도움을 주는 신하를 총애하고 권력과 명예를 하사한다는 점에서 대상만 달라졌을 뿐 똑같은 패턴을 가지고 있다. 왕권을 강화하고 계승시키고 귀족세력을 적절한 선 안에 통제하려는 것이다. 외교노선의 향방마저도 국내 문제를 해결하거나 예방하려는 것인 경우가 허다하다.

이런 시각에서 보면, 신진관료의 중용에 저항하며 그 반대편에서 세습귀족의 이익을 옹호하고 있는 극중 인물들은 버킹엄, 노포크, 써리 백작, 써포크 공작 등이다. 세습귀족 집단은 그들 역시 왕의 권력에 의존하는 존재들이지만 왕이 약하면 언제라도 왕을 바꾸거나 대신할 수 있다는 생각을 가진 사람들이었다. 영국 역사는 그 점을 증명하고 있다. 극의 시작부분에서 버킹엄이 그런 예를 보여주었고, 이 극에 직접 나오지는 않지만 헨리 8세의 왕비를 낸 귀족 가문들에는 에드워드 6세의 외삼촌들을 비롯하여 그런 생각으로 권력을 농단하다가 참수형을 당한 인물들이 허다하였으며 이는 셰익스피어 시대 관객들도 잘 알고 있는 바였다. 외적의 난이나 종친의 모반은 한국사에만 있는 것은 아니다. 궁정귀족세력과 왕의 총애를 받는 신진관료세력 간의 대결이 가장 극적으로 무대화된 장면은 울지의 몰락장면인 3.2장과 크랜머 대주교 탄핵장면인 5.2장이다. 앞 장면에서는 울지의 몰락으로 노포크, 써리 백작, 써포크, 시종장 같은 귀족 그룹이 승리하고, 뒤 장면에서는 크랜머가 왕의 등장으로 그를 체포해서 런던 타워 감옥으로 압송하려던 추밀원 귀족들에게 승리한다. 크랜머가 내미는 왕의 반지를 보고 혼비백산하는 추밀원장, 써리, 써포크, 노포크, 시종장의 모습은 희화화되어 있다. 이는 궁정대신 그룹이 왕의 총애를 잃은 울지를 조롱하며 곰놀리기 시합(bear-baiting)에서 피 흘리고 죽어가는 곰을 둘러싸고 요란하게 짖어대는 사냥개들처럼 의기양양하게 조롱하던 모습과 대비를 이룬다.

한편 귀족집단이라고 해서 모두 왕의 반대편에 서있는 것은 아니다.

그 안에서도 왕에 대한 충성도 또는 의존도에 따라, 다시 말해 왕을 지지하는 데서 얻게 되는 이익의 다소에 따라 그 차별성은 세분화된다. 첫 번째 장면에서 버킹엄 공작과 노포크 공작은 각기 다른 쪽 문으로 등장하여 무대 위에 선다. 그들이 조우하는 곳은 궁정으로 설정되어 있고, 두 사람은 얼마 전에 있었던 왕과 귀족들의 대규모 불란서 방문과 평화조약 체결 장면에 대해서 이야기 나누기를 시작한다. 그러다가 영의정에 해당하는 대법관(Lord Chancellor) 울지 추기경이 지나가는 것을 보게 되자, 버킹엄이 내밀한 감정을 토로하고 노포크가 진심어린 조언을 해주는 것으로 보아 둘이 친밀한 관계임을 짐작할 수 있지만 두 사람의 관계는 단순하지 않다. 두 사람은 모두 최고 서열의 귀족이고 울지를 미워한다는 점에서는 동지이다. 그러나 버킹엄은 왕위계승 서열에서 논의의 대상이 될 수 있는 인물이라는 점에서 왕의 잠재적 적이고, 노포크는 누대에 걸쳐 왕실에 봉사해온 귀족가문의 일원으로 왕의 권력에 의존하고 있는 대신이라는 점에서 왕의 편에 속하고 왕의 입장을 대변하는 인물이다. 실제로 버킹엄의 반역죄에 관한 재판인 최고 귀족회의에서 노포크는 버킹엄과 사돈지간인 자신의 연루에 대해 혹시라도 있을 왕의 의심을 적극 회피하였고 이 점은 뒤에 울지의 조소(3.2.269)를 통해 지적되고 있다. 그런 점에서 두 사람이 무대의 서로 다른 방향에서 입장하는 것은 그들의 관계가 가진 대립적 요소에 상응한다.

반면, 공공연한 적인 울지와 버킹엄 사이의 적대감은 울지가 궁정 복도를 지나쳐갈 때 두 사람이 주고받는 시선과 표정에서 명백히 드러나고, 버킹엄의 대사와 버킹엄 집의 가신인 측량관에 대한 왕의 심문에서 울지가 하는 역할과 몸짓을 통해 분명해진다. 두 사람 간의 적의의 단초는 버킹엄의 울지의 출신 성분에 대한 경멸에서 시작된 것으로 설정되어 있다. 버킹엄은 귀족우월주의자로, 입스위치의 푸줏간 집 아들인 울지를 비곗덩어리라 부르며 그를 왕 바로 다음 자리에 있는 재상으로 인정하지 않는다. 버킹엄에게 울지는 비천한 출신에다, 자신의 사욕을 위해 왕을 조종하는 음흉하고 탐욕스런 거짓말쟁이로 보이기에 존경할 수가 없다. 버킹엄의 울지에 대한 경멸은 사적인 감정에서 비롯되는 것처럼 보이지만 그 근저에는 신흥세력의 궁정장악과 왕권의 절대화에 대한 귀족집단의 불만이 놓여있다. 울지는 후사를 세우지 못해 불안해하는 왕이 버킹엄에 대해 위협을 느끼고 있음을 알고서, 왕의 칼을 빌려 자신을 모욕하는 버킹엄을 없애고 이를 계기로 자신에 대한 왕의 신임을 더욱 공고히 하려고 계획하고 있다. 연회 장면에서 보듯 울지는 왕이 무엇을 좋아할지 알고 있으며, 그래서 몰락 직전까지도 왕의 마음을 돌려놓을 수 있을 것이라고 자신한다.

그 자신이 세습귀족이라기보다는 신진관료세력인 울지가 그의 집에서 연회를 베풀어 불란서풍을 좇는 무리들로 언급되는 새로운 세력이 모여드는 장소를 제공하고 있다는 것은 그래서 논리적이다. 새로운 세력은 정치적일 뿐 아니라 문화적 세력이기도 하다. 새롭고 낯선 유행, 의상, 매너, 교양, 종교적 차이를 가지고 영국과 런던과 궁정을 향해 진격해오고 매료시킨다. 기성 보수 세력은 이에 위협을 느끼고 예의주시한다. 그들의 위기감은 1.3장에서 시종장, 쌘즈 경, 러벨 경이 불란서풍이 영국 궁정에 만연하여 젊은이들을 타락시키고 있다고 성토하는 장면에서 묻어 나온다. 세 사람은 불란서풍의 표정, 걸음걸이, 인사하는 법, 테니스 같은 새로운 운동경기, 반바지와 스타킹, 깃털모자, 결투방식, 불꽃놀이 같은 오락을 조롱하고 전통적인 것, 영국적인 것의 위축에 대해 개탄한다. 이것은 다른 시각에서 보면 그들 자신의 세력의 위축을 분개하는 것이기도 하다. 이어지는 울지의 연회 장면은 바로 이런 새로운 매너와 의상을 갖춘, 세련되고 우아한 일단의 사람들을 무대 위에 등장시키고 불란서풍의 실제를 보여주고 있다. 쌘즈와 앤이 주고받는 성적 암시가 담긴 재담은 불란서식의 연애놀이를 보여주는데 아이러니컬하게도 그것을 비난하던 쌘즈 경 자신도 그런 분위기에 영합하고 있다. 뒤이어 왕과 수행원들이 합세하여 벌이는 매스크와 춤은 이 새로운 세력이 궁정과 런던의 대세가 되어 있음을 여실히 보여주는 것이다.

연회 장면에서 헨리 왕(1491-1547)은 30대 초반에서 후반 사이의 나이로, 연회의 사회를 보고 있는 불란서풍의 멋쟁이 연기를 하고 있는 길포드 경만큼 젊은 모습으로 그려져야 한다. 길포드는 가벼운 터치로 그려져 젊은 인상을 주는데 실상은 헨리가 그보다 2년 연하이다. 헨리는 뒤에 세 번째 왕비인 제인 씨모어가 에드워드 왕자를 낳고 죽자 몹시 상심하여 상복을 입고 3년간 애도하며 홀몸으로 지냈는데 이때 과식으로 비만해져서 오늘날 알려진 그의 초상화의 모습으로 변모되었다. 만능 스포츠맨이며 훌륭한 댄서였던 청년기의 그를 고려하면 앤을 처음 만나는 이 장면에서는 그런 모습이 반영되는 것이 합당할 것이다. 앤 불린 (1501-1536)도 이 장면에서 20대 초반에서 후반 사이이고, 대관식 장면에서는 30대 초반으로 그려져야 한다. 이에 더해 말하자면, 캐서린 아라곤(1485-1536)은 이혼법정과 추기경들의 방문 장면에서 40대의 아직 매력을 간직한 모습으로 그려질 필요가 있다. 앤과의 대조를 위해 50대의 늙은 여자로 그려지는 경향이 셰익스피어 공연사에 있어 왔는데 이는 부당한 설정이라고 할 수 있다. 그녀는 영국 국민들의 사랑과 연민을 받았다. 이 극에서 캐서린은 헨리 왕보다는 울지와 맞서는 모습으로 등장하고 그녀가 나약한 여성으로 그려져 있지는 않다. 그녀는 왕을 알현하러 왔을 때 그에게 공손한 애정을 보여주고, 카푸치우스 대사에게 부탁하는 그녀의 유언장 속에서도 왕에 대한 사랑을 유지하고 있다. 그러나 이혼 청문회에서, 그리고 두 추기경의 방문에서 그녀는 당당한 모습을 보여주고 있다. "부디 조심하시오, 나를 슬프게 짓누르는 무거운 돌이 당신들 위로도 떨어지지 않도록"(3.1.110-11)이라고 말할 때는 예언자적인 권위마저 지니고 있다. 죽음이 가까이 다가오고 육신이 무너져 가는 순간에도 무례한 하인에게 호령을 내지르고 꼿꼿한 위엄을 지키려는 모습을 보여주는 것은 진짜 왕비가 누구인가를 분명히 하려는 작가의 장치이다. 자신이 왕의 딸이라는 점을 강조할 때 그리고 하늘의 여왕으로 부활하리라는 환상 장면의 메시지를 통해, 캐서린은 엘리자베스와 마찬가지로 여왕으로 각인된다.

울지는 60대 후반의 당당한 풍채에 노회한 눈빛을 가진 정치가이다. 그는 많은 미움을 받고 있지만 동시에 여러 군데서 지적되듯 오직 자신의 힘으로 계급의 계단을 기어올라 권력의 상층부에 도달할 만한 능력자이기도 하다. 울지 이후 영국은 프로테스탄트 세력이 집권하게 되었기에, 가톨릭 주교이자 권력의 정점에 있다가 단번에 추락한 울지는, 패자에게 공정하지 않은 역사기록 속에서 오명을 통째로 뒤집어쓰고 있는 면도 있다. 마치 『베니스의 상인』에서 유대인 샤일록이 크리스천의 입장에서 온통 부정적인 시각으로 그려지는 것과 마찬가지이다. 헨리 왕의 정신적 지주가 울지에서 크랜머로 바뀌었음이 3.2장에서 울지와 크롬웰의 대화로 말해지고 있지만, 역사적 사실로는 울지는 1529년에 실각하여 1530년에 사망하고, 크랜머가 왕이 앤 불린과의 합법적 결혼을 할 수 있도록 캐서린과의 결혼에 대한 혼인무효선언을 하는 것은 1533년이다. 울지와 크롬웰의 대화는 몇 년간에 걸쳐 일어난 사건들을 압축하고 있다. 울지는 더 이상 등장하지 않지만 4.2장에서도 캐서린과 그리피스가 서로 정반대되는 시각에서 울지의 평전을 구두로 길게 서술함으로써 무대 위에 부재하는 울지를 조명하고 있다.

울지가 연회를 마련하고 그 연회에 앤 불린이 참석해서 왕과 만나게 된다는 극적 설정은 아이러니컬하다. 또한 같은 가톨릭이지만 서로의 이해관계가 달랐던 캐서린 왕비를 제거하고 불란서 왕의 누이와 헨리 왕을 결혼시키려던 그의 계획이 그의 몰락의 단초가 되었다는 설정도 아이러니컬하다. 이것은 역사적 사실과 완전히 일치하지는 않지만 어느 정도 개연성을 가지고 있다. 연회장면에서 재현되는 불란서풍의 유행과 그 영향 아래 있는 젊은 귀족남녀들은 과거의 울지처럼 새로운 세력이고 이제는 구세력이 된 울지의 몰락과 연관된다. 첫 장면에서 언급되는 헨리 왕과 불란서의 프란시스 1세 왕의 화약장면이 상징적으로 보여주는 대로 영국과 불란서와의 교류가 활발해지자 여러 면에서 생소하고 개혁적인 사고방식을 가진 궁정인이 대량 수입되는 결과가 생기는데, 이것은 변화를 원한 당시 영국의 상황에 부합하였기 때문으로 볼 수 있다. 신흥 상공인과 아메리카, 인도로부터 들어오는 세금으로 왕은 귀족에 대한 의존도를 낮출 수 있게 되었다. 가톨릭의 부패에 대한 국민들의 염증은 왕의 반 가톨릭 정책이 몰고 올 수 있었던 반발을 어느 정도 줄일 수 있게 했다. 왕의 이혼법정에서도 보수세력과 신흥세력은 캐서린과 앤을 지지하는 세력으로 나뉘어 대리전의 양상을 띠고 있었다. 앤과 크랜머는 모두 루터파이다. 이 극의 추밀원 탄핵장면과 세례식 장면에서 크랜머에게 부여되는 성인과 예언자적 면모는 종교적, 정치적 갈등이 영국 국교회의 성립이라는 신진세력의 승리로 끝났음을 보여주는 증거이다.

인물들 간의 갈등은 관객의 눈앞에서 확연한 대조군을 이루며 시각화되기도 하지만, 보이지 않는 대상과 대립하는 한 쪽의 모습을 통해 시각화되기도 한다. 1.2장에서 왕은 무대에 등장하지 않는 버킹엄과 대립하는 모습을 지속적으로 보여주는데 그것은 측량관의 증언에 흠칫 놀라기도 하고 격분하기도 하고 마지막에는 암살자의 칼에 찔린 듯 벌떡 일어나 선언적으로 말하는 모습을 통해서 그렇게 하고 있다. 이것은 왕이 상상하고 있는, 실제보다 더 무시무시한 적을 보여주고, 그리고 그런 적과 대결하고 있는 왕의 모습을 관객에게 보여주는 방법이다.

보이지 않는 대상과의 대립을 보여주는 다른 예는 앤과 늙은 나인이 왕비가 되는 일의 두려움에 대해서 한담을 나누는 장면에서 볼 수 있다. 두 사람은 캐서린이 20여 년의 혼인생활을 한 후에 혼인무효가 되게 된 상황에 대해 놀라워하고 있다. 앤은 세상 재물을 다 준다 해도 왕비 같은 것은 되지 않겠다고 말하고 늙은 나인은 자신은 동전 세 닢만 준다 해도 왕비가 되겠다고 농담으로 받고 있는데, 두 사람이 이야기를 하고 있는 곳은 바로 캐서린 왕비의 처소이다. 그 곳에 시종장이 찾아와 왕이 하사하는 후작부인 작위와 연 수입이 일천 파운드 되는 토지를 전달하는 것은 앤의 승리이자 긴장과 불안을 유발하는 비밀스러운 모반사건이다. 시종장의 등장으로 왕이 이혼하려는 사유가 드러났을 때 관객은 어떤 보이지 않는 눈길이 장면 내내 존재해왔음을 의식하게 된다. 앤이 그녀의 친구에게 여기서 들은 일을 중전마마께 알리지 말아달라고 하는 말에서, 외견상 가벼운 농담으로 이루어진 이 장면이 내포하고 있는 긴장은 분명한 것이 된다. 긴장은 대립하는 두 개의 요소 사이에 형성되는 힘과 에너지이다.

5. 다른 인물들

울지의 연회에 참석하러 가는 세 명의 궁정대신, 시종장, 쌘즈 경, 러벨 경의 극중 나이 설정은 그들이 궁정의 보수세력 전반을 보여주는 인물들이라는 점을 고려하여 행해질 필요가 있다. 울지의 연회는 실제로 1527년경에 있었지만 이 극에서는 이 연회장면의 다음 장면에 1521년에 있었던 버킹엄 공작의 처형장면이 놓여 있기에 장면의 극중 시간을 그 이전인 1520년경으로 잡아야 한다. 러벨이 언급하는 코트 게이트에 나붙은, 미풍양속을 해치는 행위를 처벌하겠다는 포고문(1.3.17)과 유사한 명령이 1519년에 있었다는 점을 생각해보면 이런 설정은 부자연스럽지 않다. 1524년에 사망한 러벨은 헨리 7세 때부터 봉사한 노대신이고 이때 이미 고령이었으므로 70대로, 시종장은 1520년 무렵 이 직책을 맡았던 우스터 백작(1460-1526)을 기준으로 60대로 설정하는 것이 타당하다. 쌘즈 경(1470-1540)도 뒤에 시종장 직을 맡지만 우스터의 후임이고 그보다 연하라는 점에서 50대로 설정할 수 있다. 70대, 60대, 50대 나이의 대신들이 무대에 등장하여 궁정사회의 사건과 동향들에 대해 이야기할 때, 즉시 궁정이라는 공간이 만들어진다. 인물들은 그들의 존재만으로도 공간의 성격을 만들고, 그들이 경험하고 있는 사건들을 이야기함으로써 시간마저 만들어낸다.

시종장은 극 전체에서 주요 인물들을 제외하고는 노포크, 써포크와 더불어 가장 많이 출연하고 있는데, 극중 시간은 앞서 시간 부분에서 말하였듯 1521년에서 1533년까지 진행된 사건들로 구성되어 있어 여러 명이 이 직무를 맡았기에 특정한 한 인물로 고정할 수 없다. 그는 역사적 인물이라기보다, 여러 인물이 합성되고 거기에 보편성이 추가된 극적 인물로 보아야 한다. 16세기 영국 궁정의 시종장은 왕가의 살림을 맡아하는 집사장(執事長)과 같은 역할로 궁궐의 인사관리와 출납, 재정을 담당했다. 이 직책은 왕실의 관습에 정통해야 했고 백작 계급이 담당하는 경우가 많았다. 극중의 시종장도 왕의 연인에게 선물을 전달하고, 조련된 말을 비롯한 물품의 수급을 담당하고, 문지기들을 닦달하여 세례식 행렬의 궐문 통과를 지휘하고 있다. 그는 말 관리인이 보내온 편지를 읽는 장면에서 자기보다 권세가 강한 울지 추기경과 부딪히지 않으려는 보신주의를 보이고, 노포크가 울지의 만행을 왕에게 상소하는 자리에 같이 하자고 할 때도 왕의 심부름을 핑계로 자리를 피해버린다. 노포크 공작이 그에게 "친절하신 시종장님"이라고 부르는 것은 반어적 어조이다

(2.2.60). 이 시종장은 왕의 정부 앤이 가진 전망을 저울질해보고, 크랜머 대주교에 대한 왕의 비호의 증거물을 보았을 때는 왕의 진노를 눈앞에 본 양 사색이 되는, 그러면서도 궁궐 문지기와 그의 부하에 대해서는 엄청난 벌금을 때려 감옥에 처넣어 버리겠다고 위협하는 전형적인 궁정 관료, 윗사람 눈치를 살피고 아랫사람에게는 을러메는 행동이 자못 당당한 인물을 만들어내고 있다. 그는 극중 유일하게 궁정 고관에서 말단까지 모두를 상대하고 있는 대신이다.

쌘즈는 실제 인물을 모델로 하고 있지만 불란서식 걸음걸이와 절하는 방법을 풍자하고, 재담과 성적 농담으로 분위기를 명랑하게 하는 희극적 요소가 강조된 극적 인물로의 변화를 보여주고 있다. 1.2장과 3장에서 울지의 연회에 참석하러 가면서 궁정의 분위기를 전달하고 이슈거리를 화제에 올려놓는 역할 외에는, 2.1장 버킹엄의 처형장으로 가는 행렬에 무언 배우로 등장하는 것까지 해도 출연 빈도가 낮아서 우스갯소리 잘하는 재담가 외에는 다양한 면모를 보여주고 있지 못하다. 그러나 흉내 내기, 대사 외의 액션을 통해 보다 강력한 인상을 만들어낼 여지가 있는 코믹한 역할이다. 1527년 무렵 시종장을 맡은 사람은 바로 쌘즈 경이었는데, 이 극에서는 실제 맡았던 직책을 보여주기보다는 궁정 대신 가운데 흔히 있을 법한 유형적 인물을 보여주어 궁정사회를 구성해내고 있다.

러벨은 사람 좋고 어디에나 잘 어울리는 감초 같은 노대신으로 그려지고 있다. 그는 태어날 때부터 노인이었을 것 같아 보이는 인물이지만, 실제로는 헨리 7세가 되는 리치몬드 백작이 승리한, 장미전쟁의 마지막

전투인 보스워쓰 전투(Battle of Bosworth Field)에서 리치몬드 편에서 용감하게 싸운 군인이었다. 오랫동안 재무장관으로 봉직하다 은퇴하였으며, 사망 시에는 장엄한 가톨릭 방식의 장례로 세간의 이목을 사로잡았다는 기록이 남아있다. 이 극에서는 주로 왕의 행차에서 수행하는 인물로 대사 없이 존재하거나(1.2, 3.2), 왕의 사적인 명을 받아 앤 왕비의 산실청을 방문하거나, 사형장으로 향하는 버킹엄 공작에게 관용을 베풀어 그의 위의를 차릴 수 있도록 배려해주는 인물로, 또는 시종장이나 쌘즈 같은 후배 대신들과 격의 없는 가벼운 농담을 주고받는(1.3, 1.4), 특별한 직함은 주어져 있지 않지만 궁정에 자주 드나들고, 밤중에도 궐내를 돌아다닐 수 있는, 무해하고 두드러지지 않는 인물로 구현되고 있다. 1524년 사망한 그가 이 극에서는 1533년 있었던 앤 왕비의 출산의 밤에 가디너와 만나서 그의 말상대가 되어주고 있다는 점으로 보아 극중의 러벨은 허구적 인물임이 드러난다. 이 장면에서 그는 가디너의 냉혹한 말에 깜짝 놀라 반대세력인 앤에게 연민을 표하는, 온유하고 약간은 희극적인 인물로 그려져 있다. 그는 가디너에게서 얻은 암시에 따라 크랜머와 왕의 밀담을 엿들으려다 왕에게 호통을 당하고 물러가는 모습을 보이기도 하고, 늙은 나인이 출산 소식을 가지고 왕의 침전에 접근하려는 것을 막으려고 밀고 당기는 장면을 연출하기도 한다. 이렇게 특별히 미움 살 것 없어 보이는 그가, 버킹엄에 의해 거사에 성공했더라면 첫 번째로 제거했을 사람으로 울지와 함께 거론되는 이유는 그가 울지와 마찬가지로 헨리의 부왕 때부터 봉사해온 노대신이고, 큰 재산가이고, 확고한 가톨릭 지지세력의 일원이라는 점에서 울지의 친구로 여겨지기 때문인 듯

하다. 울지의 뒤를 이은 윈체스터 주교 가디너가 앤을 제거되어야 할 사람으로 말하면서 러벨에게 "대감과 나는 생각이 같은 사람이다"라고 말하는 바가 그 점을 뒷받침한다(5.1.27). 울지의 연회에 노포크나 써포크는 참석하지 않지만 러벨은 흔쾌히 초대에 응하고 울지의 관대함을 칭송하기도 하는데 이 점은 자칫 간과되어질 수 있는 사실이다. 인물들의 친소관계는 무대 위에서의 그루핑에 근거를 제공할 수 있는 것이라야 한다. 한편, 시종장이 거기 가는 이유는 울지와의 특별한 친분 때문이라기보다는 왕이 그 연회에 참석하리라는 것을 알고 있었기 때문이다.

노포크는 극중에서 러벨만큼 나이가 많은 다른 노대신으로 대표적 가톨릭 보수세력이며 귀족회의의 수장을 맡고 있는(3.2.290) 인물로 헨리 7세 때부터 외교관, 군인, 정치가로 봉사한 제2대 노포크 공작(1443-1524)을 모델로 하고 있다. 그도 러벨과 같은 해인 1524년에, 당시로서는 드물게도 81세까지 긴 수명과 복을 누리고 아들인 써리 백작에게 공작 작위를 물려주고 사망한다. 이 극에서 노포크는 아들인 3대 노포크 공작과 합성되어 마지막 장면까지 계속 등장하고 있다. 실제로는 써리 백작이 3대 노포크 공작이었지만 그는 별개의 인물로 버킹엄의 사위이자 궁정 대신의 한 사람 역할을 수행하고 있다. 노포크의 집안은 헨리의 여섯 왕비 중 두 명의 왕비를 내는 등, 튜더 왕실에서 상당한 세력을 가지고 있는 권문세족이라 할 수 있었다. 그 점을 반영하듯 이 극에도 노포크 가의 사람들로 노포크 공작과 그의 아들인 써리 백작, 앤의 대관식에서 왕비의 옷자락을 들고 행진하고 엘리자베스의 세례식에서 대모(godmother) 역할을 맡고 있는 노포크 공작 노부인까지 등장하고 있다.

노포크는 울지에 맞서서 귀족세력의 권위를 지탱하려 하고, 크랜머의 탄핵 사건에서도 적극적 공세를 취하지는 않지만 개혁파 프로테스탄트인 크랜머 대주교를 반대하는 편에 서고 있다. 노포크 집안은 가톨릭 신앙을 견지했고 다섯 번째 왕비인 캐서린 하워드를 통해 왕실의 가톨릭으로의 복귀를 꾀하기도 하였다. 울지는 가톨릭 추기경으로서 가톨릭을 대표하는 인물임에도, 노포크 등의 세습귀족의 입장에서 보면, 그 역시 왕을 등에 업고 전횡을 일삼는 신진관료 세력의 거두이기에 그와 적대적 입장을 가질 수밖에 없다. 왕이 울지에 대한 신뢰를 잃었을 때 울지는 궁정 가톨릭 귀족들을 지지세력으로 가지지 못한다. 극중 인물들의 관계를 들여다보면 종교가 같아도 울지 추기경과 캐서린 왕비처럼 서로 적이거나, 루터파인 앤 불린과 크롬웰처럼 처음에는 둘도 없는 친구이다가 적이 되기도 한다. 이런 점을 보면 헨리 왕의 궁정에서 종교는 권력을 유지하기 위한 하나의 방편이 되고 있다는 인상을 준다. 종교는 정신적, 이념적 활동이기에 강한 정치적 파당을 만들어낼 수 있다. 헨리의 가톨릭과의 단절, 영국 국교회의 설립, 크랜머의 탄핵사건 등으로 이 극 전체에서 종교의 문제는 정치와 맞물려 큰 이슈를 만들어내고 있다.

노포크 공작과 늘 같이 다니고 있다는 인상을 주는 써포크 공작은 기사의 전형으로 불릴 만큼 거동이 단정하고 풍채가 훌륭했던 인물로, 앤 왕비의 대관식에서도 하이 스튜어드, 즉 왕실 집사장***으로 행진하며

*** 로드 쳄벌린, 시종장(Lord Chamberlain (of the Household))은 왕가의 살림을 맡아 귀족 가문의 집사(house steward)와 유사한 역할을 하고, 하이 스튜어드, 왕실 집사장(Lord High Steward)은 이름과는 달리 대관식이나 대귀족의 재판과 같은 사건이 있을 때만 임명되어 역할을 담당한다.

시민들의 이목을 집중시키고, 엘리자베스 공주의 세례식 장면에서도 무대의 위엄을 높여주고 있다. 헨리 왕의 군 사령관이었던 그는 헨리의 누이이자 불란서의 루이 12세의 미망인이었던 메어리 왕비와 1515년 불란서에서 비밀 결혼식을 올려 헨리의 진노를 샀으나 결국 그 결혼을 인정받았고, 왕과 친구 사이를 회복할 수 있었다. 써포크는 헨리 7세의 궁정에서 자랐고 기사다운 용기를 보여주는 군인이었지만 헨리 8세에게는 순응하는 신하로 일관하였으며 이 극에서도 특별히 항거하는 태도를 드러내고 있지는 않다. 그는 울지의 옥새를 회수하는 장면에서 노포크와 함께 파견되고, 앤의 대관식에서도 활약하는 등 왕의 총신으로서의 역할을 수행하고 있다. 헨리 왕이 크랜머를 독대하는 밤에도 써포크는 왕과 프리메로 게임을 하고 있는 모습으로 그려지고 있는데, 그는 왕이 뭔가에 마음을 뺏겨 게임에 집중하지 못하고 있음을 알아차린다. 극의 앞부분에서도 왕의 양심의 가책이라는 것이 실제로 무엇인지 자신이 생각하는 바를 혼잣말하기도 하는 등 사적인 관계를 드러내고 있다. 가톨릭 보수세력이면서도 프로테스탄트에 대해 반감을 분명히 하기보다는 왕의 심중을 고려하는 써포크 같은 인물들이 궁정의 대다수였을 것은 자명하다. 그들은 기본적으로 가톨릭 신봉자였지만 왕의 명에 따라 수장령(1534)을 받아들여야 하는 상황으로 나아가게 된다. 이 극은 엘리자베스의 세례식 장면에서 끝나기 때문에 거기까지 진전되지는 않지만 토마스 모어 같은 이는 가톨릭으로서의 입장을 고수하려고 했기 때문에 1535년에 처형되었음을 당대 관객은 기억하지 않을 수 없었을 것이다.

　노포크, 써포크, 써리 백작이 모두 궁정의 고관들이고, 울지의 뒤를 이은 추밀원장 토마스 모어와 함께 가톨릭 보수파 궁정세력을 이루고 있다면, 이들과 대립하고 있는 것이 크랜머와 크롬웰이다. 그들은 왕에게 필요한 봉사를 제공함으로써 왕의 총애와 비호를 입고 부상한 신진세력이고 대륙의 루터파와 연관된 인물들이다. 케임브리지의 일개 성서학자에 불과하던 크랜머가 영국에서 가장 큰 교구인 캔터베리 대주교로 임명되었을 때 세상 사람들은 이 의외의 인물의 등장에 모두 눈을 크게 떴다. 왜냐하면 그 이전까지 그는 거의 알려지지 않은 무명인이나 마찬가지였기 때문이다. 3.2장의 노포크와 써포크의 대화는 크랜머가 왕을 위해 한 일과 그로 인해서 그가 받은 대가를 확정해주고 있다. 로마 교황청에 이혼 무효 소송을 내고 그 답변을 얻어내고자 갈증을 내던 헨리에게 크랜머는 교황청 대신 유럽 대학의 저명한 신학자들에게서 성서에 입각한 의견을 구하는 것을 제안했고 헨리는 이를 받아들였다. 루터와 에라스무스를 연구하고 스위스 학자들과 교류하던 크랜머는 헨리의 이혼에 대해 지지하는 대륙의 성직자와 신학자들의 의견을 배경으로 1533년 헨리의 캐서린과의 결혼생활을 무효로 선언하였다. 결혼 생활 자체의 법적 효력을 부인해버렸다는 점에서 엄밀히 말하면 이혼이라고 할 수도 없는 것이다. 그러나 뒤에 헨리와 앤 불린과의 관계가 파탄나면서 캐서린과의 법적 지위에 변화가 생기고, 결국 메어리 공주의 왕위 계승권을 인정하면서 이혼으로 마무리되어졌다.

5막에서 드러나기 시작하는 가톨릭과 프로테스탄트 정치인들의 궁정에서의 갈등은 가디너와 러벨이 한 편이 되고, 왕을 사이에 두고 크랜머와 데니가 다른 한 편을 형성한다. 크랜머를 왕 앞에 인도하는 데니 경

역시 확고한 개혁주의자, 즉 프로테스탄트였는데, 그는 왕의 시종직인 궁내관(Groom of the Stool)****으로서 조선시대 내관(內官)과 유사한 역할을 하는 인물이었다. 그러나 내관과는 비교되지 않을 만큼 명예로운 자리였다. 이 직위는 신성시되던 왕의 몸을 최근거리에서 보좌하는 임무를 수행하기에 왕의 신임이 높은 신하여야만 했고 권위도 높았다. 그는 추밀원 의원이었고, 헨리 8세의 유언 집행자 중의 하나였고 그로 해서 에드워드 6세의 섭정(regents)의 한 사람이 된다. 이런 데니는 크랜머를 반대세력 모르게 왕의 앞에 대령시키는 역할에 적합하다. 유사한 역할로 왕의 주치의인 닥터 버츠가 있는데 그 역시 개혁주의자로 크랜머의 동지였다. 극중에서는 우연히 추밀원 앞을 지나다가 왕에게 크랜머가 처한 곤경을 알리는 인물로만 그려져 있지만 그도 프로테스탄트를 지지하는 것으로 잘 알려진 인물이었기에 이런 역할이 주어져 있는 것이다. 그는 울지가 몰락한 후 병이 났을 때, 왕이 그를 보내어 병을 살피게 했다는 기록이 있는 인물이기도 하다.

울지는 극의 중간 부분에서 몰락한 이후, 더 이상 등장하지 않지만 그의 프로테제(protege, 제자)인 가디너와 크롬웰을 통해 그의 영향력을 추적해 볼 수 있다. 울지에 의해 발탁되고 길러진 두 인물이 나중에 서로 대적하게 된다는 것은 역사적 아이러니이다. 단순히 적대적일 뿐 아니라 크랜머 탄핵 장면에서 대결의 상대는 대신들 전체와 크랜머인 동시에, 가디너와 크롬웰인 것처럼 보일 만큼 두 사람은 강하게 맞서고 있다. 이 장면에 등장하는 인물들은 한 사람 한 사람이 영국 종교개혁의 대 사건

**** 'Stool'은 변기의자를 말한다.

들을 압축해서 보여주고 있다. 가디너는 탄핵장면에서 드러나듯 프로테스탄트가 퍼져나가는 것을 막으려고 필사적으로 노력하였다. 토마스 모어도 오늘날 문학적 업적으로 더 기억되고 이 극에서도 온건한 태도를 보여주고 있지만 그의 재직 시 많은 프로테스탄트들이 화형에 처해졌고 앤의 대관식에 참석하지 않음으로서 그 결혼에 대한 반대를 표명하기도 하였던 인물이다. 그는 결국 수장령에 따른 맹서를 분명히 하지 않았고 이를 거부하였다고 고발당함으로써 처형되고 순교자로 이름을 남겼다.

가디너는 탄핵장면에서 장면을 주도함으로써 추밀원장인 토마스 모어보다 더 인상적인 악역을 맡고 있다. 그는 크랜머, 크롬웰과 각을 세우고 대립한다. 울지에 의해 왕의 비서로 천거되는 장면에서 처음 나오는 가디너는 부유한 피륙상인의 아들로 케임브리지에서 교회법을 공부하고 고전과 그리스어에 뛰어난 실력을 보여 타의 추종을 불허하는 인물이 되었다. 곧 울지의 눈에 띄어 그의 비서가 되고 그에게서 외교업무에 대한 지식을 익히게 된다. 작품 안에는 분명하게 드러나 있지 않지만 그는 왕명에 따라 이태리에 파견되어 여러 임무를 유능하게 처리하였다. 울지의 실각 후 가디너는 울지의 뒤를 이어 윈체스터 주교가 되고 메어리 여왕 때는 로드 챈슬러가 되기도 한다. 앤 왕비의 대관식 장면에서 가디너는 윈체스터 주교로 무대 위를 행진한다(4.1). 그리고 5막에서 가톨릭 보수세력을 대변하는 역할로 대립의 한 축을 맡아 큰 활약을 하고 있다. 그는 왕의 명령에도 끝까지 크랜머를 포옹하는 일을 회피하려고 버티는 모습을 보여주는데 이런 희화화된 모습은 그의 악역에 약간 인간적인 모습을 가미하고 있다.

프로테스탄트 세력은 신진 세력이고 영국을 로마교황청의 세력에서 벗어나게 하려는 애국적 의도를 가지고 그 이론적 근거를 찾고 있는 사람들이라고 볼 수 있다. 종교가 단지 개인 신앙이나 가치관의 문제가 아닌, 정치 세력화된 세상에서 프로테스탄트는 곧 정치적으로도 개혁을 지지하는 사람들이었다. 영국의 헨리 7세가 아들인 아서 왕세자가 급서하자 스페인의 페르디난도의 딸인 캐서린 아라곤을 아서의 뒤를 이을 헨리의 약혼녀로 삼은 것은 당시 유럽 최대 국가였던 스페인 세력의 지지를 필요로 했기 때문이었다. 장미전쟁이라는 국내 호족 간의 분쟁으로 혼란스럽고 침체되었던 영국은 이렇게 외교적으로 잘 대처하고 경제적으로 안정되자 급속도로 발전하기 시작하였다. 그리하여 국가는 부강해지고 왕권은 강력해진 절대군주 헨리 8세 중기에 이르러서는 오히려 교황권의 간섭으로부터 벗어나야할 상황이 도래하였다. 외교적으로 독자적 세력 구축이 필요한 시점이었다. 헨리 왕은, 스페인과 신성로마제국의 찰스 황제를 견제하기 위해, 불란서와 외교관계를 더 확대해 나가기를 원했고 그 결실이 첫 번째 장면의 영불 화약(和約)이다. 많은 사건과 많은 인물들이 등장하는 이 극은 얼핏 에피소딕하고 산만한 구성인 듯 하지만 내면적으로는 연쇄적이고 긴밀한 사건들로 짜여 있다.

크롬웰은, 가디너가 윈체스터 주교로서 울지의 뒤를 이은 데 반해, 울지가 가졌던 재상으로서의 권력과 책무를 계승하는 인물이다. 울지의 몰락 후 울지의 그림자를 벗어던지려는 노력으로, 크롬웰은 의회로 진출하였고 곧 왕의 신임을 얻게 된다. 물론 이것은 울지의 가신으로서 그가 쌓은 경험과 관찰이 가능하게 해준 것이라고 할 수 있다. 그는 울지의 재정고문으로 일하면서, 울지가 대학을 설립하는 데 재원으로 쓴 수도원 재산의 해체를 담당했었기 때문이다. 크롬웰은 1530년 왕의 비서가 된 후 1540년까지 여러 업무를 맡으면서 재능이 인정되어 추밀원 고문, 재무장관, 옥새관, 기록장관, 왕의 비서장, 시종장 등의 직함이 더해지고, 이 모든 직위들을 죽기 한 달 전까지도 다 가지고 있었을 만큼 큰 권력을 누렸다. 크롬웰은 울지처럼 낮은 계급의 출신이라는 약점을 딛고 자신의 능력을 통해 성장한 인물이었다. 그의 여러 업적 가운데 가장 괄목할 만한 것은 수없이 많은 수도원들의 해체를 통해 왕의 국고를 엄청나게 늘린 일이었다. 대관식을 구경하는 극중의 신사들은 그가 보석청을 관리하게 되었음을 이야기 나누면서 앞으로 더 크게 될 분이라고 칭찬하는데, 보석청을 맡았다는 것은 왕의 보석, 돈, 옷뿐 아니라 재정을 관리한다는 것을 말한다. 뒷사람들에게 크롬웰은 영국국교회의 순교자로 잘 알려져 있었지만, 실상 그는 종교인이라기보다는 법률가이며 정치가였다. 그는 왕의 혼인무효 요구가 로마 교황청의 승인을 받지 못하자 왕을 영국 교회의 수장으로 삼는 법안을 국회에서 통과시켜, 왕 스스로 자신의 혼인을 무효로 선언할 권리를 가질 수 있게 도모하였다. 그는 영국교회에서 수장인 왕의 총대리인으로 일하면서 교회 토지와 재산을 인수하는 일을 맡아, 중앙집권적 성격의 정부를 만들어냈고 튜더 개혁의 핵심적 인물로 일한 정치가이다. 크롬웰은 그가 추천한 앤 클레베 왕비에 대해 왕이 실망하고 진노하기 전까지는 왕의 무한 신임을 받았다. 그가 클레베를 추천한 것은 국내 가톨릭 보수세력이 왕실을 장악하는 것을 차단하고 대륙과 연계하여 영국 프로테스탄트 세력을 확장시키기 원했기 때문이었다. 크롬웰은 왕을 위해 일하면서 많은 적을 만들었고 많은 사람들을 처형하였다. 토마스 다아시 남작은 처형되면서, "당신처럼 왕의 신임을 누렸던 자들의 운명은 지금 당신이 내게 부여하는 것과 똑같은 것이 되어 있다오"라고 말했다고 전해지는데, 이는 크롬웰 자신에게 적용되었다.

이 극의 장소는 궁정이 대부분이고 등장하는 인물들도 왕, 왕비, 공작, 백작, 대신 등이지만 서민들도, 신사들(gentlemen)의 대화나 궐문지기 포터와 그의 부하의 대화를 통해, 간접적으로 등장하고 있다. 그들은 사회적 관심을 받는 모반사건이나 왕과 왕비에 대한 이혼 루머에 대해 반응하고, 새 왕비의 자태를 보고 감탄하여 웅성거리고, 공주의 세례식을 보려고 한껏 차려입고 조금이라도 행렬에 가까이 가려고 밀고 당기는 가운데, 살아 움직임을 보여주고 있다. 이런 장면을 만들어내기 위해서는, 극의 경제성을 위해서 인물들의 대화 속에서 단순 묘사로만 처리할수도 있고 실제로 엑스트라 무언 배우들로 무대 위를 가득 채울 수도 있을 것이다. 1910년대에 있었던 허버트 비어봄 트리의 『헨리 8세』 공연에서는 등장인물이 수백 명에 이르기도 하였다.

극중에는 또한 최하급 말단 귀족에 위치하고 있는 인물들로, 캐서린의 의전관 그리피스, 추밀원의 수위, 왕비의 시녀 페이션스, 앤의 친구인 늙은 나인이 있다. 이들은 역사적 인물이라기보다는 사건에 논리적 구성을, 인물들에 사실감을 더해주는 생활환경을 만들어 내고 있다. 이들이 궁정생활을 살아 있는 사람들의 공간으로 만들어주고 있다면, 궁정 밖의 세상에 마찬가지 역할을 하고 있는 것이 바로 신사 1, 2, 3이다. 신사들 자신의 사회적 계급은 귀족 계급(nobility) 쪽에 더 가깝고 서민 (commons)은 아니다. 이들은 그들의 대화나 행동을 통해서 드러나는 대로 생산계급이 아니다. 그들은 작위나 기사 칭호는 가지고 있지 않지만 토지와 수입을 가지고 있는 유산계급이다. 15, 16세기 사회에서 부유한 평민이나 중소지주가 귀족계급에 소속되기를 원한다면 이익을 목적으로 하는 직업을 가지기를 포기해야 했다. 적어도 표면상으로는 그래서는 안 되었고, 필요하다면 청지기나 대리인을 대신 내세워 드러나지 않게 경영 해야 했다. 귀족이란 일하지 않고도 살 수 있는 계급, 일 대신 여가와 스포츠를 즐기는 사람이라는 생각이 널리 통용되었었다. 신사 3은 자신이 궁정에서 약간의 권력이 있다고 말한다. 이들은 계급적 성격으로는 귀족 에 근접해 있지만 그들이 평민들의 반응을 해설해주고 반향해내는 코러스 역할을 한다는 점에서, 동시에 평민의 대변자 역할을 겸하고 있다. 따라서 이 극의 공연에서는, 극본 상으로는 두드러진 역할이 주어져 있지 않지만 분명 극중에 존재하고 살아 움직이는 역동적 군중으로서의 평민 들과, 사실감과 유머러스한 분위기를 부여해주는 하급귀족과, 새롭게 부 상하는 신사계급 인물들의 역할에도 적절한 비중을 부과할 필요가 있다.

셰익스피어 생애 및 작품 연보

셰익스피어의 생애와 작품의 집필연대 중 일부는 비교적 정확히 기록되어 있는 자료에 의존할 수 있지만, 대부분은 막연한 자료와 기록의 부족으로 그 시기를 추정할 수밖에 없으며, 특히 작품 연보의 경우 학자들에 따라 순서나 시기에 차이가 있음을 밝힌다.

1564	잉글랜드 중부 소읍 스트랫포드 어폰 에이번Stratford-upon-Avon 출생(4월 23일). 가죽 가공과 장갑 제조업 등 상공업에 종사하면서 마을 유지가 되어 1568년에는 읍장에 해당하는 직high bailiff을 지낸 경력이 있는 존 셰익스피어와, 인근 마을의 부농 출신으로 어느 정도 재산을 상속받은 메리 아든Mary Arden 사이에서 셋째로 출생. 유복한 가정의 아들로 유년시절을 보냄.
1571	마을의 문법학교Grammar School에 입학했을 것으로 추정.
1578	문법학교를 졸업했을 것으로 추정. 졸업 무렵 부친 존은 세금도 내지 못하고 집을 담보로 40파운드 빚을 냄.
1579	부친 존이 아내가 상속받은 소유지와 집을 팔 정도로 가세가 갑자기 어려워짐.
1582	18세에 부농 집안의 딸로 8년 연상인 26세의 앤 해서웨이Anne Hathaway와 결혼(11월 27일 결혼 허가 기록).
1583	결혼 후 6개월 만에 맏딸 수잔나Susanna 탄생(5월 26일 세례 기록).
1585	아들 햄넷Hamnet과 딸 쥬디스Judith(이란성 쌍둥이) 탄생(2월 2일 세례 기록).

1585~1592	'행방불명 기간'lost years으로 알려진 8년간의 행방에 관한 자료가 거의 없음. 학교 선생, 변호사, 군인, 혹은 선원이 되었을 것으로 다양하게 추측. 대체로 쌍둥이 출생 이후 어떤 시점(1587년)에 식구들을 두고 런던으로 상경하여 극단에 참여, 지방과 런던에서 배우이자 극작가로서 경험을 쌓았을 것으로 추측.
1590~1594	1기(습작기): 주로 사극과 희극 집필.
1590~1591	초기 희극 『베로나의 두 신사』(*The Two Gentlemen of Verona*) 『말괄량이 길들이기』(*The Taming of the Shrew*)
1591	『헨리 6세 2부』(*Henry VI, Part II*)(공저 가능성) 『헨리 6세 3부』(*Henry VI, Part III*)(공저 가능성)
1592	『헨리 6세 1부』(*Henry VI, Part I*)(토머스 내쉬Thomas Nashe 와 공저 추정) 『타이터스 앤드러니커스』(*Titus Andronicus*)(조지 필George Peele과 공동 집필/개작 추정)
1592~1593	『리처드 3세』(*Richard III*)
1592~1594	봄까지 흑사병 때문에 런던의 극장들이 폐쇄됨.
1593	「비너스와 아도니스」(*Venus and Adonis*)(시집)
1594	「루크리스의 강간」(*The Rape of Lucrece*)(시집) 두 시집 모두 자신이 직접 인쇄 작업을 담당했던 것으로 추정되며, 사우샘프턴 백작The third Earl of Southampton에게 헌사하는 형식. 챔벌린 극단Lord Chamberlain's Men의 배우 및 극작가, 주주로 활동.
1593~1603 및 이후	『소네트』(*Sonnets*)

| 1594 | 『실수 연발』(The Comedy of Errors) |
| 1594~1595 | 『사랑의 헛수고』(Love's Labour's Lost) |

1595~1600 2기(성장기): 낭만희극, 희극, 사극, 로마극 등 다양한 장르 집필.

1595~1596 『로미오와 줄리엣』(Romeo and Juliet)

『리처드 2세』(Richard II)

『한여름 밤의 꿈』(A Midsummer Night's Dream)

『존 왕』(King John)

1596 아들 햄넷 사망(11세, 8월 11일 매장).

부친의 가족 문장 사용 신청을 주도하여 허락됨(10월 20일).

1596~1597 『베니스의 상인』(The Merchant of Venice)

『헨리 4세 1부』(Henry IV, Part I)

스트랫포드에 뉴 플레이스 저택Great House of New Place 구입

(마을에서 두 번째로 큰 저택으로 런던 생활 후 은퇴해서 죽

을 때까지 그곳에 기거).

1598 벤 존슨Ben Jonson의 희곡 무대에 출연.

1598~1599 『헨리 4세 2부』(Henry IV, Part II)

『헛소동』(Much Ado About Nothing)

『헨리 5세』(Henry V)

1599 시어터 극장The Theatre에서 공연하던 셰익스피어의 극단이 땅

주인의 임대계약 연장을 거부하자 '극장'을 분해하여 템즈강

남쪽 뱅크사이드 구역으로 옮겨 글로브 극장The Globe을 짓고

이곳에서 공연. 지분을 투자하여 극장 공동 경영자가 됨.

1599~1600 『줄리어스 시저』(Julius Caesar)

『좋으실 대로』(As You Like It)

1601~1608	3기(원숙기): 주로 4대 비극작품이 집필, 공연된 인생의 절정기
1600~1601	『햄릿』(*Hamlet*)
	『윈저의 즐거운 아낙네들』(*The Merry Wives of Windsor*)
	『십이야』(*Twelfth Night*)
1601	「불사조와 거북」(*The Phoenix and the Turtle*)(시집)
	아버지 존 사망(9월 8일 장례).
1601~1602	『트로일러스와 크레시다』(*Troilus and Cressida*)
1603	엘리자베스 여왕 사망(3월 24일). 추밀원이 스코틀랜드의 제임스 6세를 잉글랜드의 제임스 1세로 선포.
	제임스 1세 런던 도착(5월 7일) 후 셰익스피어 극단 명칭이 챔벌린 경의 극단에서 국왕의 후원을 받는 국왕 극단King's Men으로 격상되는 영예(5월 19일).
	제임스 1세 즉위(7월 25일).
1603~1604	『자에는 자로』(*Measure for Measure*)
	『오셀로』(*Othello*)
1605	『끝이 좋으면 모두 좋다』(*All's Well That Ends Well*)
	『아테네의 타이먼』(*Timon of Athens*)(토머스 미들턴Thomas Middleton과 공동작업)
1605~1606	『리어 왕』(*King Lear*)
1606	『맥베스』(*Macbeth*)
	『안토니와 클레오파트라』(*Antony and Cleopatra*)
1607	딸 수잔나, 성공적인 내과의사인 존 홀John Hall과 결혼(6월 5일).
1607~1608	『페리클레스』(*Pericles*)(조지 윌킨스George Wilkins와 공동작업)
	『코리올레이너스』(*Coriolanus*)

1608~1613	제4기: 일련의 희비극 집필.
1608	셰익스피어 극장이 실내 극장인 블랙프라이어스Blackfriars 극장을 동료배우들과 함께 합자하여 임대함(8월 9일).
	어머니 메리 사망(9월 9일 장례).
1609	셰익스피어 극장이 블랙프라이어스 극장 흡수, 글로브 극장과 함께 두 개의 극장 소유.
1609~1610	『심벌린』(*Cymbeline*)
1610~1611	『겨울 이야기』(*The Winter's Tale*)
	『태풍』(*The Tempest*)
1611	고향 스트랫포드로 돌아가 은퇴 추정.
1613	『헨리 8세』(*Henry VIII*)(존 플레처John Fletcher와 공동작업설)
	『헨리 8세』 공연 도중 글로브 극장 화재로 전소됨(6월 29일).
1613~1614	『두 사촌 귀족』(*The Two Noble Kinsmen*)(존 플레처와 공동작업)
1614~1616	말년: 주로 고향 스트랫포드의 뉴 플레이스 저택에서 행복하고 평온한 삶 영위.
1616	둘째 딸 쥬디스, 포도주 상인 토마스 퀴니Thomas Quiney와 결혼(2월 10일).
	쥬디스의 상속분을 퀴니가 장악하지 않도록 유언장 수정(3월 25일).
	스트랫포드에서 사망(4월 23일. 성 삼위일체 교회 내에 안장).
1623	『페리클레스』를 제외한 36편의 극작품들이 글로브 극장 시절 동료 배우 존 헤밍John Heminge과 헨리 콘델Henry Condell이 편집한 전집 초판인 제1이절판으로 출판됨.
	아내 앤 해서웨이 사망(8월 6일).

옮긴이 **김라옥**

1992년 전북대학교 대학원 영어영문학과 박사, 『공연사를 통해 본 *Macbeth*에 대한 해석』.
1993년부터 현재까지 우석대학교 영어영문학과, 영어과 교수.

저서 『그리스 로마극의 세계 1』(공저, 동인, 2000)
역서 『레닌, 제임스 조이스, 트리스탄 짜라와 대익살』(톰 스토파드, 한신문화사, 1996)
논문 「셰익스피어의 인물들에 반영된 16, 17세기 의료 장면들―의사, 마법, 마법사들」
        (『셰익스피어 리뷰』, 50권 2호, 2014)
      「『실수희극』(*The Comedy of Errors*)―주체의 자기 찾기 여정」
        (『셰익스피어 리뷰』, 35권 3호, 1999) 외 20여 편.

헨리 8세

초판 발행일 2016년 4월 30일

옮긴이 김라옥
발행인 이성모
발행처 도서출판 동인
주 소 서울시 종로구 혜화로3길 5 118호
등 록 제1-1599호
TEL   (02) 765-7145 / FAX (02) 765-7165
E-mail dongin60@chol.com
ISBN   978-89-5506-712-5
정 가 12,000원